PROLOG

Ich habe mir ein Spiderman-T-Shirt gekauft. Ein Leuchtturm war zu teuer. Es sind immer wieder welche im Angebot, das schon, traumhafte Exemplare, manche samt eigener Insel, aber dafür muss man selbst im Sommerschlussverkauf ein paar Millionen hinblättern. Spiderman-T-Shirts sind günstiger, und sie funktionieren nach dem gleichen Prinzip: Mut und Hoffnung. Es geht darum, der Dunkelheit die Stirn zu bieten. Mit Licht, mit Superheldenkräften, egal, Hauptsache weitersegeln. Auch wenn die Pause zwischen den Lichtsignalen manchmal so lange dauert, dass man denkt, es wird nie wieder hell. Es wird, versprochen! Und manchmal kann man wie Spiderman Mauern überwinden, und die Sinne sind plötzlich so scharf, dass es knistert, am Leben zu sein.

An Spiderman bin ich übrigens nur zufällig geraten, wann und wie, das erkläre ich noch, es hätte genauso gut Harry Potter sein können. Insgesamt kenne ich mich mit Helden weniger aus als mit Leuchttürmen, um ehrlich zu sein.

Ich weiß, dass mein Lieblingsleuchtturm hundertvierundvierzig Stufen hat und dass ich, wenn mich die schwarze Nacht umfängt, auf die Wiederkehr seines Lichts dreißig Sekunden warten muss.

Ich weiß auch, dass es vor über hundert Jahren Leute gab, die der Meinung waren, mit dem Bau von Leuchttürmen pfusche man Gott ins Handwerk, also hielten sie sie für Teufelszeug.

Im Sommer meines sechzehnten Lebensjahres hätte ich selbst beinahe angefangen, an den Teufel zu glauben, er schien geradezu Jagd auf uns zu machen. Seitdem habe ich da so ein Projekt laufen, möchte alles über die Leuchttürme dieser Welt erfahren, am liebsten würde ich jeden einzelnen von ihnen hinaufklettern.

Man muss Ziele haben, sich etwas suchen, das einem etwas bedeutet. Sonst wird es schnell zappenduster.

EINS

Immer wenn Katie Salomon kurz davor war, Mist zu bauen, murmelte sie diesen einen Satz vor sich hin: »Ich glaube, das ist gegen das Gesetz.« Es klang süßsauer, eine seltsame Mischung aus Wichtigtuerei und vorweggenommener Entschuldigung für das, was geschehen würde, und ich war nie ganz sicher, ob sie das sagte, um sich anzuspornen oder eben gerade nicht. Wahrscheinlich hatte sie selbst keinen Schimmer. Meistens jedenfalls setzte sie ihr Vorhaben dann in die Tat um – und kassierte die Quittung. Draufzahlen mussten wir natürlich alle. Bis auf die wenigen Ausnahmen, die Katie für uns zur Heldin machten. Beispiel: Auch geklaute Lichterketten lassen einen Weihnachtsbaum heilig erstrahlen. Und wie.

»Ich glaube, das ist gegen das Gesetz.« Jetzt also war es passiert. Ich hatte Katies Mantra auf den Lippen und fühlte mich dabei alles andere als heldenhaft. Nie hätte ich geglaubt, dass es jemals so weit kommen würde, denn ich wollte schon längst nicht mehr sein wie sie. Wer will das schon, mit fünfzehn eine Kopie der eigenen Mutter abgeben, und dazu noch eine schlechte?

Gegen das Gesetz. Die Hände vor mir auf dem Lenkrad sahen fremd aus, als gehörten sie nicht zu mir, als hätte ich sie nie zuvor gesehen. Die Glasperlenringe in Rosa, Himbeerrot und Türkis. Den Kratzer, den der Kater vom Hausmeister mir am letzten Tag vor den großen Ferien auf dem Schulhof verpasst hatte. Kein Zweifel, keine Ausflüchte – es waren meine Hände, und sie führten meinen Willen aus, als ich den Motor startete, wofür ich geschlagene fünf Versuche benötigte.

Die blaue Blechkiste, genannt Alditüte, machte einen gewaltigen Satz nach vorn, soff ab und kam auf dem Hang rückwärts ins Kullern, bis ich den Fuß von dem Pedal nahm, das ich idiotischerweise für die Bremse gehalten und als Reaktion auf den Schreck bis zum Anschlag durchgetreten hatte. Es war wohl eher die Kupplung. Die Kontrollleuchten auf dem Armaturenbrett glimmten in meinen Augen mindestens so hell wie einst die geklauten Weihnachtsbaumlichter, aber von Heiligkeit konnte keine Rede sein.

Ich riss an der Handbremse und fluchte. Verfluchte Katie, die mich in diese Lage gebracht hatte, wenn auch (ausnahmsweise) ohne jede Absicht, wie ich glaubte. Oder besser: hoffte. Dennoch war ich stinkwütend auf sie, gleichzeitig vermisste ich sie fürchterlich, während ich mir die Augen rieb und versuchte mich daran zu erinnern, was sie und ihr damaliger Freund Jens mir im vorletzten Winter über das Autofahren im Allgemeinen und über unseren störrischen alten Polo im Besonderen beigebracht hatten. Ein Auslaufmodell mit schwammiger Lenkung und einer Gangschaltung, die Jens zufolge zu viel Spiel hatte.

Zu viel Spiel, was immer das heißen mag. Es kam mir wie eine Metapher für das Leben meiner Mutter vor. Ich mag Metaphern. Und hier ist gleich noch eine, eine sensationelle, weil doppeldeutige Metapher für den Schlamassel, in dem ich steckte: auf der schiefen Bahn. Denn ich hatte natürlich keinen Führerschein (wie auch?), und die Auffahrt zur Berghütte war teuflisch steil. Zu allem Überfluss parkte die Alditüte auch noch mit der Nase zur Haustür, was bedeutete, dass ich wenden musste, um uns von hier wegzubringen.

Weit, weit weg. Dabei waren wir doch gerade erst angekommen und hatten uns Knall auf Fall in die Holzhütte mit ihren Schnitzereien am Giebel und den giftgrünen Fensterläden verliebt, hatten unter einem Wasserfall in einem Teich geplanscht, einen unordentlichen Strauß Wiesenblumen gepflückt und abends ein Lagerfeuer entfacht, was ziemlich kniffelig ist, wenn man von solchen Dingen keine Ahnung hat. Umso ausgelassener waren wir, als es endlich loderte und knackte. Unsere heißen, roten Wangen. Wie sich Funken in den Sternenhimmel geschraubt hatten. Wie glücklich wir waren. Heute, so der Plan, wollten wir zum Fluss, der in der Nähe rauschte, um ein Floß aus Treibholz zu bauen. Daraus wurde nun definitiv nichts.

Penny und Elias schliefen noch. Es würde schwer werden, die beiden davon zu überzeugen, so früh am Tag zu mir ins Auto zu steigen, obwohl unser Floßabenteuer lockte. Mir war schleierhaft, was ich ihnen erzählen sollte, aber eins wusste ich: Ich musste sie irgendwie überrumpeln, bevor sie richtig wach wurden. Und dann improvisieren – Katie-Style. Gegen das Gesetz. Mein Herz hämmerte. Ich drehte den Zündschlüssel im Schloss und bezweifelte, dass ich das Zeug dazu hatte, die Sache durchzuziehen.

Eine schwammige Lenkung bedeutet: Dein Wagen verarscht dich. Zuerst passiert nichts, dann viel zu viel, wie auf Glatteis. Weil ich beim besten Willen nicht am Hang anfahren konnte, ohne den Motor abzuwürgen, beschloss ich, mich ganz sachte auf die Wiese rollen zu lassen, um dabei mit maximalem Fingerspitzengefühl den entscheidenden Richtungswechsel zu vollziehen. Leider wurde, passend zu dem Taumel, in dem ich mich ohnehin schon befand, eine Pirouette daraus, wodurch der Polo so viel Schwung bekam, dass er plötzlich auf den Abgrund am Ende der Wiese zuraste.

Unterhalb schlängelte sich der Fluss durch den Wald. Ein schäumender Wildbach in einem felsigen Bett, überall Klippen wie Messer. Wenn die verfluchte Karre nicht bald täte, was ich von ihr wollte, würde sie entweder als Blechgeschnetzeltes oder – im besten Fall – als Floß enden, eine trotzige Antwort auf unsere Pläne für den Tag, die wir nun auf unbestimmte Zeit verschieben mussten. Vielleicht für immer.

Das Jaulen des Getriebes. Kräuterduft. Wie der Kühlergrill das hohe Gras und alles, was auf der Bergwiese wuchs und gedieh, durchsiebte – auch eine Art, Blümchen zu pflücken, nur dass man sie wahrscheinlich hinterher nicht in eine Vase stellen kann. Ich hatte immer noch unseren Strauß vor Augen, er stand unversehrt in seiner Vase auf dem Tisch und wollte bewundert werden. In Gedanken entschuldigte ich mich bei ihm und der Wiese.

Der Abgrund gähnte beinahe gelangweilt, ein Höllenschlund, bereit mich ohne Aufhebens samt Alditüte zum Frühstück zu verspeisen. Mir wurde schwindelig, die Bodenwellen rüttelten mein Hirn durch.

Auf einmal kam mir das Lenkrad wie ein Spielzeug vor, vielleicht war alles nur ein schlechter Witz, und ich saß in einer Autoattrappe in einem etwas zu groß geratenen Kinderkarussell. Gleich würde es sich unweigerlich in eine Achterbahn verwandeln. Ich kniff die Augen zusammen und wartete darauf, dass mein Magen sich hob. Das schreckliche Gefühl, ins Bodenlose zu fallen, kannte ich ja schon.

Doch diesmal blieb es aus. Der Untergrund und das Geräusch, das die Räder erzeugten, veränderten sich: Schotter. Als ich es wagte, die Augen zu öffnen und geradeaus zu schauen, konnte ich mein Glück kaum fassen. Wie durch ein Wunder war der Polo wieder auf Kurs, vor mir die Abfahrt ins Tal, hinter mir die Hütte. Die erste Herausforderung unserer Reise ins Ungewisse war gemeistert – ich hatte gewendet.

Ich keuchte wie nach einem Sprint. Gerade wollte ich den Motor ausschalten und aussteigen, um meine Geschwister aus den Betten zu holen, da wurden hinter mir die Türen aufgerissen. Penny und Elias ließen sich mit Schwung auf die Rückbank fallen.

»Wir wollen mit!«

Perfekt. Die Küken waren der Glucke wieder mal gefolgt. Das war ja einfach. Erleichtert nahm ich den Fuß von der Bremse, und schon rollten wir an, nahmen Fahrt auf. Unser Traum von unbeschwerten Ferien hatte ein jähes Ende gefunden.

Ich schluckte. Jetzt bloß nicht zurückschauen. Und um keinen Preis anfangen zu heulen, dafür war keine Zeit. Ich war schließlich die Älteste. Ich musste die Nerven behalten, meine Aufgabe war es, Weisheit und Zuversicht zu versprühen, wenn das hier klappen sollte.

»Wo ist denn Mika?«, fragte Penny direkt hinter mir, als sie bemerkte, dass niemand auf meinem Stammplatz, also auf dem Beifahrersitz saß.

Dann erst erkannte sie mich (wie hätte sie ihre normalerweise äußerst regelverliebte Schwester auch hinter dem Steuer vermuten sollen?), schrie vor Überraschung spitz auf, fing sich aber bemerkenswert schnell und korrigierte ihre Frage.

»Wo ist Katie?«

»Mama?«, rief Elias.

Er war der Einzige von uns, der sie so nannte. Für mich war sie Katie, seit ich denken konnte, in der Grundschule war Penny in ihrem damals noch grenzenlosen Ehrgeiz, mich zu kopieren, ebenfalls dazu übergegangen, unsere Mutter beim Vornamen zu nennen.

Inzwischen hatte die Kleine ihren eigenen Kopf. Wir waren vier Jahre auseinander, seit Neuestem hielt sie sich für eine elfjährige Stilikone, stand auf Miniröcke, schwarzen Nagellack und ihre falschen Doc Martens und gab mir ungefragt Modetipps. Ein richtiges Früchtchen, wie unsere scheintote Nachbarin sagen würde. Ich war eher der Typ Boyfriendjeans, T-Shirts und Hoodies. Damit fiel ich am wenigsten auf, was in unserem Viertel in Berlin von Vorteil sein konnte.

»Sitzt Elias auch richtig im Kindersitz? Hilf ihm, sich anzuschnallen«, befahl ich, ohne auf die Frage einzugehen.

Meine Stimme hatte Biss, Penny gehorchte. Ihr Bemühen, unser zappeliges Nesthäkchen ordnungsgemäß anzugurten, gewährte mir leider nur kurz Aufschub, bevor es mit der quälenden Fragerei weiterging.

»Wo ist Mama?«

»Hat Katie das erlaubt?«

»Wo fahren wir hin?«

Und so weiter.

Mein Kopf war voller Antworten, die ich für mich behielt. Es dauerte eine Weile, bis den beiden dämmerte, dass mein Schweigen eine Mauer war, hoch und mächtig und obendrauf mit Stacheldraht gesichert. Verständlicherweise frustrierte sie das gewaltig.

»Du bist gemein«, sagte Elias. »Ich hasse dich.«

Ich biss die Zähne zusammen. Hassen war anscheinend seine neue Lieblingsbeschäftigung, eine schlechte Angewohnheit aus dem Kindergarten, abgekupfert von den Älteren. Jetzt, mit fünf, gehörte er allerdings selbst schon zu denjenigen, die bald zur Schule kamen und daher den Ton angaben. Und der war rau.

»Ich muss mich aufs Fahren konzentrieren.«

Was stimmte. Wir hatten die Landstraße erreicht, und die hatte ich gestern schon vom Beifahrersitz aus nervenaufreibend gefunden, wie sie mit ihren Haarnadelkurven und Engpässen den verrückten Windungen des Flusses folgte. Obwohl weit und breit weder ein Auto noch sonst irgendjemand zu sehen war, setzte ich vorbildlich den Blinker und bog ab. Vor lauter Anstrengung bekam ich Schluckauf und meine Geschwister lachten mich aus. Anstatt mich zu ärgern, fand ich ihr Lachen beruhigend

Nachdem ich den Polo eine Weile in der Spur gehalten, diverse Kurven gemeistert und dabei ohne größere Schwierigkeiten die Kupplung bedient hatte, kam mir die Lenkung schon weniger störrisch vor. Erinnerungen an meine Fahrstunden mit Katie und Jens auf einem leer stehenden Fabrikgelände liefen wie ein Film in meinem Kopf ab und machten mich schon wieder traurig und wütend, versorgten mich aber gleichzeitig mit nützlichen Tipps:

Runterschalten, wenn es steil wird.

Keine ruckartigen Lenkbewegungen.

Seiten- und Rückspiegel im Auge behalten.

Es war übrigens meine Idee gewesen, so früh wie möglich fahren zu lernen. Mein durchschlagendes Argument: »Was ist, wenn Katie mal nicht kann und eins von den Kindern schlimm krank wird? Wer fährt dann mit ihnen in die Notaufnahme?«

Als Krabbelkind musste Elias ein paar Mal im Krankenhaus behandelt werden. Ständig verschluckte er irgendetwas oder steckte sich Spielzeug ins Ohr oder in die Nase.

Wir alle hatten gewusst, dass es Tage gab, an denen Jens auf Montage war und Katie nichts auf die Reihe bekam, egal ob wir hungrig waren oder jemand von uns Fieber hatte oder Kummer oder sonst irgendein dringendes Bedürfnis. Solche Tage waren seltener geworden, aber das konnte sich jederzeit ändern, sie lauerten auf meine Mutter wie Drogendealer im Park, süßes Gift im Gepäck.

Katie, ganz im Frauchenmodus, hatte die Entscheidung damals Jens überlassen: »Ich weiß nicht, sie ist doch noch so klein. Was meinst du?«

»Ich meine, Mika ist alt und vernünftig genug.«

Nur zur Information: Zu diesem Zeitpunkt war ich dreizehn. Vernünftig bin ich vermutlich schon zur Welt gekommen. Was blieb mir anderes übrig?

Als Jens ein Jahr später mit großem Tamtam seine Siebensachen packte und auszog, drückte er nicht etwa Katie, sondern mir die Wagenschlüssel in die Hand und brummte: »Die Alditüte lasse ich euch da.«

Dieser Mistkerl. Ließ uns einfach sitzen. Nicht, dass er der Erste gewesen wäre. Nicht, dass ich einen von Katies Typen jemals vermisst hätte. Wie hieß es doch so schön? Reisende soll man nicht aufhalten.

Aber der Rat mit den Seitenspiegeln war gut. So konnte ich besser abschätzen, wie nah ich den Felsen kam, zerklüftete, graue Granitwände, die der Straße an manchen Stellen bedrohlich zu Leibe rückten. Und ich verriss nicht gleich vor Schreck das Lenkrad, als eine Gruppe Motorräder vorbeidonnerte.

»Cool«, rief Elias.

»Wahnsinn.«

Er bestaunte die Maschinen, Penny die Fernsicht, denn gerade erreichten wir eine Art Hochebene. Berge, Hügel und Wälder bis zum Horizont. In der Ferne schimmerten die Kämme bläulich. Der Himmel makellos. Wir waren noch nie gemeinsam in die Ferien gefahren, hatten uns das Geld für die Reise mühsam zusammengespart. Ursprünglich hatten wir ans Meer fahren wollen, aber Unterkünfte dort waren in der Hochsaison viel zu teuer gewesen. Für die abgeschiedene Hütte im Harz hatte es gerade so gereicht. Und jetzt war alles für die Katz. Die Miete bezahlt, Blumen auf dem Tisch, wofür?

Ich riss mich am Riemen. »Hey, ihr da hinten, sagt mal, habt ihr wirklich geglaubt, wir würden die ganzen Ferien hier am Arsch der Welt verbringen?«

»Ja«, antworteten beide unisono.

Ich legte alle Munterkeit, die ich aufbringen konnte, in meine Stimme. »Ach kommt, hier kann man doch nichts Spannendes unternehmen. Überall Rentner am Krückstock. Es wird Zeit für ein richtiges Abenteuer, eins von Katies verrückten Spielen, ihr wisst schon.«

Schweigen. Offenbar hielt sich ihre Abenteuerlust in Grenzen. Oder war, genau wie meine, mit dem Anzünden eines Lagerfeuers und dem Bau eines Floßes bereits vollkommen befriedigt. Aber das konnte ich natürlich nicht zugeben.

Penny und Elias jammerten um die Wette. Alles sollte so sein wie gestern, doch das war es nicht. Nichts würde jemals wieder so sein. Was konnte ich dafür?

»Mal ehrlich, das Lagerfeuer hat doch gar nicht richtig gebrannt. Anderswo gibt es viel besseres Holz.« Eine selten dämliche Ausrede.

»Wo denn?«, fragte Elias sehr ernsthaft.

Hätte ich bloß die Klappe gehalten. Ich entdeckte das blaue Autobahnzeichen und folgte der Ausschilderung. Penny bemerkte es.

»Erlaubt Katie das?«

»Klar.«

»Echt jetzt?«

»Echt.«

Da unsere Mutter anders als andere Mütter war (anders, als Mütter nach Ansicht der meisten Erwachsenen zu sein haben), beschloss Penny, mir zu glauben. Ich sah es in ihrem Gesicht. Unsere Blicke begegneten sich im Rückspiegel. Penny grinste breit, ihre großen braunen Augen leuchteten. Vielleicht war sie doch für eine größere Herausforderung als einen Harzurlaub zu haben. Meine fesche kleine Schwester.

»Ich glaube, das ist gegen das Gesetz«, hauchte sie und betrachtete ihre frisch lackierten Nägel. Black Beauty. Ich wünschte, ich hätte ihren Schneid.

ZWEI

Elias war barfuß. Ich sah es aus dem Augenwinkel und stöhnte auf. Schuhe! Wie konnte ich bloß die Schuhe vergessen? Im Morgengrauen, als ich in Rekordzeit Klamotten in Katies Reisetasche gestopft hatte, für jeden ein paar T-Shirts, Pullis, Jeans und als Extra Pennys Lieblingskleid, war ich lächerlich stolz auf mich gewesen, dass ich, obwohl ich heulte und am ganzen Körper bibberte wie ein Zwergpinscher im Eisregen, in der Lage war, an Unterwäsche, Socken und Zahnbürsten zu denken. Sogar unsere Kulturbeutel waren an Bord.

Und dann so ein dummer Fehler. Wie ich es hasste, Fehler zu machen. Mein Versagen war ein Schlag ins Gesicht, die Art Ohrfeige, die einen wachrütteln soll: Achtung Baby Blue, das hier ist mindestens eine Nummer zu groß für dich. Ich stöhnte wieder. Baby Blue. So hatte mich Katie früher oft genannt. Weil ich als einziges ihrer Kinder blaue Augen hatte.

»Was ist?«, fragte Penny. Neuerdings hat sie sich einen nörgeligen Unterton angewöhnt (den passenden Gesichtsausdruck dazu übte sie vor dem Spiegel), aber ihre Stimme klang sogar für ihre Verhältnisse extrem genervt.

»Nichts.«

»Und warum stöhnst du dann so?«

»Mach ich doch gar nicht.«

»Machst du wohl. So.« Gekonnt imitiert sie mich. »Lass es doch einfach bleiben, wenn du mir sowieso nichts zu sagen hast.«

»Okay.«

Sie hatte recht. Ich musste mich zusammenreißen. Da meine Geschwister nicht das Gefühl beschleichen sollte, von mir gekidnappt zu werden, war es wichtig, sie für unsere Mission zu begeistern, ihnen alles, was wir taten, so zu verkaufen, als wäre der Weg das Ziel, völlig egal, ob ich das selbst so empfand. (Was ich nicht tat, für mich galt definitiv die Losung: Das Ziel ist das Ziel. Zumindest redete ich mir das ein.)

»Hast du Schuhe an?«, fragte ich Penny, weil ich ihre Füße von meiner Position am Steuer aus nicht erkennen konnte.

»Klar, meine Dockers. Wieso?«

»Elias nicht.«

»Stimmt. Risikoooo!« Sie tat, als wollte sie Elias den großen Zeh abbeißen. Er lachte kreischend.

»So ist er eben.«

Ja, so war er. Ich wusste es doch: Unser Nesthäkchen erkundete die Welt am liebsten ohne Schuhe und Strümpfe, befreite sich bei jeder Gelegenheit davon. Als im Kindergarten ein Barfuß-Verbot ausgesprochen wurde, nachdem eine dieser hysterischen Ist-das-auch-ganz-bestimmt-alles-bio?-Mütter aus dem Jugendstilgetto für Hipster wegen angeblicher Fußpilzansteckungsgefahr Beschwerde eingereicht hatte (als wäre Fußpilz nicht irgendwie auch bio), weigerte sich Elias eine Woche lang hinzugehen.

Ich für meinen Teil hätte ihn ja gezwungen, doch Katie ließ ihm wie immer alles durchgehen. Weil er ein Junge und damit ein kleiner Mann war, glaubten Penny und ich.

Bei Männern, den großen wie den kleinen, wurde sie eben schwach, da konnte sie nicht aus ihrer Haut. Was in Bezug auf Elias allerdings verständlich war. Er war wirklich ein Sonnenschein.

Am Ende des Kindergartenboykotts siegte zum Glück die Sehnsucht nach seinen Kumpels, sonst hätte er bis zum ersten Schnee gemacht, was er wollte.

Ich stellte mir Elias am Meer vor. Seine braunen Kinderfüße im Sand. Weiße Gischt. Kitschalarm, zugegeben, aber der Tagtraum verbesserte meine Laune schlagartig.

Wie zur Belohnung tauchte direkt hinter dem Ortsausgangsschild eines Städtchens, das wir gerade durchquert hatten, eine Ladenzeile auf. Es gab einen Aldi, eine Drogerie, einen Bäcker – und einen Billigschuhladen. Treffer! Ebenerdig wie eine Landebahn döste der Parkplatz in der Sonne, er wirkte frisch gepflastert, geradezu poliert, und war offenbar reichlich überdimensioniert für so ein verschlafenes Nest. Denn es herrschte gähnende Leere, Kunden waren keine in Sicht, lediglich vor dem Aldi-Eingang standen ein paar Autos.

Ein Himmelreich für Fahranfänger. Immerhin würde ich den Polo nicht unter der gestrengen Oberaufsicht irgendwelcher Altnazis in Rente, die sich aus Langeweile zum Hilfspolizisten berufen fühlten, in eine viel zu enge Lücke hineinmanövrieren müssen, wie es daheim in Berlin unter Garantie der Fall gewesen wäre.

»Und was machen wir jetzt?«, fragte Penny, als ich abbog und mich fragte, wo auf der riesigen Parkfläche unsere alte Karre am wenigsten auffallen würde.

»Was wohl? Schuhe kaufen. Für Elias. Ich habe vergessen, welche einzupacken.«

»Wie – einpacken?« Sie kaute auf dem Wort herum wie auf einem Stück Brokkoli (Penny hasste Gemüse), während ich die Alditüte neben einem Laternenmast parkte. Wir standen mitten auf dem Präsentierteller – da war nichts zu machen. Seufzend drehte ich den Zündschlüssel im Schloss.

Unterdessen dämmerte meiner Schwester, dass wir länger unterwegs sein würden, als ihr lieb war. Jetzt war sie es, die aufstöhnte.

Sie saß in der Falle.

Genau wie ich.

Wie jeder von uns.

Kaum war der Motor aus, sprang sie ins Freie, öffnete den Kofferraum und entdeckte die Reisetasche, daneben die Kühlbox, in der ich den Inhalt unseres Ferienhauskühlschranks verstaut hatte. Milch, Margarine, Aufschnitt, vier Äpfel. Dazu Toastbrot und Cornflakes und noch ein paar Getränke.

»Finger weg vom Gepäck. Bring nicht alles durcheinander«, befahl ich.

Es kam ziemlich unsouverän rüber, das hörte ich selbst. Egal wie viel Mühe ich mir gab, alles, was ich sagte, klang nicht nur genervt, sondern maximal gereizt, was schon wieder ein Sieg nach Punkten für Penny war, denn Genervtheit konnte durchaus etwas Lässiges haben, Gereiztheit nicht, gereizt war man nur, wenn man – wie ich – mächtig unter Strom stand.

Penny, eine Hand an der Tasche, die andere vorm Mund, starrte mich an, als hätte sie mich nie zuvor gesehen. Der Blick in ihren Augen war original der eines Entführungsopfers.

Es hatte wenig Sinn, meinen Bruder seine Schuhe selbst aussuchen zu lassen, dafür interessierte er sich viel zu brennend für Plüschtierhausschuhe in Form von Bulldoggengesichtern oder Drachenkrallen.

Ich entschied mich für ein Paar Skater mit Klettverschlüssen: schwarz, weiße Streifen, neongelbe Sohlen. Auch das Logo der No-Name-Marke war neongelb (ich fragte mich, warum No-Name-Marken überhaupt so fette Logos haben mussten). Allein schon wegen der grauenhaften Farbe waren die Schuhe eben gerade nicht das Gelbe vom Ei, aber sie sahen okay aus, außerdem waren sie laut Etikett für den Einsatz auf einem Skateboard konstruiert und daher entsprechend robust und bequem, wie ich hoffte.

Bevor ich Elias von einer Anprobe überzeugen konnte, flitzte er wie angeknipst die langen Regalreihen entlang und rappte: »Keine Schuhe, is' mir egal. Kein Handy, is' mir egal.«

Zum Glück besaß er keins. Anders als Penny. Gelangweilt stand sie genau in dem Moment vor einem Spiegel und tippte darauf herum, ein vertrauter Anblick, der mich diesmal allerdings in Panik versetzte, bis mir einfiel, dass ihre Prepaidkarte leer war. Gestern hatte sie den halben Tag darüber gejammert, woraufhin Katie zwar an der nächstbesten Tankstelle pflichtschuldig neues Guthaben für sie gekauft, es ihr aber zu meinem Erstaunen aus erzieherischen Gründen noch vorenthalten hatte, was ich richtig fand. Penny ging wirklich verschwenderisch mit ihrem Handygeld um.

Konkret hieß das jetzt für mich, dass der Guthaben-Code uneingelöst in Katies Brieftasche steckte, die wiederum in meinem Rucksack sicher verwahrt war. Ich konnte also erst mal aufatmen. Dennoch: Solange es auf Empfang war, blieb Pennys Smartphone definitiv ein Problem, egal ob mit oder ohne Geld zum Telefonieren und Surfen auf der Karte. Ich hätte mich ohrfeigen können, weil ich vorhin nicht gleich auf die Idee gekommen war, es an mich zu nehmen, als sie noch friedlich in ihrem Bett lag und schlief. Jetzt würde es unweigerlich Streit geben. Wie gesagt, ich hasste es, Fehler zu machen.

Ich zwang mich zur Ruhe: eins nach dem anderen.

Die Schuhe passten.

Elias hatte keine Einwände.

»Woher hast du so viel Geld?«, fragte Penny, als ich an der Kasse einen Fünfziger aus der Tasche meiner abgeschnittenen Jeans zog.

Um eine Antwort verlegen, schwieg ich verbissen. Ich weiß nicht, warum mir auf die Schnelle keine logische Erklärung einfiel, wahrscheinlich, weil sich meine Erfahrungen im Lügen allgemein in Grenzen hielten. Katie nannte mich immer »eine ehrliche Haut«, das meinte sie allerdings nicht als Kompliment, sondern spöttisch. Einmal hatte sie auch behauptet, ich sei einfach zu feige, um »kreativ mit der Wahrheit umzugehen« (auf diese Formulierung, die bestimmt nicht von ihr war, war sie lächerlich stolz). Doch inhaltlich war da etwas dran, zugegeben. Ich kann manchmal ein schrecklicher Feigling sein, was zur Folge hat, dass ich mich bemühe, so wenig wie möglich in Schwierigkeiten zu geraten. Meistens geht diese Strategie auf. Hin und wieder nicht.

Die Kassiererin guckte skeptisch, faltete den zerknitterten Schein auseinander und steckte ihn in eines dieser Prüfgeräte, die Fälschungen erkennen können. Anscheinend war er echt, denn sie klemmte ihn kommentarlos in die Kasse und zahlte das Wechselgeld aus, ihr Mausgesicht noch immer wachsamer, als mir lieb war. Obwohl: Sehen Mausgesichter nicht immer wachsam aus? Das ist ja gerade das Maushafte an ihnen.

»Geld wie Heu, die Gangsterbraut«, sagte Penny.

»Is' mir egal«, sang Elias.

Ich spürte, wie mir das Blut in Hals und Wangen stieg, und versuchte, beim Knallrotwerden so entspannt wie möglich auszusehen.

Nichts wie raus hier. Leider geriet mein Tonfall ziemlich aggressiv, als ich der Kassenmaus einen schönen Tag wünschte. Trotzdem hätte sie ruhig antworten können, fand ich, das war schließlich ihr Job, und wir waren solvente Kunden, egal ob wir in ihr Weltbild passten.

Hektisch nahm ich meinen Bruder an die Hand und zog ihn hinter mir her aus dem Laden. Ich betete, dass Penny, dieses freche kleine Miststück, endlich die Klappe halten und uns folgen würde, und genau das tat sie dann auch. Ihr Glück.

Die Stimmung blieb also angespannt, und mir wurde klar, dass ich jede Menge gute Gründe hatte, mich einzuschmeicheln. Die Bäckerei neben dem Schuhladen verkaufte nicht nur Backwaren, sondern auch Waffeleis, angeblich selbst gemacht. Obwohl wir nicht gefrühstückt hatten, spendierte ich jedem von uns zwei Kugeln und erntete immerhin ein Dankeschön von Elias. Penny war sich dafür natürlich zu fein, also fürs Bedanken, nicht fürs Eisessen.

»Kann ich dein Handy mal sehen?«, fragte ich sie.

»Warum?«

»Nur so.«

»Was heißt nur so?«

»Einfach so eben. Kann ich?«

»Is' mir egal.«

Wir mussten lachen. Eigentlich hätte so etwas wie Ferienlaune aufkommen müssen. Die Sonne schien, wir saßen nebeneinander auf der Rückenlehne einer Bank und hatten die Füße auf der Sitzfläche abgestellt. Elias balancierte in der Nähe auf einer hüfthohen Mauer – immer noch barfuß, versteht sich. Die Schuhe steckten im Karton und ließen ihn kalt.

Penny war misstrauisch, das konnte ich spüren, aber sie war auch verunsichert, weil wir ohne Katie in einem fremden Kaff auf einem fremden Parkplatz rumhingen, und ging daher ausnahmsweise nicht auf Konfrontationskurs. Nach einer kleinen Weile zog sie bereitwillig ihr Handy aus der Hosentasche, ein billiges China-Smartphone mit pinkfarbener Plastikverschalung, ihr ganzer Stolz.

»Hier.«

»Danke.«

Ich nahm es und schaltete es ab.

»Was soll das denn? Spinnst du?« Penny empörte sich halbherzig, reine Pflichterfüllung, als hätte sie insgeheim damit gerechnet, dass ich etwas Derartiges vorhatte.

Ich mochte nicht die sein, die gerade aus mir wurde. Es machte überhaupt keinen Spaß.

»Das ist Teil des …« Ich setzte zu einer ausgiebigen Denkpause an, in der ich es leider nicht eine Sekunde lang schaffte, zu denken. » … Spiels.« Es klang unglaublich lahm, das wusste ich selbst.

»Was für ein Scheißspiel soll das bitte sein?«

Ich seufzte. »Weißt du noch die Schnitzeljagden, die wir früher in der Wohnung veranstaltet haben?«

»Da waren wir Babys!«

»Und der Geburtstag, als sich Katie in der alten Fabrik versteckt hatte, weißt du noch, wie –«

»Das war kein Spiel. Da wollte sie sich umbringen, weil Jens sie sitzen lassen hatte.«

Sie konnte einen wahnsinnig machen. Ich schüttelte heftig den Kopf. »Sag so was nicht, das wollte sie nie und nimmer. Sie war bloß etwas schräg drauf. Aber das ist jetzt sowieso ganz egal. Jetzt haben wir nämlich ganz andere Sorgen.«

»Und die wären?« Missmutig knabberte Penny an ihrer Waffel, ihre Lippen vom Eis himbeerfarben. Nichts hasste meine kleine Schwester mehr als geteilte Sorgen. Sie hatte ihre eigenen. Von denen anderer Leute hielt sie sich fern, so gut es ging, selbst wenn es um ihre Familie ging. Schlaues Mädchen.

»Wir müssen diesen Leuchtturm finden.«

»Welchen Leuchtturm?«

»Den Katie immer zeichnet. Weißt du?«

»Mann, frag das doch nicht immer. Du nervst, Mika. *Nichts* weiß ich.«

Ich holte tief Luft. »Wenn Mama mit einer besonders langweiligen Bekannten telefoniert oder fernsieht, ohne richtig hinzusehen, oder einfach nichts weiter macht, dann kritzelt sie doch ständig auf irgendwelchen Zetteln herum.«

»*Das* weiß ich. Ich bin ja nicht blöd.«

»Vielleicht ist dir aufgefallen, dass immer wieder dasselbe Motiv dabei rauskommt: ein Leuchtturm nämlich, und zwar genau der, den sie früher mal am Meer gesehen hat, bei einer Jugendfreizeit. Das ist ihr Sehnsuchtsort. Weißt du?« Ich hatte es schon wieder gesagt, Penny hatte recht. Ich hätte mir auf die Zunge beißen können.

Meine Schwester rollte die Augen. »Ja. Ich. *Weiß.* Da war sie sogar obendrauf, glaube ich. Hat sie mal erzählt. Und dass das der beste Sommer ihres Lebens war.«

»Genau. Den suchen wir.«

»Den besten Sommer ihres Lebens?«

»Den Turm!«

»Der ist doch total weit weg. In Schweden oder so.«

»Dänemark.«

»Das ist doch alles dasselbe. Irgendwo da oben. Im Ausland. Wir können doch nicht einfach so mit dem Auto ins Ausland fahren. Katie bringt uns um.«

Keiner von uns dreien hatte je eine Landesgrenze übertreten.

»Doch können wir. Müssen wir sogar. Denn das ist nun mal unser … Auftrag. Und Regel Nummer eins lautet, wir dürfen nicht erreichbar sein. Deswegen muss dein Handy ausgeschaltet bleiben. Genau wie meins.«

»Wetten, dein Handy ist nicht aus?«

Ich zeigte es ihr.

Penny zog die Stirn kraus. Ich sah, wie es in ihr arbeitete.

Mein Konstrukt war mehr als dürftig, das war mir klar, irgendein ominöser Auftrag, ein Spiel mit bizarren Regeln, bestenfalls erinnerte sie all das wirklich ein wenig an unsere Mutter. An Katie, wie sie gewesen war, bevor sie anfing, in der Altenpflege zu arbeiten und auch sonst Dinge geregelt zu kriegen, wie die Familienhelferin es nannte. Die Zeit, als sie in den Tag hinein lebte, sich amerikanische Serien ansah, zeichnete und in ihrer Fantasiewelt lebte, an der sie uns manchmal teilhaben ließ, manchmal nicht. Wir hatten zigtausend verrückte Sachen mit ihr gemacht. Aber so verrückt?

Elias sah zu uns rüber. Er hatte sein Eis aufgegessen, ihm wurde langweilig, also warf er mit kleinen Steinen nach größeren Steinen. Er konnte sich gut selbst beschäftigen, natürlich machte er dabei jede Menge Quatsch, wie alle Kinder, aber nicht nur. Als er noch kleiner war, liebte er Wimmelbücher, inzwischen interessierte er sich fürs Buchstabieren, außerdem malte er gern, dann hatten wir noch Benjamin-Blümchen-Kassetten für ihn dabei. Elias würde ich locker bei Laune halten können. Was Penny betraf, machte ich mir Sorgen.

»Ist Katie echt damit einverstanden?«, fragte sie.

»Wenn nicht, hätte sie doch längst versucht, dich anzurufen, oder? Denk doch mal nach, dein Handy war heute morgen die ganze Zeit an.«

»Trotzdem«, sagte Penny. »So ist sie doch gar nicht mehr. So … durchgeknallt.«

»Nicht wenn sie arbeiten muss. Aber jetzt sind Ferien, da kann ein Hauch Durchgeknalltheit nicht schaden. Im Gegenteil. Komm schon, Penny, mach's mir nicht so schwer, bitte. Es geht ans Meer, das ist doch toll. Du wolltest doch eigentlich viel lieber an die Ostsee als in die Berge.«

»Fahren wir denn an die Ostsee?«

Nicht mal die Frage konnte ich beantworten. Ich rief mir die stumme Karte in Erinnerung, die Teil der letzten Erdkundearbeit zum Thema EU gewesen war. Ich hatte eine Zwei geschrieben, nicht zu verachten, da musste doch irgendetwas hängen geblieben sein.

Dänemark also, oberhalb von Deutschland, unterhalb von Schweden und Norwegen, links und rechts Wasser. Nordsee UND Ostsee.

Wo war Katies Leuchtturm? Das Meer, das Katie zeichnete,

war aufgewühlt, die Ostsee, wie wir sie kannten, eine Badewanne. Drei Tagesausflüge mit Katie und Jens nach Warnemünde, mehr Meer hatte ich in meinem Leben noch nicht gesehen.

»Wir fahren dahin, wo es am schönsten ist«, sagte ich. »Wirklich?«

»Versprochen. Hoch und heilig. Wir haben einen Supersommer vor uns. Wahrscheinlich sogar den besten unseres Lebens, wenn mich nicht alles täuscht.«

Hoch und heilig – am Arsch. So ist das mit dem Lügen. Je dicker man aufträgt, desto schneller gewöhnt man sich dran.

DREI

Wir ließen das Gebirge hinter uns und erreichten die Autobahn. Kassel lag südlich, Hannover ein Stück weiter im Norden, das war unsere Richtung. Nach meinen Erfahrungen als Beifahrerin fürchtete ich mich vor der Beschleunigungsspur, weil ich wusste, dass der Polo nicht gerade einen Raketenantrieb besaß, doch meine Angst, von hinten aufgespießt zu werden, erwies sich als unbegründet. Das reinste Glücksspiel. Gestern hätte uns ein Sattelschlepper um ein Haar plattgemacht, sein Hupen die reinste Kriegserklärung, heute glitt der Verkehr gemächlich dahin.

Ein froschgrüner Pick-up ließ eine Riesenlücke, damit ich mich einreihen konnte, und das tat ich, als wäre es das Selbstverständlichste von der Welt. Als ginge mein Puls nicht so stürmisch, dass ich ihn bis in die Fingerspitzen spüren konnte, wie zuletzt bei meiner Verabredung mit Nikos aus der Parallelklasse. Oder genauer: vor der Verabredung. Ich stand vor dem Cineplex und wartete – natürlich war ich zu früh und er zu spät, Naturgesetz – und konnte mich kaum beherrschen. Mein Herz hämmerte, als drängte es raus aus dem engen Brustkorb. Ich wollte ihm den Raum verschaffen, den es brauchte. Ich hätte im Kreis rennen mögen oder wie ein Flummi in die Luft springen, um die ganze überschüssige Energie loszuwerden.

Als Nikos und ich dann endlich nebeneinander im Kino saßen, Nachmittagsfilm, ringsum lärmende Kinder, auf der Leinwand lärmende Action, hatte sich das Herzklopfen erledigt, wir mampften unser Popcorn und sahen zu, wie Autos, Hubschrauber und ein Wolkenkratzer in die Luft flogen. Nikos, die Nullnummer, dass ich mir überhaupt den Namen gemerkt habe. Nichts als Ballast im Kopf. Von da an blieb ich Single aus Überzeugung. Es war die Sache nicht wert, glaubte ich.

Wohingegen das, was ich jetzt tat, jedes Risiko und jede damit verbundene Pulserhöhung rechtfertigte. Und Langeweile drohte auch nicht, so viel stand fest.

Kraftwerk im Kopf: Fahren, fahren, fahren auf der Autobahn. So fühlte sich das also an. Keine Leuchttürme in Sicht, keine wilde See, nur ein Meer aus Gummi und Blech. Dicke Autos zwischen verbeulten Rostlauben wie unsere Alditüte, Wohnmobile, Motorräder, Busse und Lastwagen, die Straße quoll über, es war Juli, Reisezeit, die halbe Republik unterwegs. Diesmal gehörten wir dazu. Endlich.

Ich erinnerte mich an die vielen Sommer, die wir in Berlin verbracht hatten. Wie oft hatte ich mir die Verkehrsnachrichten im Radio angehört, monotone Stimmen, die einen Stau nach dem anderen runterratterten, Stau oder zähfließender Verkehr ab fünf Kilometer Länge hieß es in Spitzenzeiten, und ich war neidisch auf alle, die darin feststeckten. Am Ende würden sie trotzdem irgendwo ankommen, erschöpft und hungrig, vielleicht sogar heillos zerstritten, aber doch mit der Gewissheit, am nächsten Morgen an einem neuen aufregenden Ort aufzuwachen, während ich noch immer auf dem Balkon oder in meinem Zimmer hockte.

Jetzt war ich frei.

Wir waren frei.

Nahmen unser Schicksal selbst in die Hand.

Ich schaute mir die Leute in den anderen Autos an. Wann waren sie aufgebrochen und wohin? War ihr Weg auch so weit wie unserer? Kannten sie im Gegensatz zu uns das Ziel?

Haufenweise Vorzeigefamilien, Vater, Mutter, zwei Kinder. Rentnerpaare. Hier und da Fahranfänger, die beim Spurwechsel patzten, entweder fuhren sie übertrieben forsch und schnitten andere oder zu zögerlich, als kämen sie frisch aus der Fahrschule. Immerhin hatten sie (wahrscheinlich) eine Fahrschule besucht, und es war anzunehmen, dass sie auch einen gültigen Führerschein besaßen.

Ich beschloss, sie dafür zu verachten, genau wie ich die Vorzeigefamilien für ihre Vorzeigbarkeit verachtete. Diese lächerlichen Väter, die mit seligem Grinsen in liebevoll geschmierte, salatdekorierte Käsestullen bissen. Dazu die Mütter, die sich alle paar Minuten wie Bedienstete vom Beifahrersitz umdrehten und Getränke und Süßigkeiten nach hinten reichten, um sicherzustellen, dass es dem Nachwuchs an nichts fehlte. Statt Benjamin Blümchen aus einem klappernden Kassettendeck, gab es selbstverständlich ein Entertainment-System an Bord der Luxuskarossen, in den Rückseiten der Kopfstützen flackerten Zeichentrickfilme über die eingebauten Displays. Hatten diese Bonzen einen Schimmer, wie aufwendig es war, heutzutage noch Kassetten zu organisieren?

Immer, wenn ich den Verdacht hatte, meine Blicke würden erwidert, senkte ich den Kopf so, dass mir die Haare vors Gesicht fielen. Sie waren schulterlang. Ich ließ sie gerade wachsen, was die Ähnlichkeit zwischen mir und Katie unterstrich.

Auf genau diese Ähnlichkeit setzte ich. Sie war frappierend. Oft genug waren wir für Schwestern gehalten worden, unsere Nachbarin verwechselte uns ständig, vor allem wenn ich Dinge tat, die man eigentlich von einer Mutter erwarten würde, wie zum Beispiel Bettlaken im Wäschekeller aufhängen.

Im Zweifelsfall, daran musste ich einfach glauben, würde ich bei jeder Kontrolle für Katie durchgehen, denn auch das Passfoto in ihren Papieren ähnelte meinem kolossal. Ich sah einfach genauso aus wie sie mit fünfzehn, bevor sie mit mir schwanger wurde. Und seither hatte sie sich, sämtlichen durchgefeierten Berliner Klubnächten zum Trotz, kaum verändert, war jung und mädchenhaft geblieben, kein bisschen verlebt, auch wenn ihre Mutter, meine Oma, das noch auf ihrem Sterbebett behauptet hatte. Verlebt – was für ein gemeines, hinterhältiges Wort. Schlampe klang dagegen aus Omas Mund beinahe respektvoll. Dabei hatte sie doch, genau wie Katie, in ziemlich jungen Jahren drei Kinder von drei verschiedenen Männern bekommen (was sie meiner Mutter gerade deshalb anzulasten schien) und war zu unguter Letzt jahrelang allein gewesen, als die Typen nicht mehr Schlange standen. (Und wer steht schon bei einer dreifachen alleinerziehenden Mutter Schlange, wenn er nicht gerade pädophil ist oder aufs Kindergeld aus oder beides?) Jedenfalls: Wenn einer verlebt aussah, dann meine Oma, vor allem am Schluss wegen ihrer Krankheit. Sie wurde nicht mal fünfzig.

Die Erinnerungen machten mich wieder wütend und traurig, und ich zwang mich, zur Ablenkung ein Spiel vorzuschlagen: Wer findet zuerst zehn Dinge in der Farbe Blau?

Elias legte sofort los: »Der Himmel. Und das Schild. Und das Auto da. Das ohne Dach.«

»Das ist ein Cabrio, stupid«, sagte Penny.

»Weiß ich. Finde du erst mal selber was.«

»Ist mir zu blöd.«

»Du bist blöd.«

»Hört auf zu streiten.«

Das war ich. Wer sonst? Ich wollte einfach nicht, dass es die ganze Zeit so geht.

Elias und ich spielten weiter, doch Blau war zu einfach. In einer Minute waren wir mit der Runde durch, allein schon wegen der vielen Schilder am Fahrbahnrand. Alle logischerweise in Autobahnblau.

»Du hast unsere Alditüte vergessen«, sagte ich zu ihm.

»Mist.«

»Gewonnen haste trotzdem.«

Elias jubelte und reckte die Siegerfaust in die Luft. »Ich liebe gewinnen«, sagte er. »Was ist der Preis?«

»Du darfst die nächste Farbe vorschlagen.«

Wenig überraschend entschied er sich für seine Lieblingsfarbe Pink. Eine bessere Wahl hätte er nicht treffen können. Diesmal brauchten wir eine ganze Weile, um eine Entscheidung herbeizuführen, wir wurden richtig albern dabei, und sogar Penny ließ sich zum Mitspielen herab, wahrscheinlich weil sie Pink liebte, wenigstens in dieser Hinsicht war sie mit ihrem kleinen Bruder auf einer Wellenlänge.

Genauso in ihrem Siegeswillen. Zum Schluss kämpften beide verbissen, debattierten pedantisch über Nuancen von Rot und Violett, als ginge es um fette Preise und nicht bloß darum, sich die Zeit zu vertreiben. Er schlug sie um einen Punkt. Der unbestreitbar pinkfarbene Schriftzug einer Musikschule, der das Heckfenster eines Kombis vor uns zierte, verhalf ihm zum Erfolg.

Wieder die Faust.

»Du nervst echt«, sagte Penny.

Wer oder was war bitte nicht eigens dafür gemacht, meine kleine Schwester zu nerven?

»Komm, gönn's ihm einfach, und sei eine gute Verliererin«, sagte ich.

»Wenn hier einer verloren hat, dann du. Du hast die wenigsten Punkte.«

»Meinetwegen. Wenn es dich glücklich macht.«

»Glück ist eine Illusion.«

Penny war schlau, zugegeben. Sie konnte einen zur Weißglut bringen.

Ich kurbelte das Fenster runter und ließ mir den Fahrtwind um die Nase wehen. Genau genommen war es nur ein Lüftchen, da der Verkehr immer langsamer floss. Das reinste Fahrtraining: Raufschalten, runterschalten, die meiste Zeit fuhren wir im ersten oder zweiten Gang, inzwischen konnte ich profimäßig die Kupplung kommen lassen. Es war wirklich keine große Sache, wenn man den Bogen erst mal raushatte.

Kurz vor Hannover war die Straße dicht, totaler Stillstand. Anfangs schienen alle noch zu glauben, dass es jeden Moment weiterginge oder sie dem Ganzen durch Hupen ein Ende machen könnten, aber irgendwann gaben die ersten Leute auf und stiegen aus, um sich die Beine zu vertreten. Manche probierten es mit Gymnastik, rollten die Köpfe, bogen die Rücken durch und blinzelten wie Zombies in die Sonne. Als hätten sie keine Ahnung, auf welchem Planeten sie sich gerade befinden. Jetzt bekam ich Lust zu hupen, einfach so aus Spaß, ich konnte mich nur mit Mühe zurückhalten. Bloß keine Aufmerksamkeit erregen.

Ich stellte den Motor ab. Verständlicherweise ließen die Fahrer, die das Glück hatten, klimatisiert zu reisen (also die meisten), ihre Autos laufen, damit die Anlagen weiterarbeiten konnten. Durch die offenen Fenster wurden wir mit Abgasen eingenebelt, schließen konnten wir sie nicht, dafür war es viel zu heiß, Hitzschlag garantiert. Armsein war ätzend im Detail. Über dem Asphalt wellte sich die Luft.

Ich zählte in Gedanken einen Countdown von zehn abwärts, kam sage und schreibe bis vier, bevor die Quengelei losging.

Penny war langweilig.

Elias wollte nach Hause und hatte Durst.

»Hinten in der Kühlbox gibt es Sprudelwasser, Cola und Capri-Sonne. Gib ihm, was er haben will, Penny.«

»Capri-Sonne!«

Darauf hätte ich wetten können. Welches normale Kind trinkt schon freiwillig Wasser? Keine Ahnung, wie die Bio-Mütter das hinbekommen.

»Penny? Machst du mal?«

»Mach's doch selbst. Ich bin hundemüde.« Demonstrativ rutschte meine Schwester im Sitz nach unten und schloss die Augen wie für ein Nickerchen.

Elias fummelte an seinem Gurt. »Ich will aber Capri-Sonne. Jetzt!«

»Bitte bleib sitzen, Süßer. Ich hole dir was.«

Es war sinnlos, wegen jeder Kleinigkeit mit ihr zu streiten, denn ich brauchte sie an meiner Seite. Seufzend schnallte ich mich ab und stieg aus. Das hätte ich besser bleiben lassen.

Ich hatte gerade den Kofferraum geöffnet, als ich Gesellschaft bekam. Der Fahrer des Kombis vor uns – noch immer der mit dem pinkfarbenen Schriftzug – stieg aus und schlenderte direkt auf mich zu, ein breites Lächeln auf den Lippen, als hätte er schon die ganze Zeit auf die Gelegenheit gewartet, eine Autobahnbekanntschaft zu schließen. Ich lächelte ebenfalls. Was blieb mir anderes übrig?

»Jetzt sind wir ganz schön gekniffen«, sagte er.

»Sieht so aus.« Ich hatte keinen Schimmer, was er meinte, den Stau wahrscheinlich.

»Hast du es auch gehört? Unfall. Vollsperrung!«

Natürlich wusste ich von nichts. Wir mussten ohne Verkehrsnachrichten zurechtkommen, weil unser Autoradio zwar Kassetten abspielte, aber keinen Sender reinbekam. Ich schwieg.

»Diese Idioten«, regte der Mann sich auf. »Kleben die ganze Zeit Stoßstange an Stoßstange und dann kracht es irgendwann. War ja klar.«

»Immer dasselbe«, sagte ich.

Er nickte.

Ich nickte.

Autobahnprofis unter sich.

Obwohl er dunkelhaarig war und Jens straßenköterblond, erinnerte der Typ mich an ihn. Er war ungefähr im selben Alter, also dreißig, schätzte ich, halbwegs gut gebaut und wirkte verstrubbelt. Nicht nur am Kopf, sondern insgesamt. Wie jemand mit einer verstrubbelten Lebenseinstellung. Zerknittertes T-Shirt, Espadrilles, dazu trug er eine Jeans, die aussah, als wäre sie aus den Flicken von hundert anderen Jeans zusammengenäht.

Im Auto probte Elias schon wieder den Aufstand, Gott sei Dank hielt Penny ihn davon ab, sich aus dem Kindersitz zu befreien. Ich kramte eine Capri-Sonne aus der Kühlbox, durchstach die Perforation, ohne dass ein Tropfen danebenging (meine Spezialität), und reichte sie ihm durch die Heckklappe. Danach war Penny an der Reihe. Sie entschied sich für Cola. Dass ich auch noch Chips, KitKat und Bananen verteilte, löste einen Sturm der Begeisterung aus. Eine hervorragende Gelegenheit, den beiden klarzumachen, dass sie auf keinen Fall aussteigen durften.

»Den gesunden Salat gibt es dann heute Abend«, teilte ich anschließend dem Kombifahrer mit, weil ich den Eindruck hatte, angesichts unseres Reiseproviants in seinem Lächeln einen Anflug von Missbilligung wahrzunehmen. Nicht, dass es ihn etwas anginge.

Meine Rechtfertigung brachte den Mann zum Lachen. »Na klar«, sagte er. »Man muss die Meute ja bei Laune halten.«

»Ganz genau.«

Ich fragte mich, ob er Kinder hatte. Alt genug war er jedenfalls. Andererseits bekamen ja viele heutzutage erst Kinder, wenn sie eigentlich schon Großeltern hätten sein können.

Ich muss zugeben, dass der Typ mich nervös machte. Ich hatte aus unerfindlichen Gründen seine Neugier geweckt, das war offensichtlich und so ziemlich das Letzte, was ich gebrauchen konnte, aber ich traute mich nicht, ihn einfach stehen zu lassen. Das lag an meiner verfluchten Höflichkeit Erwachsenen gegenüber. Eine schlechte Angewohnheit: Weil Katie sich an ihre Pubertät klammerte wie ein Schiffbrüchiger an ein Wrackteil seines sinkenden Schiffs und daher jedes Mal exorbitant unhöflich war, wenn sie mit richtigen Erwachsenen redete, beispielsweise den Schnüfflern vom Jugendamt, glaubte ich wohl, etwas wettmachen zu müssen.

Familien*helfer,* dass ich nicht lache. Sie waren ungefähr so hilfreich wie ein Schnupfen beim Durchatmen. Kamen unangemeldet, putzten sich stundenlang die Füße auf der Matte ab, wobei sie sich übertrieben für ihr Hereinplatzen entschuldigten, um uns dann, sobald sie drinnen waren, mit respektlosen Fragen zu bombardieren, eine durchschaubarer als die andere.

»Hast du schon gegessen?«

»Was hat die Mama euch denn heute Schönes gekocht?«

»Das ist ja ein tolles Bild, das du da gemalt hast, bist du der mit der Pistole?«

Kleine Jungs stehen eben auf Pistolen, deswegen werden sie nicht automatisch Anführer einer Straßengang. Ich meine, die Pistole, die Elias gemalt hatte, war pink! Muss ich noch mehr erklären?

Sie legten die Hand auf den ausgeschalteten Fernseher oder die Playstation im Wohnzimmer, um zu prüfen, ob die Geräte warm waren (waren sie immer).

Sie wollten unser Geschirr in den Schränken sehen.

Oder das Badezimmer, inklusive Klobrille.

Und natürlich die Kinderzimmer.

Dafür hätten sie sich entschuldigen sollen!

Katie zickte rum wie vom Teufel besessen, und ich ließ meine guten Manieren und meinen Charme spielen, damit sie ihre Häkchen machten und schnellstmöglich wieder abrückten. Doch das war nicht der einzige Grund für meine Schleimerei: Insgeheim wünschte ich mir, dass sie mich mögen. Komisch, oder? Ich hasste sie, keine Übertreibung, wollte aber trotzdem von ihnen gemocht werden, und das obwohl ich wusste, dass sie sich null für mich oder meine Geschwister interessierten, egal wie ausdauernd sie fragten.

Wir gingen ihnen am Arsch vorbei, das war offensichtlich. Es gab Hunderte Familien wie unsere in Berlin, Familien, die keine waren, sie klapperten eine nach der anderen ab, gingen ihre Checklisten durch und schrieben ihre Berichte. Sie machten bloß ihren Job, waren müde, überarbeitet, fanden sich kolossal unterbezahlt und hatten auch sonst ihre eigenen Probleme. Die meisten hielten nicht lange durch.

Dieser seltsame Kombifahrer war immer noch da. Wollte ich etwa auch, dass der mich mochte? Anscheinend tat er das, denn dieses Lächeln war auf seinem Gesicht festgezimmert. Ich hatte bekanntlich nicht gerade viel Ahnung auf diesem Gebiet, aber ich glaube, er versuchte, mich anzumachen. Er bot mir eine Zigarette an. Ich rauchte nicht. Außerdem hatte ich meine Zweifel, ob auf einer dreispurigen Autobahn nicht ohnehin Rauchverbot herrschte. Wegen des ganzen Benzins. Ich brach schon genug Regeln. Man sollte es nicht übertrieben.

Schließlich stellte er sich als Tobias Pink vor.

»Deswegen die Farbe«, sagte ich und deutete auf den Schriftzug, der auf seinem Heckfenster prangte und Elias den Sieg in unserem Farbenspiel beschert hatte. Gedankenverloren las ich vor: »Musikschule Melancholia.«

Herr Pink errötete leicht. Machte sozusagen seinem Namen alle Ehre.

»Warum nicht einfach Musikschule Pink? Bringst du den Leuten nur traurige Lieder bei?«

Es war komisch, dass wir uns duzten, aber er hatte damit angefangen.

»Soweit möglich. Ich liebe traurige Lieder.«

»Ich auch.«

Sein Blick wurde intensiver.

Hilfe! Ich wich aus. Auf der Gegenfahrbahn brauste der Verkehr vorbei. Weiter vorn wiegte eine Frau ihren schreienden Säugling in den Armen, ein winziges Bündel. Jemand lachte. Die Hitze flirrte.

Es war höchste Zeit zum Rückzug. Nicht, dass ich mich noch aus lauter Höflichkeit auf der Autobahn schwängern ließ und damit der Familientradition folgte. Bloß das nicht. Ich wollte alles anders machen.

Zum Abschied fragte er noch nach meinem Namen.

»Katie.«

Auf einen Schlag vermisste ich sie wieder.

»Nett, dich kennenzulernen, Katie. Vielleicht treffen wir uns ja am nächsten Rastplatz wieder.«

»Kann man nie wissen.«

»Würde mich freuen. Ich halte nach dir Ausschau.«

Ich stieg ein.

Pfeifend schlenderte Herr Pink zurück zu seinem Kombi. Soweit ich beurteilen konnte, war es kein trauriges Lied, das er pfiff.

Als der Stau sich endlich auflöste, waren wir durchgeschwitzt und hatten so viele Chips gefuttert, dass uns höllisch schlecht davon war, zwei volle Tüten. Penny und Elias mussten zur Toilette und die Benzinanzeige näherte sich der roten Reservemarkierung.

»Ich fahre an der nächsten Raststätte raus«, versprach ich.

Unterdessen bemühte ich mich vorsichtshalber, Herrn Pink loszuwerden, was mir anfangs auch gelang, doch nach einer Weile tauchte er wieder auf. Er war jetzt hinter uns, machte jeden Spurwechsel mit, als verfolgte er uns absichtlich. Mir wurde mulmig zumute. Dass er Anstalten machte, denselben Rastplatz wie wir anzusteuern, war dann keine Überraschung mehr.

In der letzten Sekunde zog ich von der Abbiegespur zurück auf die Autobahn, das Manöver geriet so ruckartig, dass wir schlingerten, aber es erfüllte seinen Zweck: Musikschule Melancholia musste abbiegen. Den waren wir los. Fürs Erste hatte ich genug von Pink.

VIER

Benzin in einen Tank zu füllen war keine Kunst. Jens hatte es mir gezeigt. Das musste man ihm lassen: Wenn er einem etwas beibrachte, dann gründlich. Ich konnte tanken, den Reifendruck überprüfen und Spritzwasser auffüllen.

Da ich wusste, wie es ging, drückte Katie mir meistens den Tankwart-Job aufs Auge, nachdem Jens sich verdünnisiert und uns als Abschiedsgeschenk den Wagen dagelassen hatte. Sie blieb dann immer hinterm Steuer sitzen und sagte, sie wäre von der Arbeit mit den Alten zu erschöpft und wolle lieber ein paar Minuten die Augen zumachen. Manchmal schlief sie schon tief und fest, wenn ich vom Bezahlen zurückkam.

Mir war lieber, sie war erschöpft vom Arbeiten als vom Fernsehgucken, und das meine ich nicht geringschätzig oder so (manchmal fand Katie mich extrem geringschätzig, weshalb sie mich im Gegenzug als Spießerin runterputzte, was auch nicht gerade hochachtungsvoll klang), aber ich wusste einfach, wie schrecklich diese Art von Erschöpfung durchs Abhängen einen runterzieht. Du kommst nicht dagegen an, ehrlich.

Die Erschöpfung, die meine Mutter überfiel, wenn sie sieben Stunden lang Greise an- und ausgezogen, ihnen vorgelesen, sie in Rollstühlen durch die Gegend geschoben oder ihnen einfach nur die Hand getätschelt hatte, war völlig anderer Natur, sie ließ sie nachts durchschlafen, während die Fernseh-Erschöpfung sie bis zum Morgengrauen wach hielt, wenn wir uns für die Schule und den Kindergarten fertig machten.

Ich verstand, dass sie nach so einer schlimmen Nacht außerstande war, uns das Frühstück zuzubereiten. Vor der Arbeit kriegte sie es hin. Insgesamt wurde sie immer lebhafter, je länger sie diesen Job hatte.

»Die Alten haben wirklich was zu erzählen«, sagte sie oft.

»Was denn?«

»Na ja, ihr Leben, was sonst? Sie waren ja nicht immer alt. Manche sind es immer noch nicht, nicht tief drinnen, man hört ihre Jugend durch, wenn sie reden, das Alter ist nur eine kaputte Hülle.«

»Was für Leben hatten die denn so?«

»Ein aufregenderes als wir. Manche haben die ganze Welt gesehen.«

»Und saßen sie dabei in einem Panzer?«

»Wenn sie Pech hatten. Sei froh, dass du nicht in einem Panzer sitzt.«

War ich das? Nicht unbedingt. In einem Panzer könnte uns jedenfalls keiner etwas anhaben, kein Herr Pink, keine Polizei, notfalls würden wir uns einfach den Weg bis Dänemark freiballern und über alles und jeden hinwegrollen.

Andererseits: Dass von jemandem, der eine Musikschule namens Melancholia besaß, eine Gefahr ausging, war eher unwahrscheinlich. Und wie viel Sprit schluckte so ein Ding überhaupt?

Schon jetzt, wo ich nur einen Kleinwagenmotor mit

Super bleifrei zu füttern hatte, machte mich die kletternde Summe auf der Zapfsäule nervös. Mehr als vierzig Euro waren zusammengekommen, als es endlich klickte und die Anzeige stehen blieb. Wieder ein Fünfziger so gut wie futsch.

Okay, ich hatte das Geld von Katie dabei, ich wusste, sie hatte für unseren ersten richtigen Familienurlaub so viel wie möglich beiseitegelegt, aber der Vorrat an kleinen und mittelgroßen Scheinen war endlich. Er passte bequem in eine stinknormale Brieftasche. Wie lange würden wir damit auskommen?

Um ehrlich zu sein: Ich hatte keinen Schimmer. Weder wusste ich, wie hoch unser täglicher Bedarf war, noch hatte ich eine Vorstellung von der Dauer unseres Abenteuers. Außerdem – und das war das größte Problem und ein Beweis dafür, wie feige ich tatsächlich sein konnte – hatte ich mich bisher nicht getraut, die Scheine zu zählen.

Eine Gleichung mit zu vielen Unbekannten.

Was tun, wenn wir pleite wären?

Geld klauen?

Nie und nimmer!

Lichterketten mopsen ist eine Sache, aber bei Geld hört der Spaß auf.

Ich tankte also, ohne aufzufallen, und ich zahlte, ohne aufzufallen, während Penny und Elias sich auf den Weg zur Toilette machten. Ich hatte ihnen gesagt, sie sollten auf den Verkehr achten, aber natürlich sprangen sie aus dem Auto und rannten los wie von der Tarantel gestochen. Wenigstens trug Elias dabei seine neuen Schuhe und war ausnahmsweise mal nicht barfuß am Start. Ich beobachtete, wie sie in dem stark frequentierten Flachbau verschwanden, meine kleinen Geschwister, meine Familie, allein unter Fremden mit Blasendruck. Ich hatte das Gefühl, ich konnte den Pissegestank nicht nur riechen, sondern auch sehen.

Manchmal bekommt man mehr Informationen, als einem lieb ist. Als wir in der Schule Gerüche durchgenommen hatten, war mir bewusst geworden, dass sie aus winzigen Partikeln bestanden, die durch die Luft schwebten und sich an alles klammerten, was ihnen dabei in den Weg kam: Nasenschleimhäute, Haut, Klamotten. Ich mochte nicht daran denken, was nach einem Tag wie diesem (und er kam mir bereits jetzt endlos vor) alles auf meinem T-Shirt haften würde. Ich hatte es nach dem Duschen frisch angezogen.

Die Sonne hatte gerade durch die Bäume geblinzelt. Rotgoldenes Morgenlicht.

Der Duft nach frischer Wäsche.

Nach daheim.

Ich sehnte mich zurück in mein Zimmer (ich teilte es mir mit Penny, während Elias ein eigenes besaß).

Stattdessen musste ich auf dem überfüllten Rastplatz etliche Runden drehen, um die Alditüte loszuwerden. Ich war völlig verschwitzt, nicht bloß wegen der Hitze, die ganze Situation machte mir zu schaffen, vor allem, dass ich keine Ahnung hatte, wo meine Geschwister steckten.

Es herrschte ein lächerliches Chaos, tausend Leute liefen kreuz und quer. Einmal rannte mir ein Hund vors Auto, im Schlepptau eine schicke, rote Leine, die niemand hielt. Nur weil ich Schritt fuhr, konnte ich rechtzeitig bremsen, gerade eben so. Wäre das mein Hund, ich hätte die Leine bestimmt nicht losgelassen. Früher hatte ich mir immer einen gewünscht. Und eine Katze, ein Kaninchen, einen Puma, nachdem ich einen Film über Raubkatzen gesehen hatte. Was man sich eben so wünscht als Kind.

Voller Heimweh nach einem Zuhause und einer Kindheit, die es so, wie ich sie mir gerade zusammenträumte, nie gegeben hatte, quälte ich mich durch die Reihen. Als das Kassettendeck sich eigenmächtig entschied, Benjamin Blümchen abzuspielen, und das in Extralautstärke, wünschte ich mir, ich wäre nie geboren. So am Ende war ich.

Wahrscheinlich hätte ich alles hingeschmissen, wäre nicht genau in dem Moment direkt vor mir jemand rausgefahren. Die Lücke war ein Witz, noch vor ein paar Stunden hätte ich schlotternd Reißaus genommen, doch jetzt parkte ich ein und schaltete den Motor ab. Meine Güte war ich fertig. Und erleichtert. Unglaublich, was alles ging, wenn es eben nicht anders ging.

Was noch großartiger war: Penny und Elias kamen sofort angelaufen, offenbar hatten sie mich die ganze Zeit im Blick behalten. Manchmal konnten sie einen wirklich positiv überraschen, hatten ihre Sternstunden, wie Katie sagen würde. Sie mochte solche Worte, die irgendwie groß und altmodisch klangen: Sternstunden, Sehnsuchtsort, Glückstaumel. Letzteres müsste man mal erleben.

»Wieso hast du dem Typen aus der Musikschule vorhin vorgemacht, dass du Katie bist?«, fragte Penny unvermittelt.

»Was hätte ich ihm denn sonst sagen sollen? Dass ich im Herbst in die Zehnte komme?«

Das fand sie zum Totlachen.

Wenn Penny lachte, musste man einfach mitlachen.

Wir saßen auf einer Wippe, aber wir wippten nicht, Penny

war oben, ich unten. Da ich einen Kopf größer war als sie (etwa eins siebzig, ziemlich groß für mein Alter), war ich auch schwerer. Schlank waren wir beide.

Als wir genug gelacht hatten, beobachteten wir, wie sich Elias mit einem Mädchen in seinem Alter anfreundete. Wir grinsten uns vielsagend an und dachten beide dasselbe: Er hatte schon jetzt einen Schlag bei den Frauen mit seinen dunklen Locken und der Haut wie Milchkaffee.

Die zwei erklommen gemeinsam eine Rutsche, während die Mutter des Mädchens danebenstand und mit Argusaugen über alles wachte. Sie war eine dieser superängstlichen Perfektionistinnen, das war unübersehbar, sie konnte die Hand kaum von ihrer kleinen Tochter lassen, obwohl der Raststätten-Spielplatz mit weichem Gummibelag ausgestattet war. Die Geräte waren neu und gut in Schuss. Es konnte überhaupt nichts passieren. So eine Mutter würde mir tierisch auf den Geist gehen, dann lieber Katie, das verrückte Huhn. O Gott – Katie …

Elias war natürlich ganz andere Spielplätze gewohnt. Auf der Rutsche hinter unserem Block konnte man sich auf tausend verschiedene Arten den Tod holen: Entweder man fiel seitlich runter und landete auf bröckelndem Asphalt oder rutschte sich am Rost den Hintern blutig. Oder man bekam so viel Schwung, dass man mit dem Hinterkopf auf die Kante knallte, die natürlich nicht abgerundet war, wie bei dieser Rutsche hier. Dazu überall rostige Nägel, splitternde Latten, dreckiger Sand. Eigentlich war der Spielplatz seit Jahren gesperrt, er sollte längst abgerissen werden. Ich mochte ihn trotzdem irgendwie, nur der Sand stresste mich, ich wollte nicht, dass Elias darin buddelte, wegen der Katzenscheiße und der Spritzen.

Ich höre, wie die Ängstliche Elias nach seiner Mutter fragte.

Er zeigte vage Richtung Autobahn.

Ich winkte der Frau und betete, sie möge nicht rüberkommen.

Sie winkte zurück und blieb, wo sie war.

»Hast du den kleinen Hund gesehen?«, fragte ich Penny. »Den mit der roten Leine?«

»Ja, der war süß. Ich wünschte, wir könnten auch einen haben.«

»Das geht aber nicht.«

»Nichts geht.«

»Ist doch Quatsch.«

Liebend gern hätte ich ihr ohne Umschweife mitgeteilt, dass wir einem völlig neuen, besseren Leben entgegensteuerten, doch dafür war es zu früh. Ich musste mir erst einen Plan zurechtlegen, wie ich das Gespräch am besten angehen würde. In Gedanken notierte ich mir: Haustier, rote Leine. Wir hätten alle was davon.

Da es uns nun schon mal auf eine Wippe verschlagen hatte, wollte Penny auch ihren Spaßfaktor austesten, also kletterte ich auf dem Balken weiter nach vorn, bis wir im Gleichgewicht waren, dann stießen wir uns abwechselnd mit den Füßen vom Boden ab und wippten, so wild es ging. Es machte großen Spaß. Ich hatte Mühe, die Balance zu halten, weil es dort, wo ich saß, natürlich keinen Haltegriff gab.

Ich mochte das lachende Gesicht meiner Schwester, die versuchte, mich zu Fall zu bringen, und kreischte vor Vergnügen, als es ihr beinahe gelang.

Wir hatten unseren Spaß, bis ich bemerkte, wie die Ängstliche uns aus dem Augenwinkel beobachtete, und es war eindeutig, dass sie uns für spielende Kinder hielt, was wir ja auch waren, zugegeben, zumindest in diesem Augenblick.

Nachher würde ich wieder die Mutter sein, die hinterm Steuer saß.

Die Ängstliche wäre sicher irritiert, sollte sie uns dann nochmals begegnen. Hatte ich nicht vorgehabt, Irritationen zu vermeiden? Ich musste vorsichtiger sein.

Ich erinnerte mich an etwas, das Katie mal über ihren Sachbearbeiter beim Jobcenter gesagt hatte (sie konnte ihn eigentlich gut leiden, er sie eher weniger): »Die Leute sehen nur, was sie sehen wollen, nämlich genau das, was sie erwarten.«

Auf einer Spielplatzwippe erwartete man ein Kind.

Auf dem Fahrersitz eines Polo nicht.

Deshalb hatte Herr Pink vorhin keine Schwierigkeiten damit gehabt, mich als junge Mutter wahrzunehmen.

Das war jetzt meine Rolle, ermahnte ich mich. Da wir um keinen Preis auffallen wollten, musste ich sie fortan überall ausfüllen. Sogar auf einem Spielplatz.

Okay, es war vielleicht etwas übertrieben (und nicht sonderlich mütterlich), angesichts dieser Erkenntnis ohne jede Warnung von der Wippe abzuspringen, worauf Penny hart auf dem Boden aufschlug. Der ja immerhin, wie gesagt, mit einem Fallschutz versehen war.

Dennoch großes Geschrei. Penny hatte keine Schramme, keine Beule, nichts, sie hätte also nicht gleich so ein Riesentheater veranstalten müssen, aber die Chance ließ sie sich nicht entgehen, was typisch für sie war. Mein erster Gedanke: Ich darf mich nicht provozieren lassen, und noch bevor ich ihn zu Ende gedacht hatte, war ich bereits auf hundertachtzig, ich konnte nicht anders. So etwas macht nur meine Schwester mit mir.

Ich hätte mich ja auch einfach entschuldigen können. Ich dachte nicht mal daran.

Stattdessen schrien wir uns an. Ehrlich gesagt, tat es nach der ganzen Aufregung verdammt gut, einfach Dampf abzulassen. Auf einmal war es mir egal, ob wir Aufmerksamkeit erregten. Sollten doch alle gucken. Sollten sie sich doch fragen, wo unsere Erziehungsberechtigten steckten. Ich hatte es so satt, immer die Vernünftige zu sein.

Wir stritten wie die Furien, steigerten uns immer mehr hinein, bis ich irgendwann feststellte, dass Elias zwischen uns stand und wie bei einem Tennismatch von einer zur anderen guckte. Seine Eroberung und ihre ängstliche Mutter waren verschwunden. Inzwischen hatten andere Kinder den Spielplatz betreten, hielten aber verlegen Abstand zu uns.

»Spinnt ihr?«, fragte Elias geradezu sachlich.

Jetzt hielt auch Penny inne. Das ist das Gute an meinen Leuten: Einer von uns bleibt immer cool. Manchmal sogar das Nesthäkchen.

»Weißt du eigentlich überhaupt, wo Dänemark liegt«, fragte Penny, als wir zurück zum Auto schlenderten, als hätten wir alle Zeit der Welt. »Ich hab nämlich keinen Schimmer, mich musst du nicht fragen.« Ihre Stimme war nach unserem Krach wieder supergenervt.

»Logo«, sagte ich, aber das stimmte nur halb. Einerseits hatte ich ja bekanntlich in Erdkunde gut genug aufgepasst, um mit der Geografie unseres Kontinents einigermaßen vertraut zu sein (ich passte in den meisten Fächern gut auf, das machte mich noch lange nicht zur Streberin, auch wenn es in meiner Klasse Leute gab, die genau das behaupteten), andererseits wusste ich, dass Pennys Frage darauf abzielte, ob ich den Weg dorthin kannte, und davon konnte leider keine Rede sein. Autobahnen und Landstraßen waren bislang nie so mein Thema.

»Unser nächstes Etappenziel müsste Hamburg sein«, erklärte ich gestelzt.

»Im Gang bei den Klos hängt eine riesige Straßenkarte. Nur so zur Information, falls du da mal einen Blick drauf werfen willst.«

Und wie ich das wollte. Ich zwang mich, Penny zu danken, obwohl sie meine Nerven echt strapazierte.

»Stets zu Diensten«, sagte sie. Blöde Zicke.

Wie sich herausstellte, hätten wir sowohl die A7 als auch die A1 nach Dänemark nehmen können, allerdings beinhaltete die eine Strecke eine mit Sicherheit kostspielige Fährverbindung, weshalb ich mich für die andere entschied, die A7. Damit war klar, dass wir Deutschland kurz hinter Flensburg den Rücken kehren würden. Ich kannte ein Bier, das nach der Stadt benannt war. Es schmeckte besonders bitter.

»Ich will nicht mehr«, sagte Elias beim Einsteigen. Er war den Tränen nah. Er hasste es, im Kindersitz festgeschnallt zu werden. Dass die Egoistin Penny darauf bestand, nach vorn zu wechseln, machte es für ihn noch schwieriger.

»Tue ihm doch den Gefallen und bleib bei ihm sitzen.«

»Mach ich nicht. Hinten wird mir schlecht.«

»Mir auch«, sagte Elias.

Es war zum Verrücktwerden. Wieder gab ich Penny gegenüber nach und sagte meinem Bruder, ein klitzekleines bisschen müsse er noch durchhalten. Die Untertreibung schlechthin, ich weiß nicht, warum ich obendrein in diese blöde Kleinkindsprache verfiel, kein Wunder, dass er daraufhin nach kaum zehn Minuten schon wieder zu jammern anfing. An seiner Stelle hätte ich es genauso gemacht.

»Wie lange fahren wir noch?«

Irgendetwas sagte mir, dass ich diese Frage in den nächsten Tagen noch sehr oft hören würde.

Meine Antwort lautete: »Solange es hell ist.«

FÜNF

Die Autobahn blieb proppevoll. Zwar kam der Verkehr nicht mehr völlig zum Erliegen, aber richtig rasant, wie es sich für eine Straße ohne Geschwindigkeitsbegrenzung gehört, kamen wir auch nicht gerade voran. Ich musste mich höllisch konzentrieren, weil es immer wieder Phasen gab, in denen plötzlich alle Fahrer in unserem Umfeld beschleunigten, um dann von einer Sekunde zur nächsten wieder hart in die Eisen gehen zu müssen. Aus meiner Sicht ergab es keinen Sinn, aber ich passte mich dem Verhalten der anderen an. Wahrscheinlich machten das alle so. Wir schwammen mit dem Strom, ein kleiner alditütenblauer Fisch unter Haien, beschallt von Benjamin Blümchen und seinen Freunden. Irgendwann weckte sein fröhliches Törööö in mir den Wunsch, Amok zu laufen.

Wir fuhren und fuhren, plattes Land, Felder, Heidehügel, ab und zu Rehe, viel Wald. Aus dem Fenster zu gucken lohnte null, außer wenn man auf Bauernhöfe stand, spannend wurde es bloß im Hörspiel. Benjamin rettete Otto aus der Höhle, Karla Kolumna schoss ein Foto – und nicht nur Elias schlief darüber ein, sondern auch Penny. Wunder geschehen. Ich hab's gesehen.

Ich fummelte am Radio herum, versuchte zum hundertsten Mal, einen Sender reinzubekommen, doch es war hoffnungslos. Kein Verkehrsstudio, keine Musik. Mit einem Fausthieb schaltete ich das blöde Mistding ab.

Stille. Natürlich war es nicht wirklich leise, wir hatten alle vier Fenster einen Spalt weit offen, allein der Fahrtwind verursachte einen Mordslärm, auch der Motor arbeitete in erster Linie, um gehört zu werden, und die anderen Autos waren schließlich auch noch da, trotzdem: Für mich klang der Krach nach Stille, und ich fand sie himmlisch, heilig geradezu. Klingt übertrieben, doch ich kann es erklären.

Je länger meine Geschwister schliefen, desto rührseliger wurde ich. Es bewies, wie sehr sie mir vertrauten, egal wie boshaft und geringschätzig sie manchmal sein konnten, besonders Penny. Man muss sich das vorstellen, sie saßen in einem klapprigen alten Auto und ließen sich von einem fünfzehnjährigen Mädchen ohne Führerschein zu einem Ort kutschieren, den sie nicht kannten. Wo eine fremde Sprache gesprochen wurde. Sie wussten weder, warum sie auf diese Reise geschickt wurden, noch, wo ihre Mutter war, sie wussten ja nicht mal, ob ich wusste, was ich tat. Dennoch schliefen sie. Wie Babys.

Ich durfte dieses Vertrauen nicht enttäuschten. Ich trug die Verantwortung.

Was noch viel wichtiger war: Ich habe Penny und Elias wahnsinnig gern. Manchmal fällt es mir heute noch schwer, das zuzugeben, es fühlt sich wie ein wunder Punkt an, aber es ist die Wahrheit. Wir gehören zusammen. So einfach ist das.

Anfangs wollte ich keine Geschwister, ich war total dagegen, an dieses Gefühl kann ich mich noch gut erinnern. Ich fand, Katie und ich hatten es so schon schwer genug, denn wir waren arm und hatten ständig Ärger mit Behörden. Das bekam ich von Anfang an mit.

Ich habe noch genau vor Augen, wie es war, als Penny geboren wurde. Meine Oma kam, um auf mich aufzupassen, während meine Mutter allein ins Krankenhaus aufbrach. Mit Pennys Vater war sie da schon nicht mehr zusammen. Er hieß Enrico und kam aus Südamerika. Aus Peru, glaube ich, jedenfalls trug er immer diese bunten Strickmützen mit Ohrenklappen und langen Troddeln, wie die Peruaner, die vor Weihnachten überall in den Fußgängerzonen auftauchen und Panflöte spielen. Lauter traurige Lieder, als hätten sie die Musikschule Melancholia besucht. Katie wollte immer stehen bleiben, vielleicht weil sie beim Klang der Musik an Enrico denken musste und sich romantischen Gefühlen hingab. Oder sie stand einfach auf Männer in Strickmützen.

Dabei sind sie genau genommen nie richtig zusammen gewesen, Enrico und meine Mutter, genauso wenig wie Katie je mit Elias' Vater zusammen gewesen ist. Mein Vater dagegen war die Liebe ihres Lebens, auch wenn sie einander verloren hatten. Das hat sie mir anvertraut, und es war immer schon sehr wichtig für mich. Es war unser schönstes Geheimnis, auch wenn ich sonst kaum etwas über ihn wusste.

Penny jedenfalls hatte beschlossen, mitten in der Nacht auf die Welt zu kommen. Ich stand auf dem Balkon, ich war vier und gerade groß genug, um über die Brüstung zu gucken (wir wohnten zu der Zeit im siebten Stock, erst nach Elias' Geburt zogen wir im selben Haus in eine größere Wohnung zwei Stockwerke tiefer). Ich sah, wie Katie tief unter uns auf der anderen Straßenseite in ein Taxi stieg. Sie ging langsam und gebückt, weil sie Wehen hatte, und sie tat mir unendlich leid. Natürlich gab ich dem Baby die Schuld. Ich dachte: Niemals werde ich diese Missgeburt mögen. Wahrscheinlich benutzte ich in Gedanken als Vierjährige noch nicht dieses Wort, aber das spielt keine Rolle. Ich habe es so empfunden. Ich hasste das Kind in Katies Bauch. Das weiß ich noch ganz genau.

Wir warteten bis mittags, meine Oma rauchte eine Zigarette nach der anderen, schmierte mir Nutellabrote und schimpfte auf Katies Dummheit, sich ein zweites Kind andrehen zu lassen. Als das Telefon klingelte und meine Mutter dran war, um mir mitzuteilen, dass ich soeben eine kerngesunde kleine Schwester bekommen hatte, schrie Penny im Hintergrund wie am Spieß. Schon da konnte ich sie nicht hassen, obwohl ich mir die größte Mühe gab. Bei Elias, sechs Jahre später, versuchte ich es gar nicht erst.

Um nichts in der Welt würde ich zulassen, dass irgendjemand uns trennte. Das schwor ich mir, während die beiden wie Babys schliefen und die Stille, die keine war, das Auto mit so etwas wie Heiligkeit erfüllte.

SECHS

Als wir Hamburg erreichten, wurde die Strecke erwartungsgemäß interessanter, und ich beschloss, meine Geschwister zu wecken. Es hatte keinen Sinn, sie den halben Tag verschlafen zu lassen, da sie dann todsicher nachts hellwach sein würden, wenn ich meine Ruhe bräuchte. Ich traute mir nicht zu, im Dunkeln zu fahren.

Sie wussten erst nicht, wo sie waren, aber dann freuten sie sich, dass es etwas zu sehen gab. Wir bestaunten eine äußerst fotogene Brücke und eine Kaianlage mit gigantischen Kränen. Alles ringsum wurde plötzlich irgendwie gigantisch. Der Frachter, der gerade entladen wurde, hatte die Ausmaße eines mittleren Berliner Wohnblocks, die Container bunt wie Bauklötze für Riesen.

Elias war hin und weg, er hatte für Gigantomanie einiges übrig, wie die meisten Jungen. Er liebte Schiffe, ich fotogene Brücken. Zu gern hätte ich irgendwo angehalten, damit wir uns alles in Ruhe anschauen könnten, die gen Himmel ragende Stahlkonstruktion der Brücke, zwei auf dem Kopf stehende, blauende Ypsilons, die fächerförmig gespannten Seile, an denen die Fahrbahn hing, die Frachter, den Fluss, einfach alles eben. Plötzlich war mein Entdeckergeist geweckt, aber es gab keine Gelegenheit, ihm nachzugeben. Im Gegenteil: Die Autobahn verschwand unter der Elbe – und wir mit ihr.

»Toller Tunnel«, sagte Penny spöttisch. »Da hätte ich genauso gut weiterschlafen können.«

»Zum Schlafen sind die Nächte da.«

»Und die Tunnel.«

»Nein, nur die Nächte.«

»Und was, wenn man nachts durch Tunnel fährt?«

Was für eine blödsinnige Debatte.

Die Frage hingegen, die Penny danach stellte, war alles andere als blödsinnig, sie drängte sich auf.

»Und wo, bitte schön, werden wir heute Nacht schlafen?«

Natürlich hatte ich keinen blassen Schimmer. Ich fand es ungerecht, dass sie ausgerechnet mich danach fragte. Wieso sollte ich immer alles wissen? Nur wegen dieser lächerlichen vier Jahre, die ich älter war? War ich vielleicht ein Orakel? Oder gleich der liebe Gott?

»Was glaubst du denn wohl?«, fragte ich. Angriff ist die beste Verteidigung.

»Ich glaube gar nichts«, sagte Penny.

»Ich glaube bei Mama!« Das kam von Elias. Er glaubte, was er da sagte, und wer konnte es ihm verdenken? Himmel, er war erst fünf, wie leicht man das vergaß. Ein riesengroßer Mist war das alles.

»Das kannst du dir abschminken«, sagte Penny und lachte Elias einfach aus, worauf ich sicher war, er würde anfangen zu heulen, eben weil er noch so klein war. Und Mamas Liebling. Doch er blieb tapfer.

Stellvertretend für ihn kamen mir die Tränen. Darauf war ich in keiner Weise gefasst, nicht vor meinen Geschwistern, erst recht nicht hinterm Steuer, Heulen auf der Autobahn, das ging gar nicht. Tränen waren überhaupt ein Tabubruch. Und weil eine wie ich, die ich das helle Licht der Vernunft tapfer durch die dunklen Täler unseres vermurksten Familienlebens trug, eben keine Tabus brach, wollte ich zunächst nicht wahrhaben, was passierte. Dass ich die Kontrolle verlor.

Eine Weile versuchte ich noch, mir selbst etwas vorzumachen. Heulen – ich doch nicht! Bloß komisch, dass die Umrisse der Autos vor mir verschwammen. Dass ich einen Schluckauf bekam. Schließlich begannen die Tränen von meinem Kinn auf die Beine zu tropfen, was höllisch kitzelte. Als ich mir dann mit dem Unterarm übers Gesicht wischte, war es nass, sehr nass, zugegeben. Also schön, jetzt war es amtlich, ich heulte, und zwar nicht gerade dezent, sondern Rotz und Wasser.

Ich zog die Nase hoch. Penny neben mir betrachtete mich mit einem Ernst, dass mir schlecht wurde. Jetzt hätte sie doch ihr dreckiges Lachen vom Stapel lassen können. Im Zweifelsfall war es mir dann doch lieber.

Stattdessen fummelte sie ein Papiertaschentuch aus ihrer Rocktasche und hielt es mir hin, zerknittert, aber unbenutzt. Das gab mir den Rest. Ich war völlig erledigt, putzte mir die Nase, ließ meinen Blick über eine Containerstadt für Flüchtlinge am Hamburger Stadtrand gleiten und fragte mich, wo wir am Ende landen würden. Die nächste Pause war überfällig.

Auf dem Rastplatz wehte ein kühler, irgendwie strenger Wind, der mein erhitztes Gesicht angenehm runterkühlte. Svenja aus meiner Klasse fiel mir ein, sie stammte aus Kiel, und sie erzählte nicht viel von sich, aber eine Sache, die sie mehrmals erwähnt hatte, war, dass es bei ihr zu Hause im Norden meistens windig war, und zwar überall, nicht nur direkt am Meer. Steife Brise, hatte sie gesagt.

Ich kannte den Ausspruch, aber jetzt konnte ich mir zum ersten Mal etwas darunter vorstellen, und ich hatte Lust, ihr deshalb eine Nachricht zu schreiben, einfach so. Ich mochte Svenja, sie war ein lustiges Mädchen, auch wenn sie nicht viel redete. Ihre seltenen Kommentare hatten Biss wie der Wind. Wir waren im Begriff, uns anzufreunden, ein paar Mal waren wir, als sie neu war, nach der Schule bei ihr gewesen, um Hausaufgaben zu machen, was die Idee unserer Lehrerin gewesen war. Ich sollte ihr die Eingewöhnung erleichtern, aber eigentlich hatte sie keine Hilfe nötig. Sie war Einzelkind und lebte mit ihren steinalten Eltern in einer großen Altbauwohnung, in der es nach Kräutertee roch und immer kalt war. Manchmal hingen wir bei uns im Viertel ab, aber ich hatte sie noch nie zu mir nach Hause mitgenommen. Das wäre mir zu privat gewesen. Ich schließe nicht leicht Freundschaften, ehrlich gesagt, bin ich zu misstrauisch dazu, außerdem habe ich wenig Zeit, um außerhalb der Familie Verpflichtungen einzugehen. Ich schreibe auch nicht gern Nachrichten und so. Dass mir jetzt gerade danach zumute war, wunderte mich selbst. Wahrscheinlich war ich nur genervt, weil wir die Handys nicht benutzen durften. Man fühlte sich noch isolierter als ohnehin schon. Besonders Penny tat mir leid, weil sie im Gegensatz zu mir einer maximal beliebten Mädchen-Clique angehörte, sie hatte unzählige Freundinnen, mit denen sie normalerweise unaufhörlich kommunizierte. Keine Ahnung, woher sie die Coolness dafür nahm.

Ich ließ Elias an meiner Hand gehen und wir hüpften durch die steife Brise zur Raststätte. Er bestand immer aufs Hüpfen, wenn ich ihn hielt, er liebte es, und ich tat ihm den Gefallen, warum auch nicht? Hüpfen tut gut, vor allem mit einem kleinen Bruder an der Hand. Wir schwenkten die Arme. Das Gelb seiner Skaterschuhe leuchtete.

Inzwischen war es Abend geworden, Essenszeit, aber die Schlange vor der Kasse war erträglich kurz, also stellten wir uns an. Ich kaufte eine Flasche Wasser mit Zitronengeschmack, was ein Kompromiss zwischen Sprudel und Brause war, zwei Mal den Kinderteller (Nudeln mit Tomatensoße) und eine Portion Pommes rot-weiß.

Penny entdeckte frisch gepressten Orangensaft und wollte unbedingt ein Glas. Frisch gepresste Säfte waren für sie der Inbegriff von Luxus und Dekadenz. Ich sagte ihr, sie müsse den Saft, wenn überhaupt, von ihrem eigenen Taschengeld kaufen, was sie dann auch tat, obwohl er drei Euro kostete. Drei Euro für ein winziges Glas! Prinzipiell hätte ich das Taschengeld meiner Geschwister ebenfalls für unsere Reisekasse beschlagnahmen sollen, aber das brachte nicht mal ich fertig. Sogar ohne den Saft auf meiner Rechnung verschlugen die Preise mir die Sprache.

Ich fand sie wieder, als ich bemerkte, dass das ältere Paar am Nebentisch eine Sprache sprach, die ich noch nie gehört hatte. Sie klang andersartig, aber nicht superfremd, es war auch etwas Vertrautes darin. Das musste Dänisch sein. Ohne groß nachzudenken, quatschte ich die Frau an.

»Entschuldigung, sind Sie dänisch?«

Sie sah zu uns rüber. Ihr Gesicht war nicht gerade freundlich. Eine Haaresbreite vor unfreundlich, um genau zu sein. Dabei war sie mit ihrem Salat schon fertig, während ihr Begleiter noch an einem Schnitzel herumkaute (ich liebe Schnitzel, ich gebe zu, ich war ziemlich neidisch auf ihn).

»Ja«, sagte sie. Sonst nichts.

»Dann kennen Sie Dänemark?«

»Ja.« Das A, wie sie es aussprach, erinnerte an ein O, auch wenn es eindeutig ein A war.

»Sprechen Sie Deutsch? Or do you speak English?«

»Deutsch.«

Sie hätte gern etwas gesprächiger sein dürfen. Ich stellte mich ohnehin schon grässlich ungeschickt an, mit ihr ins Gespräch zu kommen, ihre Einsilbigkeit verunsicherte mich zusätzlich. Dabei bin ich nicht schüchtern, ich habe bloß noch nie eine Dänin, die meine Urgroßmutter hätte sein können, an einer Autobahnraststätte angequatscht. Offensichtlich war sie an einer Unterhaltung mit jemand anderem als ihrem Begleiter nicht sonderlich interessiert. Ich beschloss, mich kurz zu fassen, um ihr nicht zu sehr auf den Wecker zu gehen.

»Wir suchen einen Leuchtturm. In Dänemark.«

Die Frau lachte kurz und übersetzte für den Mann, der daraufhin ebenfalls in Gelächter ausbrach. Mordswitz. Ich war eine echte Stimmungskanone, oder? Die beiden Alten sahen sich ähnlich, nicht nur beim Lachen, beide waren braun gebrannt und überhaupt nicht klapprig oder so. Sie trugen die Haare kurz, beide denselben Haarschnitt. Vielleicht war er nicht ihr Mann, sondern ihr Bruder.

Er sagte etwas auf Dänisch, sie nickte und teilte mir mit: »Es gibt über zweihundert Leuchttürme in Dänemark. Sucht ihr einen bestimmten?«

Die Zahl machte mich fertig. Zweihundert Leuchttürme. Wie konnte das angehen? Das Land war winzig. Was wäre, wenn wir Pech hätten und mit traumwandlerischer Sicherheit den richtigen zuletzt ansteuern würden? So lange würde unser Geld kaum reichen, auch nicht wenn wir fortan auf Säfte und Pommes und Nudeln verzichteten. Außerdem war unsere Zeit begrenzt. Irgendwann würde sich irgendjemand an unsere Spur heften. Außerdem fing die Schule wieder an.

Zweihundert!

Nicht zu schaffen.

Ich dachte an Umkehren.

Aber ich sagte: »Ja, wir suchen einen bestimmten.«

»Und wie heißt er?«

Ich guckte blöd.

»Alle Leuchttürme haben einen Namen.«

Das war mir neu, half jedoch nicht weiter.

»Wissen wir nicht.«

»Wo liegt er ungefähr?«

»Keine Ahnung.«

»Dann kann ich euch nicht helfen.«

»Es ist ein Spiel«, sagte Elias vorlaut.

Ich hoffte, dass die Dänin nicht nachhaken würde. Zum Glück war ihre Wissbegierde nicht gerade überbordend. Sie zuckte lediglich die Schultern und drehte sich demonstrativ von mir weg, um weiter mit ihrem Mann oder Bruder zu reden. Oder was immer er für sie war.

Wir aßen unsere Nudeln und die Pommes. Das Essen schmeckte weder appetitlich noch eklig, es war in gewisser Weise genauso neutral wie die Einrichtung der Raststätte. Helle Farben, Chrom, viel Glas. Alles leicht abwaschbar. Dennoch war ich froh, dass Elias sich gut benahm und nicht kleckerte. Im Gegenteil, er aß sogar sehr ordentlich mit der Gabel, wohingegen Penny das reinste Schlürfkonzert veranstaltete. Diese Inbrunst, mit der sie noch die letzten

Saftrückstände durch den zusammengebissenen Strohhalm saugte. So war Penny.

Ich stellte mir mich als reiche Erwachsene mit einem tollen Job vor, Anwältin oder Architektin, so was in der Liga. Wie ich ihr einen Fünfer in die Hand drücke und ganz lässig sage: Hol dir einfach noch ein Glas, wenn du so durstig bist. Hey, man lebt nur einmal. Prost, Schwester!

Stattdessen ermahnte ich sie, mit dem Krach aufzuhören. Unauffällig zu bleiben. Regel Nummer zwei. Genau wie Regel Nummer eins, die Unerreichbarkeit, war sie für uns überlebensnotwendig.

Als Elias mal wieder auf die Toilette musste – wir waren schon vor dem Essen alle drei gegangen, aber er hatte nun mal eine Kindergartenkindblase –, bat ich Penny, ihn zu begleiten. Netterweise spurte sie ohne Diskussionen.

Kaum waren die beiden weg, zückte ich das Foto, das ich in Katies Brieftasche gefunden hatte, und hielt es den Dänen hin. Inzwischen tranken die beiden Espresso, dabei blickten sie ganz versonnen in die kleinen weißen Tässchen. Entsprechend gering war ihre Begeisterung, dass ich ihre Zweisamkeit erneut störte. Was sollte ich machen? Sie waren nun mal die einzigen Dänen, die ich kannte. Wobei kennen natürlich zu viel gesagt ist.

»Hier in dieser Gegend müsste er stehen, der Leuchtturm, den wir suchen. Leider ist er selbst nicht drauf. Aber es ist wirklich wichtig, dass wir ihn finden.«

Widerstrebend griff die Frau nach dem Bild. Merkte sie, wie ich für den Bruchteil einer Sekunde zögerte, es loszulassen? Sah man mir an, wie heiß mir wurde, als sie und ihr Gegenüber es betrachteten?

Eines musste man den beiden Dänen lassen, sie gingen äußerst konzentriert zur Sache, beim Espressotrinken ebenso wie bei der Bildbetrachtung. Sie inspizierten die abgegriffene Fotografie von beiden Seiten (sahen die krakelige Beschriftung, die ihnen natürlich nichts bedeutete) und beratschlagten kurz in ihrer Muttersprache, bevor die Frau sich wieder an mich wandte.

»Das ist ganz bestimmt Jütland, an der Westküste. Siehst du diese hohen Dünen? Die gibt es nur an der Nordsee. Hast du noch mehr Bilder?«

Ich schüttelte den Kopf.

»Was ist das für ein Spiel, das ihr da spielt?«, fragte sie. Am Ende hatte ich ihre Neugierde doch noch geweckt.

»Ach, nur so eine Art Rallye«, sagte ich und stand etwas ruckartig auf, froh, Penny und Elias im Anmarsch zu sehen. Ich winkte ihnen zu, weil sie plötzlich so verloren wirkten inmitten all der Fremden.

Ich blickte mich um. Manche Leute sahen offen und nett aus, andere ängstlich und verschlossen, wieder andere hatten irgendwie eine aggressive Ausstrahlung am Leib, als suchten sie nur nach einer Gelegenheit, sich mit jemand x-Beliebigem anzulegen, als wären sie überhaupt nur deshalb auf die Welt gekommen, immer frustriert, immer auf Konfrontationskurs.

Männer mit dicken Bäuchen und Männer ohne Arsch in der Hose (wie Katie sagen würde).

Frauen, die glatt als Models durchgehen könnten, und solche, nach denen sich niemals jemand umdrehen würde.

Kinder mit bekleckerten T-Shirts (nicht alle stellen sich beim Essen so geschickt an wie unser Elias).

Kinder mit Müttern und Vätern.

Kinder mit frisch gepressten Orangensäften.

All diese zufällig zusammengewürfelten Leute hatten eins gemeinsam: Sie schienen mir ein Stück weit vertraut, schließlich lebte ich in Berlin und war Massenansammlungen gewohnt, ich kannte Menschen in allen Farben und Formen, und unterm Strich waren sowieso alle irgendwie gleich, hatten Hunger und Durst und wollten das Beste für sich. Dennoch waren sie eben Fremde. Alle anderen außer Penny und Elias waren Fremde und Fremde waren genauso anders wie gleich.

Ich traf eine Entscheidung: Auf das Gleiche musste ich mich konzentrieren. Denn ich wusste ja nicht, ob hinter der Tür am Ende unserer Reise ein offenes Gesicht wartete oder eins voller Streitlust. Wir hatten es zu nehmen, wie es kam.

»Wir müssen weiter«, sagte ich und steckte Katies Foto wieder ein. Als ich mich bei der Dänin bedankte, wünschte sie uns Glück.

»Das können wir brauchen«, gab ich zu. »Eine letzte Frage noch: Wie viele Leuchttürme gibt es an der Westküste?«

»Vielleicht sechs, sieben. Nicht so viele.«

Was für eine fantastische Nachricht! »Danke«, sagte ich nochmals. »Tausend Dank.«

Am liebsten hätte ich sie umarmt. Ein Bedürfnis, das eher nicht auf Gegenseitigkeit beruhte.

Bevor wir zurück zum Auto gingen, kaufte ich im Tankstellen-Shop eine Straßenkarte von Dänemark und zwei Zeitschriften für Penny. Sie stand auf Modemagazine und Promiklatsch. Beim Bezahlen pfiff ich vor mich hin. Meine Laune hätte nicht großartiger sein können, also gönnte ich Elias noch einen weiteren Spielplatzbesuch, damit er sich vor der Nacht nochmals richtig austoben konnte.

Ich gebe zu, ich kann ziemlich sprunghaft sein, von »himmelhoch jauchzend« bis hin zu »zu Tode betrübt« geht es manchmal arg schnell, aber diesmal hatte ich wirklich einen Grund, vor Freude fast auszurasten. Ich meine, sechs oder sieben statt zweihundert? Ich kam mir vor wie bei der Lottoziehung, kurz vor dem großen Los. Als hätte ich vier von sechs Richtigen bereits im Sack. Aber noch drehte sich die Lostrommel und die Kugeln mit den restlichen Ziffern wirbelten darin hin und her und auf und ab.

SIEBEN

»Wenn du jetzt einsteigst, kriegst du eine Cola.«

»Will ich nicht.«

»Keine Cola?«

»Keine Cola.«

»Capri-Sonne?«

Kopfschütteln.

»Schokolade?«

Heftiges Kopfschütteln. Ekelgrimassen. Als wäre Schokolade das widerlichste Zeug unter der Sonne. Elias im Streik. Als ich ihn gegen seinen Willen ins Auto verfrachten wollte, strampelte er und trat mit seinen neuen Schuhen so lange gegen den Kindersitz, bis das Mistding Schräglage bekam und neu festgezurrt werden musste. Dieser ungebremste Jähzorn in Elias' Tritten: Ich kannte das Gefühl. Wir alle kannten es. Ihm nachzugeben tat manchmal verdammt gut. Am liebsten hätte ich mich mitreißen lassen, doch ich blieb ruhig.

»Lass das, bitte.«

»Nein! Ich hasse dich.«

Er schrie und trat weiter um sich, warf mir mit hochrotem Gesicht sämtliche Beleidigungen an den Kopf, die er auf Lager hatte. Was sein Repertoire anging, war er reif für den Schulhof, den Aufnahmetest für die nächstbeste Straßengang würde er auch demnächst meistern, wenn er so weitermachte. Schließlich erwischte er mich mit der Hacke am Schienbein, zwar nicht mit voller Wucht, trotzdem tat es höllisch weh. Insgeheim verspürte ich den Wunsch, ihn einfach fallen lassen, damit er hart auf dem Boden aufschlug, kleiner Bruder hin oder her. Dann wäre das Gebrüll bis nach Neukölln zu hören gewesen.

»Freundchen! Pass auf!«

Ich setzte ihn ab. Auf Dauer war er inzwischen einfach zu groß und zu schwer für mich, ich konnte nicht mehr mit ihm umspringen wie noch vor zwei Jahren. Gerade jetzt war es Pech, dass er kein Baby mehr war. Ich schwöre, als Baby war er das süßeste und freundlichste Wesen, das man sich nur vorstellen kann.

Ich wusste nicht, wie ich ihn überzeugen sollte, dass er keine Wahl hatte. In dem Alter denkt man immer, man hätte eine. Also ließ ich ihm die Illusion.

»Okay«, sagte ich. »Dann bleibst du eben hier. Und du steig bitte ein, Penny.«

»Ne, mach ich nicht. Seh ich gar nicht ein. Ich hab auch keinen Bock mehr. Und Capri-Sonne will ich auch nicht.«

»Ist klar, du bevorzugst ja frisch gepresst. Dann eben nicht. Bleibst du halt auch hier. Is' mir egal.« Den letzten Satz sang ich.

»Tschüss«, sagte Penny.

»Tschüss«, sagte ich. »Schönes Leben noch.«

»Gleichfalls.«

Elias gab natürlich auch seinen Senf dazu. Was genau er sagte, wollte ich in dem Moment lieber nicht verstehen. Irgendwann würden wir jedenfalls ein Gespräch über Huren und so weiter führen müssen. Aber nicht heute.

Ich setzte mich hinter das Steuer und knallte die Tür zu. Penny und Elias standen mit verschränkten Armen neben dem Wagen und rührten sich keinen Millimeter. Auch nicht, als ich den Motor startete. Nicht mal, als ich rückwärts aus der Parklücke rollte. Es machte mich fertig.

Doch ich war lange genug große Schwester, um zu wissen, wann es an der Zeit war, nachzugeben, und wann man unbedingt die Nerven behalten musste oder wenigstens so tun als ob.

So langsam ich konnte, fuhr ich los, rollte im Schritttempo auf das Ende des lang gestreckten Parkplatzes zu. Meine Hoffnung, die beiden würden augenblicklich hinterherrennen, erfüllte sich nicht.

Als ich außer Sichtweite war, hielt ich an. Vor mir die Beschleunigungsspur. Neben mir ein Gebüsch und ein Müllcontainer, davor lag jede Menge Gerümpel verstreut. Sogar ein zerfetzter Sessel stand da und schien darauf zu warten, dass jemand auf ihm Platz nahm.

Der Kindersitz fiel mir wieder ein. Da ich Zeit hatte, brachte ich ihn wieder in die korrekte Position, dann wartete ich mit laufendem Motor. Es war die Hölle. Tausend schreckliche Dinge konnten passieren. Ich malte mir aus: Penny, wie sie unter einen Laster geriet. Elias, wie er mit einem zwielichtigen Typen mitging. Oder beide auf dem Rücksitz eines Polizeiautos, am Steuer eine supernette Polizistin, die selbst Kinder hatte und ihnen das Blaue vom Himmel versprach, bevor sie sie in die Obhut des Jugendamts übergab.

Bevor ich dazu kam, mir auch noch das Kinderheim vorzustellen, in dem sie unweigerlich landen würden, ging hinten die Tür auf. Penny und Elias stiegen ein. Verheult. Ich drehte mich um und half ihnen beim Anschnallen.

Als ich wieder nach vorn sah, war der Sessel nicht mehr verwaist. Ein Mann saß darauf, er sah wie ein typischer Säufer aus. Sein Blick war glasig und ging ins Leere, die Kleidung hing in Fetzen, die wenigen Haare, die er noch hatte, standen in alle Richtungen vom Kopf ab.

Obwohl er bei Weitem nicht der erste Obdachlose meines Lebens war, jagte er mir einen Riesenschreck ein, einfach weil er so plötzlich dasaß. Und weil ich Angst hatte, er könnte uns ausrauben, immerhin hatten wir eine Brieftasche voller Scheine dabei. Die uns streng genommen ja auch nicht gehörten, aber ihm noch viel weniger.

Ich drückte aufs Gas, dass die Reifen quietschten. Der Säufer salutierte im Sitzen. Penny winkte ihm zu.

»Kann ich jetzt meine Cola haben«, fragte Elias.

»Kannst du.«

ACHT

Eine von Omas hilfreicheren Lebensweisheiten:
Im Osten geht die Sonne auf.
Im Süden nimmt sie ihren Lauf.
Im Westen will sie untergehen.
Im Norden ist sie nie zu sehen.

Genau da wollten wir hin, nordwärts. Der Motor brummte, die Räder rollten, die Sonne links von uns stand tief, sie war jetzt ein praller roter Ball in einer Tapete aus himmlischem Hellblau, umgarnt von Rosa, Purpur und Orange, eine Farbe wie frisch gepresst. Der Sonnenstand bewies mir, dass wir die korrekte Richtung eingeschlagen hatten. Danke, Oma. Mein innerer Kompass war immer dankbar für ein wenig Anschauung.

Ich wünschte, die Brücke über den Nord-Ostsee-Kanal würde niemals enden. Unter uns glitzerte die Wasserstraße silbern, ich sah Schiffe darauf fahren. Ich sah sattgrüne Wiesen und ein Dorf am Fluss. Eine Eisenbahnbrücke ohne Eisenbahn, rote Dächer, Dunst über Gräsern. Es war einfach schön.

Durfte ich das überhaupt so empfinden? Hieß das, ich war völlig abgestumpft oder so? Sofort fühlte ich mich schuldig.

Ich blickte in den Rückspiegel. Elias schlief wie ein Engel, Penny blätterte konzentriert in den Zeitschriften, die ich ihr in der Raststätte gekauft hatte, betrachtete Sommerfrisuren und Paparazzifotos und hob erst wieder den Kopf, als es da draußen beim besten Willen nichts Interessantes mehr zu entdecken gab.

»Es wird dunkel, Mika«, sagte sie. Um Elias nicht zu wecken, sprach sie gedämpft. Ihre Genervtheit hatte sie abgelegt. Ich war mir nicht sicher, ob mir der Ernst, der jetzt stattdessen in ihrer Stimme mitschwang, lieber war. Plötzlich klang sie mit ihren elf Jahren wie eine Erwachsene, was ich unheimlich und traurig fand. Ich wollte nicht, dass ihre Kindheit jetzt schon zu Ende war. Doch wie sollte ich das verhindern? Ganz einfach: indem ich weiterfuhr, meine Ziele verfolgte und mich zusammenriss.

»Du hast gesagt, wir fahren nur, solange es hell ist.«

»Ich weiß.«

»Aber du hältst gar nicht an.«

»Noch nicht. Hast du Angst vor der Dunkelheit?«

»Nein. Du?«

»Ein bisschen«, gab ich zu. »Aber ich habe auch Angst davor, anzuhalten. Ist irgendwie eine komische Vorstellung, kein Dach mehr über dem Kopf zu haben. Auf einmal gibt es nur noch uns und die Straße und diesen Wagen.«

»Der ja auch ein Dach hat. Ist schließlich kein Cabrio ohne Verdeck.«

Dafür liebte ich Penny. Sie konnte zickig sein wie keine andere, sich dem schönsten frisch gepressten Sonnenuntergang der Welt verweigern, um in irgendwelche einschläfernden Hochglanzmagazine zu starren, die sowieso nur aus Werbung bestanden, sie konnte einen komplett irremachen, aber wenn es drauf ankam, brachte sie den korrekten Spruch, zur korrekten Zeit. Garantiert. Sie setzte sogar noch einen drauf: »Willst du wissen, warum ich keine Angst habe?«

»Klar.«

»Du bist ja da.«

Logisch ging mir das nah.

Ich beschloss, im Dunkeln weiterzufahren bis Dänemark. Die Grenze musste bald kommen. Ich verließ Deutschland, wie gesagt, zum ersten Mal in meinem Leben, kein Thema eigentlich, normalerweise sollten wir davon kaum etwas davon mitbekommen, Europa gleich offene Grenzen, das hatten sie uns in der Schule eingetrichtert, als wäre es das elfte der Zehn Gebote.

Doch ich hörte Nachrichten und wusste, dass momentan wieder kontrolliert wurde, wenn auch nur stichprobenartig. Zu viel Krieg und Terror überall. Die Nervosität der Sicherheitskräfte war mit den Händen zu greifen, das kannte ich schon zur Genüge von Berlin.

Was mich beunruhigte: Erstens reisten wir ohne ausreichende Papiere, nur einen läppischen Ausweis hatten wir dabei – und der gehörte Katie und war bei ihrem Organisationstalent höchstwahrscheinlich abgelaufen. Zweitens sahen meine Geschwister nicht gerade urdeutsch aus, zumindest fielen sie genug aus der Norm, um bereits auf den ersten Blick aufzufallen (ich weiß, dasselbe hätte man auch über Hitler sagen können, aber was soll's?).

Dass Pennys Vater Enrico Peruaner war (wahrscheinlich noch immer ist, falls er noch lebt), hat bei ihr deutliche Spuren hinterlassen. Eigentlich erwartet jeder sofort, dass sie auf Spanisch drauflosquasselt, so sehr sieht sie nach Latina aus. Ihr Teint, ihr dichtes langes Haar, das ihr damals bis zu den

Hüften ging. Es ist dunkelbraun, fast schwarz, und das Beste daran ist, wie sehr es glänzt. Fast wie in der Werbung, nur nicht so künstlich. Der Glanz ist von Natur aus fantastisch, sie könnte sämtliche Spülungen und Kuren, für die sie ihr Taschengeld verplempert, getrost in die Tonne treten. Obwohl ich nicht eitel bin, würde ich sofort mit Penny die Haare tauschen.

Was ich von Elias' Haaren nicht behaupten kann, die brächten mich um den Verstand mit ihrer Widerspenstigkeit. Mein kleiner Bruder hat einen Afro, weil sein Vater Kobe (einer von Katies One-Night-Stands) aus Nigeria stammt. Ich finde, die explodierten schwarzen Locken stehen ihm hervorragend. Er soll sie bitte schön behalten. Ich habe einfach nicht das Temperament für so eine Frisur.

Meine Haare sind sandfarben, meine Augen hell. Sie kommen immer dann besonders blau zur Geltung, wenn ich Blau oder Grün trage, und werden grauer, je dunkler und farbloser meine Kleidung ist. Ich bin also ein ziemlich nordischer Typ.

Reichte das für die Grenze?

Es musste reichen.

Während ich mir das Hirn darüber zermarterte, ob man uns für illegale Einwanderer halten könnte oder ob wir mit unserem Hauptstadtkennzeichen einfach als die Berliner Multikulti-Familie durchgingen, die wir ja tatsächlich waren, wurde der Verkehr wieder dichter.

Wenig später steckten wir im nächsten Stau fest. Es wollte einfach kein Ende nehmen. Ich war heilfroh, dass Elias schlief.

»Da vorn muss irgendwo die Grenze kommen«, sagte ich. »Ich glaube, ich drehe gleich durch.«

Penny gähnte. »Wieso? Da wollen wir doch hin.«

»Das schon, aber was passiert, wenn wir in eine Kontrolle geraten? Hast du einen Pass? Schon mal drüber nachgedacht?«

Sie schwieg. Betreten, wie ich hoffte.

»Siehst du.«

Ich griff nach meinem Rucksack, kramte Katies Brieftasche hervor und fingerte den Personalausweis heraus. Meine Hände zitterten, als ich das Ablaufdatum überprüfte. Er war noch zwei Jahre gültig. Na, bitte, wenigstens etwas.

Wir rollten nur noch. Der Verkehr wurde von drei auf zwei und schließlich auf eine einzige Spur zusammengeführt, was natürlich nicht ohne Drängelei vonstattenging. Ein BMW-Fahrer in der Nähe malträtierte seine Hupe und gab sich die größte Mühe, niemanden reinzulassen, andere machten es ihm nach, das gelbe Blinken der Leuchtpfeile eine Mahnung, die außer mir niemanden zu beeindrucken schien. Ich ließ alle vor.

Ein Blick auf mein Gesicht im Rückspiegel bereitete mir weiteren Kummer: Realistisch betrachtet sah ich aus wie zwölf. Oder sechs. Ein panisches Kindergartenkind. Wieso war mir das vorher nie aufgefallen? Die Vorstellung, man könne mich für meine eigene Mutter halten, kam mir jetzt als Überlebensstrategie ungefähr so vielversprechend vor wie Katies gelegentliche Versuche, sich auf Studentenpartys als Mathematikerin oder Chemikerin auszugeben, um an einen Ingenieur ranzukommen.

»Seh' ich wie eine Akademikerin aus, Baby Blue, was meinst du?«

»Woher soll ich wissen, wie die aussehen?«

»Wie ich.«

»Na dann, viel Glück.«

Doch sie hatte keins.

Am liebsten hätte ich gewendet. Da ich auch ohne Fahrschule wusste, dass das auf einer Autobahn einem Selbstmord gleichkommt, blieb mir nichts anderes übrig, als in Ermangelung einer Alternative meinen hirnrissigen Plan weiterzuverfolgen, am besten mithilfe von noch hirnrissigeren Tarnmaßnahmen. Wenn schon, denn schon.

»Hast du einen Lippenstift im Kulturbeutel, Penny?«

»Einen? Ich habe tausend. Plus/minus hundert.«

»Einer reicht. Hauptsache, ordentlich rot. Gib mal bitte.«

»Du willst einen knallroten Lippenstift? Hier? Jetzt?«

»Nein, morgen früh. Natürlich jetzt! Mach schon. Und gib mir auch noch deine Sonnenbrille.«

Sie und Katie bevorzugten beide das Model Stubenfliege von H&M. Ich hielt die geöffnete Hand nach hinten, bis ich bekam, was ich wollte. Dann malte ich mir die Lippen an und steckte die Brille so ins Haar, wie es allgemein als cool galt.

»Pass auf«, rief Penny.

Instinktiv trat ich auf die Bremse, noch bevor ich kapierte, was los war.

Nur knapp entgingen wir einer Kollision mit der Familienkutsche vor uns. Die Reifen quietschen, der Schreck flutete wie die Druckwelle einer Explosion durch meinen Körper.

Penny, die Gute, die Schönste, die Allerbeste.

Sie hatte unseren Alditütenarsch gerettet.

Elias regte sich und begann, zu protestieren. Was er sagte, ergab keinen Sinn, er schlief noch halb. Zum Glück saß Penny wieder hinten und quatschte beruhigend auf ihn ein. Jetzt hatte sie aber wirklich etwas gut bei mir.

Als ich den Lippenstift gerade wieder abwischen wollte, entdeckte ich die Grenzer. Sie starrten in jedes Auto, allerdings ohne jemanden anzuhalten. Flutlicht brannte. Niemand hupte mehr. Ein Hauch von Unbehagen lag in der Luft, es war gespenstisch, obwohl gar nichts passierte. Einer nach dem anderen wurde durchgewinkt. Der BMW-Fahrer streckte die Hand durch das geöffnete Fenster und wedelte mit seinen Papieren, die keiner sehen wollte. Golden schimmerte seine dicke Arschgeigen-Armbanduhr im Scheinwerferschein. War bestimmt echt.

Ich weiß noch, wie ich einem der Beamten zulächelte. Er sah sehr gut aus in seiner Uniform, trotz der Kelle, die ich weniger sexy fand. Er lächelte zurück und stoppte den Wagen direkt hinter uns. Wir hingegen hatten Deutschland verlassen. Mit dem Handrücken wischte ich mir über die Lippen und pfefferte die Sonnenbrille in die Ablage.

In Dänemark gab es wieder drei Spuren. Die Autos um uns herum beschleunigten. Auch ich drückte das Gaspedal durch.

»Hier gilt Tempo hundertdreißig«, sagte Penny. »Stand auf dem Begrüßungsschild.«

Als ob die Alditüte jemals Gefahr liefe, in einen derartigen Geschwindigkeitsrausch zu verfallen. Nicht mal bergab mit Rückenwind.

Ich war todmüde, merkte, wie mir die Augen zufielen. Beim ersten Mal jedenfalls. Beim zweiten Mal merkte ich es nicht, ich schreckte erst auf, als der Asphalt unter mir zu singen begann und das Lenkrad unter meinen Händen erzitterte. Die Seitenmarkierung hatte Alarm geschlagen – und uns davor bewahrt, auf einem dänischen Acker zu landen.

Hier waren die Schilder nicht mehr blau, sondern grün, und es gab Buchstaben, die ich nie zuvor gesehen hatte. Eine Raststätte hieß zum Beispiel Oksekær, wobei das a und das e zu einem Buchstaben zusammengefasst wurden. Egal, wie fertig ich war, darüber konnte ich mich noch freuen: lauter neue Buchstaben, genial. Ich habe ein Faible für so etwas. Irgendwann möchte ich Japanisch lernen, nur so aus Bock. Falls ich je dazu komme.

Jetzt wollte ich erst mal überhaupt nichts mehr. Außer abschalten. Den Motor. Mich. Den Schlamassel, in dem wir steckten.

Wir schliefen so: Penny und ich vorn, die Sitze genau so weit zurückgelehnt, dass Elias, der auf der Rückbank ausgestreckt liegen konnte, nicht davon erdrückt wurde. Den Kindersitz stellte ich einfach nach draußen neben den Wagen. Er passte nicht in den Kofferraum.

Das Letzte, was ich an diesem Abend dachte, war: Ich glaube nicht, dass ich schlafen kann. Dann das Gefühl, ins Dunkel zu fallen. Ich fiel und fiel. Es war der schlimmste Tag meines Lebens gewesen und jetzt war er zu Ende. Weg war ich.

NEUN

Auf einen Tag im Ausnahmezustand folgte ein erschreckend normales Erwachen. Zumindest im Direktvergleich mit dem Morgen davor. Wir standen früh auf, schüttelten uns die Nachtkälte aus den Gliedern und verrichteten in den Waschräumen der Raststätte unser morgendliches Pflichtprogramm. Es roch intensiv nach Desinfektionsmitteln, was ich aus nachvollziehbaren Gründen beruhigend fand. Die chemische Keule gegen den Kontrollverlust.

Natürlich war im frisch desinfizierten Raststättenklo nur eine Katzenwäsche möglich, aber das war besser als nichts. Da das Zähneputzen am Abend ausgefallen war, passte ich auf, dass Elias mit der Zahnbürste jetzt umso gründlicher ans Werk ging. Er putzte brav.

Unser Frühstück entnahm ich der Kühlbox: Cornflakes mit Milch. Schüsseln und Besteck lieh ich aus der Raststätte, wo es ein Selbstbedienungsrestaurant gab. Eine junge Frau mit einem Drachentattoo auf dem Oberarm wischte gerade die Tische ab, eine Handvoll Männer, Trucker wahrscheinlich, verdrückte Berge von Rühreiern mit Speck. Ich hätte auch eine Portion vertragen können. Im Hintergrund dudelte ein Radio, in einem Fernseher an der Wand liefen Nachrichten ohne Ton. Niemand blickte auf, als ich das Geschirr ins Freie trug.

Angesichts der hochsommerlichen Temperaturen vom Vortag ist es überflüssig zu erwähnen, dass die Kühlelemente in der Box ihrem Namen nicht mehr wirklich gerecht wurden. Die Milch musste dringend weg, ebenso der Aufschnitt. Ich schmierte uns Toast mit Salami und Käse als Proviant für den Tag. Frage: Heißt ungetoasteter Toast überhaupt Toast? Denn einen Toaster hatten wir selbstverständlich nicht dabei.

Erstaunlich war, wie gefasst Penny und Elias, die heißen Toast liebten, sich damit abfanden. Kein Murren, kein Augenrollen. Wie still sie ihre Cornflakes löffelten. Wie bereitwillig sie anschließend das Geschirr zurückbrachten. Ich hätte einen neuerlichen Ansturm von Fragen erwartet oder zumindest die lauthals vorgetragene Forderung nach frisch gepresstem Saft oder beispielsweise Nutella. Nach Katie.

Ich war perplex, beinahe enttäuscht. So gab es nichts, was mich in Anspruch nahm und die Sprachlosigkeit zwischen uns abfederte, wir hätten uns jede Menge zu sagen gehabt, so viel ist sicher, doch keiner machte den Anfang, während unser Schweigen immer lauter wurde, bis es das Brausen der Autobahn übertrumpfte. Ich schaute mir die Spatzen an, die unter einer Bank nach Essbarem suchten, ein hoffnungsloses Unterfangen, weil der ganze Parkplatz wie frisch gebohnert wirkte. Sogar die Papierkörbe waren ausgeleert worden.

»Ihr seid ja so ruhig heute.«

Keine Antwort.

»Penny, alles klar?«

»Ich denke bloß nach.«

Wollte ich wissen worüber – oder lieber nicht? Über unseren Köpfen türmten sich die unausgesprochenen Fragen wie Gewitterwolken. Apropos Wetter: Das war wieder vom Feinsten. Ein paar Mal setzte ich an, um endlich all die

Antworten zu geben, die ich meinen Geschwistern schuldig war. Ich schwöre, ich wollte wirklich zur Sache kommen, aber dann hörte ich mir selbst zu, wie ich mich räusperte oder über den Sonnenschein schwafelte, und ich begriff, dass ich kneifen würde. Es war zu schwer. Der passende Zeitpunkt musste kommen, war vielleicht schon längst verstrichen und ich hatte irgendwie den Absprung verpasst. Mein Schweigen saß fest in meinem Hals wie das Schönwetterhoch über dem Norden.

Unseren letzten »Toast« zerbröselten wir für die Spatzen. Sie schienen sich zu freuen.

Zurück im Auto besserte sich die Stimmung schlagartig, und dafür gab es einen einfachen Grund: Heute würden wir endlich das Meer sehen. So viel stand fest.

ZEHN

»Ich Schwachkopf.« Ich schlug mit der Faust auf das Lenkrad und ging instinktiv vom Gas. Das Meer rückte in weite Ferne. »So blöd kann nur ich sein.«

Niemand widersprach.

»Mann, bin ich blöd.«

»Wieso?«, erbarmte Penny sich zu fragen.

»Ich habe vergessen zu tanken.«

»Wie vergessen?«

»Bei unserem letzten Halt in Deutschland haben wir nicht getankt.«

»Und jetzt ist das Benzin alle?«

»So gut wie.«

»Gibt es in Dänemark keine Tankstellen?«

»Sicher gibt es die. Aber nicht hier in der Nähe. Ich sehe jedenfalls keine. Ich sehe nichts außer Kühe und Käffer«, schwadronierte ich. »Außerdem gilt hier eine andere Währung und unsere Euros kriege ich hier mitten in der Pampa bestimmt nicht getauscht.«

»Echt blöd«, sagte Penny.

»Ich weiß.«

»Superblöd«, sagte Elias.

Nach einer Weile fragte er: »Was ist Währung?«

»In Dänemark gibt es anderes Geld.«

»Wie Dollars im Wilden Westen?«

»So in der Art.«

»Dänendollars!«

Elias mochte Lucky Luke bedeutend lieber als Benjamin Blümchen. Mein kleiner Bruder, der Cowboy. Ich fand ihn witzig und schlau. Und mich, wie gesagt, superduperblöd. Ich wollte so unheimlich gern perfekt sein und vergeigte eine Sache nach der anderen. Es war lächerlich.

Das Problem mit den Dänendollars erwies sich als zweitrangig, da die Tankstelle, die wir schließlich mit dem letzten Tropfen Benzin gerade so erreichten, auf Kartenzahlung ausgelegt war. Das heißt: Es gab keinen Shop, keine Kasse, nur vier Zapfsäulen unter einem Dach irgendwo im Nirgendwo, alles vollautomatisch.

Katie besaß eine Girocard, jedoch kannte ich dummerweise die Pin nicht, also versuchte ich es ohne, was blieb mir anderes übrig? Dass der Automat mir die Karte vor die Füße spuckte, als hätte er etwas Verdorbenes gegessen, fand ich ungehörig. Maschinen können manchmal erschreckend menschlich sein, wie ich finde.

Nicht nur der Automat hatte Verdauungsprobleme, auch Elias klagte lauthals über Magenschmerzen. Nach kurzem Nachdenken hatte ich die Milch im Verdacht und damit einen Grund mehr, mich selbst anzuklagen, denn ich hatte sie ihm schließlich verabreicht. Konnte ich zur Abwechslung auch mal irgendetwas richtig machen? Wäre das möglich?

»Was jetzt?«, fragte Penny.

Ich überlegte kurz, improvisierte wie so oft.

»Wir warten, bis jemand anderes tankt.«

»Und dann?«

»Bitten wir ihn, für uns auf seine Karte zu tanken, und geben ihm das Geld in bar zurück. Euros. Mal sehen, ob es klappt. Sonst weiß ich auch nicht.«

Überraschung Nummer eins – es klappte sehr lange nicht. Niemand kam. Die Sonne kletterte in den Zenit und brachte den Asphalt zum Kochen, nur hin und wieder sorgte eine Wolke für etwas Kühlung. In Bodennähe schimmerte die heiße Luft wie Wasser. High Noon kotzte Cowboy Elias in den Papierkorb neben der Zapfsäule.

Ich tröstete ihn mit Cola und einer Handvoll Crackern. Umarmen lassen wollte er sich nicht, was ich gut verstehen konnte. Wenn mir schlecht war, mochte ich auch nicht gern berührt werden, dann brauchte ich Raum um mich herum. Davon gab es hier allerdings reichlich. Die Tankstelle befand sich am Rande eines Dorfes, das wie ausgestorben wirkte. Zur anderen Seite ging der Blick über Kornfelder, flaches Land, Windräder, in der Ferne ein Waldsaum.

Plötzlich strömten die Kunden Schlag auf Schlag: Eine Familie im SUV, ein Rentner in einem Nissan und eine Frau im Ford, die irgendwie nach Lehrerin aussah, erreichten die Tankstelle fast gleichzeitig. Lauter Dänen. Alle lächelten mich freundlich an, als ich sie ansprach, begriffen aber nicht, was ich von ihnen wollte.

Ich probierte mein Glück auf Deutsch und auf Englisch, mein Englisch ist wirklich nicht so übel, ich stehe zuverlässig auf Zwei ohne Schummeln, aber dennoch lächelten sie nur. Ich will niemandem etwas unterstellen, aber ich möchte behaupten, dass sie sich nicht die weltgrößte Mühe gaben, mir aus der Patsche zu helfen. Am schnellsten machte sich die potenzielle Lehrerin davon, obwohl ein buntes Peace-Zeichen auf ihrem Kofferraum klebte.

Ich weiß nicht genau, warum ich von jemandem, der sich mittels eines Autoaufklebers für den Frieden starkmachte, besondere Barmherzigkeit erwartete, aber ich tat es. Vielleicht hatte sie das Auto ja schon mit dem Aufkleber übernommen. Oder ihr hatten einfach die Farben gefallen.

»Mir ist immer noch schlecht«, klagte Elias.

»Ach Süßer, das wird bestimmt gleich besser. Setz dich da drüben mit Penny in den Schatten. Und trink ein bisschen Wasser.«

Unter einer Buche stand ein Picknicktisch mit Bänken auf einem kurz geschnittenen Rasen, ein einladendes Plätzchen, zumindest für eine Tankstelle. Dorthin verfrachtete ich meine Geschwister, damit Elias abseits von den Benzindämpfen wieder zu Kräften kommen konnte, während ich weiter auf Tankkunden mit großem Herzen oder wenigstens Geschäftssinn wartete. Da ich keinen blassen Schimmer hatte, wie viel Euro in einen Dänendollar gingen oder umgekehrt, war ich leicht übers Ohr zu hauen, das war mir bewusst. Doch ich hätte nie gedacht, dass inmitten einer derart friedlichen Umgebung so etwas passieren könnte wie das, was dann folgte.

Als ich den Audi mit deutschem Kennzeichen sah, ein blank polierter Flitzer, weiß wie eine Linie Koks oder eine frisch gebleichte Zahnreihe, wollte ich den Fahrer am liebsten überhaupt nicht ansprechen, weil mir die üblichen Reiche-Leute-Klischees durch den Kopf gingen. Dass von jemandem mit so einem Wagen Hilfe kommen könnte, schien mir ausgeschlossen. Ich schätze, ich hatte von vornherein Minderwertigkeitskomplexe. Sie steigerten sich ins Unermessliche, als ein Typ ausstieg, der viel jünger war, als ich erwartet hatte, maximal zwanzig, und einfach umwerfend aussah. Ein umwerfender Snob. Sandfarbene Chinos, blaues Markenpolohemd und eine Filmstarfrisur: einrasierter Seitenscheitel, lockiges Deckhaar. Er grüßte freundlich, vielleicht eine Spur herablassend, ich nickte ihm zu und sagte leise »Hallo«.

»Alles klar?«, fragte er.

»Ja, alles klar.«

Ich schwitzte.

Er nicht.

Seine Karte schluckte der Automat (dieser Arschkriecher) selbstverständlich anstandslos. Während er tankte, musterte der Typ mich hellwach. Aus dem Auto drang leise Musik, die mir fantastisch gut gefiel, irgendetwas Elektronisches. Ich hätte es gern richtig gehört, doch sein Begleiter auf dem Beifahrersitz dachte nicht daran, das Fenster herunterzulassen. Anscheinend war die Luft im Wageninnern gerade perfekt klimatisiert.

»Wirklich alles klar?«

»Na ja, meine Karte geht nicht.«

»Autsch! So ein Ärger. Was machen wir denn da?«

Er hatte definitiv etwas Herablassendes, zugleich war er allerdings auch freundlich. Oder nur amüsiert? Ich konnte es nicht genau unterscheiden.

»Bargeld habe ich genug da. Allerdings nur Euro.«

»Verstehe. Da ist aber jemand unvorbereitet auf die Reise gegangen.«

Wie verdammt recht er hatte.

Er bat seinen Begleiter auszusteigen und erläuterte ihm die Lage. Der andere, kunstvoll auf abgehalftert getrimmt, dabei maximal halb so gut aussehend und, seinem leeren

Blick nach zu urteilen, nicht die hellste Kerze auf der Torte, lauschte gelangweilt.

»Na los, sei ein Gentleman und stell der Lady deine Karte zur Verfügung.« Der umwerfende Snob hatte eine Stimme wie ein Radiomoderator, sonor und deutlich.

Insgeheim fragte ich mich, warum er nicht lieber selbst der Gentleman sein wollte, zumal er viel mehr wie einer aussah, doch vielleicht war der andere derjenige von ihnen beiden, der richtig reich war, womöglich gehörte sogar ihm der schicke Wagen, und das Schlabbershirt und die zerrissene Jeans, die ihm bis in die Hüften hing, hatten zusammen tausend Euro gekostet. Was wusste ich denn schon?

Wie dem auch sei, der Beifahrer zog eine schwarz-goldene Kreditkarte aus der Hosentasche. Plötzlich siegessicher lächelte ich ihm zu und machte eine Bemerkung über die Musik.

Zu dem Zeitpunkt war ich überzeugt, dass die beiden mir das Benzin schenken würden. Eine Tankfüllung mehr oder weniger, was machte das in ihrer Welt schon für einen Unterschied?

Es fühlte sich nicht gerade toll an, auf Almosen angewiesen zu sein, dennoch war ich entschlossen, die milde Gabe anzunehmen. Wie naiv ich war. Mir wird noch immer schlecht, wenn ich daran denke.

Penny und Elias wendeten das Blatt, was natürlich keine Absicht war. Sie bemerkten, dass ich mit den Männern sprach und kamen neugierig zu uns rüber. Der Zeitpunkt erwies sich als ungünstig.

»Gehören die zu dir?«

»Ja«, sagte ich und fügte nach einer Pause testweise hinzu. »Das sind meine – Kinder.«

Der Beifahrer lachte los. Es klang wie ein Schluckauf.

»Sachen gibt es.« Die Stimme des Snobs hatte sich abgekühlt. Auf ungefähr zehn Grad minus. »Hör zu, Kleine, eine Tankfüllung, das macht hundert Euro. Kronen sind teuer. Und das Benzin kostet hier leider auch viel mehr.«

Das mochte angehen, aber hundert Euro? Unser Tank war nicht besonders groß, in Deutschland hatte ich ihn immer für knapp unter fünfzig füllen können.

»Fünfzig Euro«, sagte ich.

»Du willst handeln?« Er grinste spöttisch, das heißt, eigentlich zeigte er mir die Zähne. Sie waren wirklich bemerkenswert weiß, ich schwöre, sie hatten eine gewisse Ähnlichkeit mit dem Wagen.

»Wenn ich hundert sage, dann meine ich auch hundert.«

»Achtzig.«

Er schickte sich an einzusteigen, der Beifahrer ließ seine dämliche Schwarzgoldkarte wieder in der Jeans verschwinden, worauf ich mich beeilte, nun meinerseits in die Hosentasche zu greifen. Zwei Fünfziger steckten darin. Ich schwenkte sie wie eine weiße Flagge, Kapitulation auf der ganzen Linie.

»Also gut hundert. Eine Hälfte jetzt, die andere, wenn ich das Benzin habe.«

Wieder lachte der Beifahrer sein Schluckauflachen, bis am Ende nur noch ein asthmatisches Pfeifen aus seiner Kehle kam. Zum Teufel mit ihm. Ich hasste ihn und seine schmuddelige Überlegenheit, basierend allein auf dem Stück Plastik in seiner Jeans, auf das ich angewiesen war. Am meisten aber hasste ich dieses Lachen. Denn ich verstand genau, warum aus seiner Sicht alles bloß ein gelungener Witz war. Die ganze Welt war ein Witz, wenn man sie kaufen konnte.

Während es in mir brodelte, knöpfte der Fahrer mir einen Fünfziger ab und forderte mich auf, den anderen hinter den Scheibenwischer zu klemmen, was ich auch tat. Innerlich wünschte ich ihm einen langsamen qualvollen Tod, äußerlich war ich lammfromm. Ich hatte keine Wahl.

Nach dem Tanken, passierte etwas, womit ich nicht gerechnet hatte: Mit der Angriffslust einer Kobra schnappte Penny sich den Schein und rannte weg. Ich war viel zu schockiert, um zu reagieren, stocksteif stand ich da wie eine Idiotin, Mund und Augen weit aufgerissen.

Bis heute begreife ich nicht, was Penny mit dieser Aktion bezweckte. Glaubte sie allen Ernstes, sie hätte eine Chance, das Geld für uns in Sicherheit zu bringen? Hielt sie ihren Leichtsinn in irgendeiner Form für hilfreich?

Immer diese bescheuerte Angst ums Geld, sie verfolgte uns schon unser ganzes Leben. Holte das Schlechteste und das Hirnrissigste aus uns heraus.

Überraschung zwo – die Sache ging schief. Der umwerfende Snob setzte meiner Schwester nach, ich löste mich aus meiner Starre und lief hinterher, doch ich war zu langsam. Er erreichte sie vor mir, riss sie um, dass sie lang hinschlug. Ein erwachsener Mann gegen eine Elfjährige! So umwerfend können Umwerfende sein. Mühelos entwand er ihr den Fünfziger, gekonnt gewalttätig. Ich hatte Angst, er würde ihr dabei absichtlich die Finger brechen.

»Lass sie los!«

Ich schrie, so laut ich konnte.

Penny schrie lauter.

Einen Moment lang sah er aus, als wolle er uns beide windelweich schlagen, und ich schätze, genau das hätte er auch mit dem größten Vergnügen getan, wäre der Beifahrer bei aller demonstrativer Gleichgültigkeit nicht besonnen genug gewesen, seinen Lachanfall zu unterbrechen, um den Freund zur Ordnung zu rufen.

»Mach keinen Scheiß, lass es gut sein. Komm, lass die kleinen Nutten.«

Das saß. Gegen jede Vernunft war ich jetzt meinerseits bereit, mich mit den Kerlen zu prügeln, wie eine Furie auf beide zugleich loszugehen und zum Abschluss, wenn ich mit ihnen fertig wäre, noch die Scheiben des Audi einzuschmeißen oder ihnen die Reifen zu zerstechen oder Schlimmeres. Dabei hörte ich so was nicht zum ersten Mal, auch nicht zum zweiten oder dritten, Nutte, lieber Himmel, das war Demütigen für Anfänger und Kindergartenkinder, das konnte so einer, der so viel Wert auf künstliche Verwahrlosung legte, doch sicher besser. Mich hatte schon ein Kumpel meiner Mutter im Suff Hurenfotze genannt, als ich in der vierten Klasse war und mich weigerte, ihm einen Gutenachtkuss zu geben.

Dennoch, diese Nutte tat richtig weh, ich gebe es zu. Sie war ein Schlag ins Gesicht, brannte sich in mein Gedächtnis ein, tiefer und narbiger als all die Beschimpfungen daheim in unserem Viertel, wo ich sowieso jederzeit auf das Schlimmste gefasst war. Das hier war etwas anderes, fremdes Terrain, ein sauberes kleines Land, gemähtes Gras, Sonnenschein und Schäfchenwolken, ein beschauliches Dorf mit Weitblick auf Felder. Es gab einen gottverfluchten Picknicktisch! Die Leute sollten sich in so einer Umgebung nicht wie in Neukölln oder Marzahn benehmen. Ist meine persönliche Meinung.

Autotüren wurden geöffnet und zugeschlagen. Lachen verklang. Endlich fuhr der Audi los, die Musik aufgedreht bis zum Anschlag. Wie in einem Ami-Streifen brachte der Fahrer die Reifen zum Quietschen, der Motor heulte auf, dann öffnete sich das Fenster am Beifahrersitz einen Spalt. Merkwürdig verlangsamt, quasi in Zeitlupe sah ich eine Handvoll Papierschnipsel ins Freie wehen, ein letzter zynischer Abschiedsgruß.

Ich wünschte wirklich, wir hätten der Versuchung widerstanden, nachzuschauen, was es war. Doch natürlich liefen wir hin. Wie sich jeder denken kann, der so ein Duckspack wie den umwerfenden Snob und seinen Komplizen kennt, handelte es sich um Geld, unser Geld. Hart verdientes Mindestlohn-Geld, für das unsere einst stinkfaule Mutter in den letzten Monaten vor den Ferien haufenweise Überstunden angehäuft hatte. Ich weiß, das klingt jetzt pathetisch und rührselig, aber so war es nun mal. An diesem Geld klebte kein Blut, sondern Schweiß, es war ehrliches Geld. Katie hatte sich echt am Riemen gerissen, war früh aufgestanden, immer pünktlich erschienen, jeden beschissenen Tag, auch wenn es wie aus Eimern regnete oder sogar bei Glatteis, was normalerweise nicht ihre Art war.

Natürlich bückten wir uns und sammelten es ein, was hätten wir denn sonst tun sollen? Wir klaubten jeden einzelnen Fetzen von der kochend heißen Straße, dabei musste ich komischerweise an den Obdachlosen im Sessel denken, und ich wünschte, ich hätte ihm etwas gegeben. Einen ganzen Schein bekamen wir nicht zusammen.

ELF

Hundert Jahre später, als wir endlich wieder angeschnallt und startklar im Auto saßen, wurde mir klar, dass die Sache glimpflich ausgegangen war. Die wenigsten Leute haben im Leben etwas zu verschenken, solche Typen schon gar nicht. Gut möglich, dass mich die Anwesenheit meiner Geschwister vor größerem Schaden bewahrt hatte, als dem Verlust von hundert Euro und einem angekratzten Ego. Zum Teufel damit, der Tank war voll, Pennys Knochen und ihre große Klappe heil geblieben – und ich immer noch Jungfrau. Es hätte schlimmer kommen können, oder? Schlimmer geht immer. Noch während ich versuchte, meine Enttäuschung vor mir selbst runterzuspielen, erhielt ich den Beweis. Nicht, dass ich so furchtbar dringend einen gebraucht hätte.

Der Polo beschloss, seinen Geist aufzugeben. Er sprang an wie immer, Benjamin Blümchen meldete sich zu Wort, Törööö, ich fuhr an, doch dann übertönte ihn ein bühnenreifer Knall, auf den ein Klopfen folgte, und der Motor verreckte. Einfach so. Kein Fahrfehler meinerseits, ganz sicher. Ich schaffte es gerade noch, den Wagen, dieses verfluchte, verdreckte, spritfressende Ungetüm von einer Alditüte, auf dem Parkplatz beim Picknicktisch ausrollen zu lassen, um nicht mitten im Weg stehen zu bleiben, bevor nichts mehr ging. In Sachen schwammige Lenkung machte mir inzwischen keiner mehr etwas vor, das war amtlich.

Elias quakte los, aber Penny befahl ihm, die Klappe zu halten. Ihre Stimme bebte. Genau wie ich war sie kurz davor auszurasten.

Vergebens drehte ich den Zündschlüssel wieder und wieder.

Vergebens kramte ich im Handschuhfach nach einer Bedienungsanleitung.

Vergebens stieg ich aus und öffnete die Motorhaube, wofür ich zwei Versuche brauchte und mir die Finger einklemmte. Der himbeerfarbene Ring an meinem Mittelfinger zerbarst, das billige Glas porös und scharfkantig zugleich. Klirrend fielen Splitter in den geöffneten Schlund unseres Wagens.

Kabel und haufenweise Plastikverkleidungen, hinter denen sich Dinge verbargen, von denen ich keine Ahnung hatte. Jens hatte mir bekanntlich gezeigt, wie man Spritzwasser auffüllt und den Ölstand prüft. Da ich nicht wusste, was ich sonst machen sollte, erledigte ich beides, was natürlich nichts an unserer Lage verbesserte. Wenn ich die Kiste wieder zum Laufen bringen wollte, würde ich einen Fachmann brauchen, also, auf gut Deutsch gesagt, einen dänischen Mechaniker. Eine Option, die aus vielerlei Gründen keine war, zu teuer, zu riskant.

Genau genommen hatte ich, hatten wir alle drei, einsam und gottverlassen wie wir waren, gerade überhaupt keine Option, die eine war, zumindest konnte ich beim besten Willen nirgends eine entdecken, nicht in der geheimnisvollen Materie des Motorblocks, nicht am Schäfchenwolkenhimmel, nicht am Horizont. Wohin ich auch schaute – und ich schaute lange und verzweifelt –, überall gaffte schönwettergefärbte Ratlosigkeit zurück, und das brachte mich so dermaßen um den Verstand, dass ich rennen musste, meine Muskeln schrien danach, also rannte ich einfach los, ich rannte wie der Teufel auf das Kornfeld zu, und als ich es erreicht hatte, drehte ich ab Richtung Waldsaum.

Eigentlich müsste es in dem Fall anders heißen: Ich wurde gerannt, ich schwöre, ich war hundertprozentig ferngesteuert, von wem auch immer, von Katies Genen wahrscheinlich. Ich konnte nichts dagegen tun.

Zum Glück begegnete ich niemandem, jeder hätte mich für eine Irre gehalten. Das weiß ich aus eigener Erfahrung, mir ist so etwas leider schon mal passiert. Meine letzte Rennattacke liegt ein paar Jahre zurück, es war auch so ein sonniger Tag, aber herbstlich, damals fand ich meine Lage ähnlich aussichtslos (heute weiß ich, sie war es nicht), und ich rannte durch die Straßen von Berlin, von Neukölln über Kreuzberg bis zum Bundestag. Die flatternden Fahnen. Die gläserne Kuppel. Alle Wege voller Menschen, die vor mir zurückwichen, als hätten sie einen Geist gesehen. Oder eben eine Geisteskranke. Die Tochter meiner Mutter.

Es war genau dieser Gedanke, der mich zur Ordnung rief. Plötzlich sah ich unser Wohnzimmer vor mir. Katie, wie sie das Radio aufdrehte und irgendetwas über Refrains und Strophen faselte (was genau, war mir entfallen) und schließlich begann, einen völlig entrückten Tanz aufzuführen. Sie tanzte, wie ich rannte: fremdbestimmt. Wie eine Marionette, die an unsichtbaren Fäden hing.

Irgendwann fing Katie an sich den Pulli zu zerreißen, ich weiß nicht, woher sie die Kraft nahm, er gehörte zu ihren Winterklamotten, ein dicker Hoodie aus festem grauen

Baumwollstoff. Am Ende stand sie im BH da, immer noch mit den Armen zuckend, obwohl im Radio längst die Nachrichten liefen. Wir Kinder sahen zu.

Niemals sollten Penny und Elias mich mit denselben Blicken ansehen müssen. Also kehrte ich auf den Boden der Tatsachen zurück und beschloss, eine Lösung zu finden. War ja nicht so, dass ich keine Übung darin hatte.

Als ich zum Parkplatz zurückkehrte, verschwitzt, außer Atem, aber mit einem, wie ich hoffte, zuversichtlichen Auftreten, das mich als die besonnene große Schwester auswies, die sie kannten und der sie vertrauten, saßen Penny und Elias am Picknicktisch. Sie hatten unsere letzte Tüte Chips geöffnet und sich jeder eine weitere Cola gegönnt. Unsere Vorräte gingen zur Neige.

»Hey«, sagte ich.

»Hey«, sagte Elias.

Penny betrachtete mich prüfend. »Willst du einen Schluck Cola?«

»Unbedingt.«

Sie hielt mir die halb volle Dose hin. »Kannst den Rest haben. Mehr ist nicht.«

Ich trank und bedankte mich überschwänglich.

Während ich weg war, hatte Penny die Seiten eines Frauenmagazins überall dort, wo Platz war, mit Leuchtturmskizzen gefüllt. Zumindest eine davon schien mir brauchbar. Meine Schwester war künstlerisch weniger begabt als unsere Mutter, das ließ sich nicht leugnen, doch das Motiv war nicht allzu anspruchsvoll, und genau wie ich hatte sie Katies Kritzeleien oft genug gesehen, um das Gebäude, das etwas Majestätisches hatte, im Gedächtnis zu behalten.

Ihre Zeichnung war sorgfältig konstruiert, die Atmosphäre stimmte, doch nicht alle Einzelheiten schienen mir korrekt.

»Gab es nicht ein Leuchtturmwärterhäuschen?«, fragte ich.

Schulterzucken.

»Und hatte Katies Turm wirklich Streifen?«

»Ja«, rief Elias.

»Er wollte die Streifen, nicht ich«, sagte Penny.

»Ich meine, da waren keine. Trotzdem: Du bist schon ziemlich nah dran.«

Sie machte ein verächtliches Geräusch. »Weil Leuchttürme alle irgendwie gleich aussehen«, sagte sie.

»Nicht im Detail.« Das hoffte ich zumindest. »Abgesehen davon: Ich finde es toll, dass du es versucht hast.«

Immerhin hatte sie sich in der letzten halben Stunde, so gut es eben ging, nützlich gemacht, was man von mir nicht gerade behaupten konnte.

»Und ich fände es toll, wenn der Wagen anspringen würde«, erwiderte Penny. »Glaubst du immer noch, dass wir heute das Meer sehen?«

»Ich glaube, dass wir jetzt so viel Pech hatten, dass uns eine Riesenportion Glück zusteht. Das haben wir uns verdient.«

»Bekommt jeder, was er verdient?«, fragte Elias.

Manchmal konnte er ein richtiger Philosoph sein. Für einen Fünfjährigen.

Was sollte ich ihm sagen? Ich wollte ihn nicht frustrieren, eben weil er erst fünf war und entsprechend sensibel, Philosoph hin oder her, aber ich gab nicht viel auf Theorien über ausgleichende Gerechtigkeit, diesen Luxus konnten sich meiner Meinung nach nur Leute leisten, bei denen ohnehin alles blendend lief. Logisch, wäre ich superreich und superschön, hätte ich bestimmt auch nichts dagegen, mir einzureden, dass auf der Welt alles mit rechten Dingen zugeht, einer immanenten Ordnung folgend. Tatsächlich glaube ich, Pech ist Pech und Glück ist Glück, und dann gibt es noch ganz viel dazwischen.

Hatten wir Glück verdient?

Unbedingt.

Würden wir es finden?

Suchte es vielleicht schon nach uns?

Ich hatte keinen Schimmer, ich wusste lediglich, dass jeder noch so tiefe Fall irgendwann endete. Interessant war, ob man den Aufprall überlebte.

Fielen wir noch, oder standen wir bereits auf und klopften uns den Dreck von den Klamotten? Das war meiner Meinung nach das eigentliche Rätsel der Stunde.

»Und?« fragte Penny. »Was glaubst du, bekommt jeder, was er verdient?«

»Ich hoffe doch.«

Eine Weile saßen wir ratlos herum und studierten die Straßenkarte von Dänemark. Ab und zu tankte jemand, niemand nahm von uns Notiz, als wären wir Teil der Landschaft. Penny und ich diskutierten unsere Nicht-Optionen (per Anhalter weiterfahren, im Dorf nach einer Werkstatt suchen), während Elias immer teilnahmsloser wurde. Er kam mir blass und erschöpft vor. Es war deutlich zu sehen, dass er Katie vermisste, und ich verstand ihn nur zu gut, mir ging es schließlich genauso, und Penny vermutlich auch.

Mit unserer verrückten Mutter konnten sich alle möglichen verzwickten Situationen auf geheimnisvolle Weise in etwas Lustiges verwandeln. Katie, o Katie. Ich nahm den Stift und kritzelte ihren Namen unter die Leuchtturmzeichnung. Es war ein offenes Geheimnis: Wir hingen alle an ihr wie verrückt, egal wie schwierig es manchmal mit ihr war.

Zum Glück kam unsere Mitfahrgelegenheit angezuckelt, bevor ich mich weiter in Gedanken hineinsteigern konnte, die gefährlich für mich waren. Es handelte sich um einen Wohnwagen der besonderen Art: grün mit gelben Butterblumen am Heck. In so einem Gefährt, malte ich mir aus, konnten nur herzensgute Leute ihren Urlaub verbringen. Leute ohne schwarz-goldene Kreditkarte, Blümchenpflücker, die niemals Geld in Stücke reißen würden. Nicht mal, wenn sie steinreich wären.

Am liebsten wollte ich sofort einsteigen, ich wusste nur noch nicht wie. Dann sah ich neben einem deutschen Nummernschild den Aufkleber mit der dänischen Flagge, neben der ein Ortsname prangte, der mich innerlich aufjubeln ließ, denn dieser schnuckelige Wohnwagen hatte mit an Sicherheit grenzender Wahrscheinlichkeit (die Formulierung kenne ich übrigens von den Vaterschaftstests meiner Mutter) das gleiche Etappenziel wie wir: Blåvand. Ich sah die Karte noch vor Augen, das Nest mit diesem eher unappetitlichen Namen lag nicht nur am Meer, an der Nordsee, um genau zu sein, dort stand auch Leuchtturm Nummer eins auf unserer Liste. Volltreffer, ausgleichende Gerechtigkeit, also doch! Keine Riesenportion Glück, aber immerhin ein kleiner Schluck aus der Pulle.

Wie sich zeigte, gehörte der Wohnwagen zwei sehr dicken unechten Blondinen. Als sie ausstiegen, waren sie in eine angeregte Unterhaltung vertieft und achteten kaum auf ihre Umgebung. Vorsichtshalber senkte ich den Blick.

Wir saßen immer noch am Picknicktisch. Intuitiv ordnete ich die Camperinnen in die Kategorie Genuss-Esser ein. Meine Beobachtung: Es gibt unter den Beleibten dieser Welt Frust-Esser und Genuss-Esser. Einer aus der zweiten Gruppe, Julian, ging früher in die Parallelklasse und ist ein Freund von mir. Seine üppige Pausenbrot- und Snackauswahl, er nannte sie »das kleine, aber feine julianische Frühstücksbuffet« hatte mich oft gerettet, wenn ich nichts Essbares dabeigehabt hatte und mein Magen so laut knurrte, dass peinliche Nachfragen von unserer Klassenlehrerin drohten.

Wenn es etwas gibt, das Genuss-Esser magisch anzieht, sind das Picknicktische, sie lieben es, ihre Mahlzeiten zu zelebrieren, anstatt sich einfach an jeder Straßenecke ohne Sinn und Verstand im Stehen fettiges Zeug reinzuziehen. Aus strategischen Gründen hielt ich es für günstig, das Feld zu räumen – und was soll ich sagen? Kaum waren wir aufgestanden, traten die beiden Schwergewichte unsere Nachfolge an. Unerwartet flink erstürmten sie den Tisch und markierten ihr neues Revier durch eine Palette von Speisen. Das kleine aber feine Nachmittagsbuffet.

Während wir beim Polo herumlungerten, tischten sie auf: Mettbrötchen, Eier, Kaffee aus einer riesigen Thermoskanne und, soweit ich erkennen konnte, Kartoffelsalat. Es könnte auch Nudelsalat gewesen sein oder irgendetwas anderes mit Mayonnaise, garniert mit frischen Kräutern wohlgemerkt. Mayonnaise ist eine großartige Erfindung vor allem in Kombination mit Pommes. Ich muss zugeben, dass mir das Wasser im Mund zusammenlief.

»Kommt, wir verstecken uns im Wohnwagen«, schlug ich vor. »Die merken eh gerade nichts, die sind mit Futtern beschäftigt.«

»Einfach so?«, fragte Penny.

»Einfach so.«

Es war am Ende wirklich keine große Sache. Ich holte unsere Reisetasche und meinen Rucksack aus der Alditüte und schloss ab.

Die Wohnwagentür stand sperrangelweit offen, eine freundliche Einladung. Da sagt man nicht Nein, oder? Eine bessere Chance, doch noch ans Meer zu kommen, würde es heute sicherlich nicht mehr geben.

ZWÖLF

Auf einem Tisch im Innern der rollenden Behausung stand ein Topfkuchen und duftete verführerisch vor sich hin. Zimt und Butter. Schokolade und Vanille.

»Wag es nicht«, sagte ich, als Elias sich mit der Nase darüber beugte.

»Nichts darf ich.«

»Ganz genau. Merk es dir.«

Vorsichtig stahlen wir uns voran. Weiter hinten verbarg sich ein Etagenbett in einer extra abgetrennten Nische. Es lagen ziemlich viele zeltartige Klamotten und Decken darauf herum, unter denen wir uns verbergen konnten. Wir gruben uns in die Stoffmassen ein, so gut es ging.

»Still jetzt.« Ich flüsterte zwar, aber mein Flüstern duldete keinen Widerspruch. Das hatte ich von unserer Klassenlehrerin abgekupfert. Sie konnte mit minimaler Lautstärke Befehle flüstern, dass man am liebsten strammstehen würde.

»Kein Mucks. Keine Bewegung. Ruhig atmen.«

Schwere Schritte, die näher kamen. Der Wohnwagen schwankte, als eine der Camperinnen ihn betrat.

»Willst du Kuchen?«, rief sie der anderen zu.

Die Antwort konnten wir unter dem Deckenberg nicht hören. Es war ein wirklich mieses Versteck, heiß, luftleer, superleicht zu enttarnen. Unser einziger Vorteil war, dass niemand mit unserer Anwesenheit hier im Wohnwagen rechnete. Das hoffte ich zumindest.

»Gut, dann essen wir den später. In den Dünen.«

In den Dünen. Hatte ich es nicht vorhergesagt? Sie wollten dasselbe wie wir: die See sehen. Jetzt hieß es durchhalten. Ich stupste Penny an, damit sie weiteratmete. Ich wusste, wie groß die Versuchung war, die Luft anzuhalten, um ja nicht aufzufallen, aber der Schuss würde nach hinten losgehen. Irgendwann würde sie japsen und sich krümmen wie ein Fisch auf dem Trockenen. Ich hob die Decke einen Spalt, damit wir mehr Sauerstoff bekamen, und spähte hindurch.

Keine drei Meter entfernt stand eine der Dicken mit dem Rücken zu uns. Sie verstaute gerade die Reste ihres Picknicks in der Wohnwagenküche. Auch der noch unangetastete Kuchen verschwand hinter einer Schranktür. Dieser Duft. Ihre routinierten Handgriffe. Obwohl ich sie überhaupt nicht kannte, mochte ich beide Camperinnen auf Anhieb gern. Die Art, wie sie es sich miteinander gemütlich machten. Wie die eine zur anderen »in den Dünen« gesagt hatte. Ich mochte wetten, sie waren keine von diesen Erwachsenen, die ständig so taten, als amüsierten sie sich, obwohl sie in Wirklichkeit tödlich gelangweilt waren und ihr Leben gründlich satthatten. Sie hatten einfach ihren Spaß. Am Kuchen, an Mayonnaise, aneinander und an der Gewissheit, dass ihnen schon bald der Nordseewind um die Nase wehen würde.

Auf einmal verspürte ich den irrwitzigen Wunsch, mich zu erkennen zu geben. Vielleicht konnte ich die Frauen ja für unsere Leuchtturmsuche begeistern, warum nicht? Sie hatten den Wohnwagen und waren mobil, unter Zeitmangel litten sie offensichtlich auch nicht, und tausendprozentig war genug zu essen für uns alle fünf an Bord. Leckeres Essen mit Vitaminen und allem Drum und Dran. Es kam mir plötzlich wie eine Chance vor.

Sie könnten mir mit dem Kleinen helfen, das würde ihnen bestimmt Spaß machen. Ich fand, sie hatten ein mütterliches Wesen, damit kriegte man mich leicht rum. Also mütterlich im klassischen Sinne – nicht Katie-Style.

Ich wusste, es war eine fixe Idee, sich unter die Fittiche fremder Urlauberinnen zu begeben, viel zu riskant, weil sie wie alle Leute über achtzehn zu viele Fragen stellen würden. Dennoch kreisten all meine Gedanken darum, ich war kurz davor, schwach zu werden. Umso größer war meine Erleichterung, als die Tür ins Schloss fiel und mir die Entscheidung abnahm.

Wir waren wieder unter uns.

Besser so.

Als wir losfuhren, bekam meine Schwester moralische Bedenken, was ungewöhnlich für sie war.

»Die arme Alditüte.« Ihre Stimme war rau. »Wir haben uns nicht mal richtig verabschiedet.«

»Wieso arm? Die blöde Karre hat uns zuerst im Stich gelassen.«

»Mir tut sie trotzdem leid.«

»Mir auch«, echote Elias.

»Mir ja auch.« Ich musste es einfach zugeben.

»Glaubst du, sie hat Angst so allein?«

»Autos haben keine Ängste.«

»Versprochen?«

»Versprochen.«

Wir knieten auf einer Sitzbank im Heck des Wohnwagens, von wo aus wir durch das Fenster zurück auf den Parkplatz und die Tankstelle starrten.

Langsam, aber unaufhörlich rollten wir in Richtung Autobahn. Der Abstand wurde größer, der Polo kleiner, bis eine Kurve uns jäh den Blick nahm. Der endgültige Abschied versetzte mir einen gewaltigen Stich.

Hörst du die Alditüte weinen? Das war ein Witz. Allerdings muss ich zugeben, dass ich als Grundschülerin allen möglichen Gegenständen ein Seelenleben zugestanden habe, meiner Zahnbürste (ich entschuldigte mich jedes Mal, wenn ich ein abgenutztes Exemplar in den Müll gab), meiner Federtasche, den Stiften darin, meinem Bücherregal, das sich unter der Last von Flohmarktbüchern bog, die nach altem Staub und fremden Welten rochen. Ich redete mit ihnen, manchmal sogar mehr als mit Menschen. Zu einem knallroten Stuhl hatte ich eine besonders innige Beziehung aufgebaut, ich mochte die Farbe, aber auch sein Kippeln, und war tieftraurig, als er bei einem Streit mit Penny in die Brüche ging. Ich war ein totaler Freak, zugegeben.

Ich wollte wegen der Alditüte nicht in alte Muster verfallen und ich wollte meine Geschwister vor diesem Unsinn bewahren. Wahrscheinlich war es schon falsch gewesen, dem Polo überhaupt einen Namen zu verpassen. Es war ein Gebrauchtwagen, impfte ich mir ein, ein Haufen Blech, nichts weiter.

Dennoch nahm ich mir vor, das Auto irgendwann zu uns zurückzuholen, allein schon wegen des teuer bezahlten Benzins, das in ihm steckte. Außerdem war es nun mal ein Geschenk, das mit Abstand wertvollste, das wir je bekommen hatten. Ein Pluspunkt für Jens. Unwillkürlich musste ich lächeln, als ich an ihn dachte. Auch wenn er sich aus dem Staub gemacht hatte, wie all die anderen Trottel, die sich eine Weile eingebildet hatten, sie wären ernsthaft in unsere Mutter verliebt.

Um den Wohnwagen während der Fahrt nicht zum Schlingern zu bringen, legten wir uns wieder aufs Bett. Eingesperrt mit einem Topfkuchen. Es war die Hölle. Obwohl er im Küchenschrank verstaut war, zusammen mit unzähligen anderen Leckereien, hing dieser sagenhafte Duft noch im Raum. Möglicherweise war der Kuchen deshalb das Einzige, was uns wirklich reizte. Wir fingen an, uns auszumalen, wie er schmeckte. Unser Tipp: definitiv noch besser als der preisgekrönte Kuchen beim letzten Kindergartensommerfest. Der Vater eines Mädchens aus dem Jugendstilgetto hatte ihn gebacken – und er hatte sich als Sensation aus Schokolade erwiesen. Kurzum ernannten wir den Topfkuchen der Camperinnen zum besten Kuchen aller Zeiten. Wir fingen an zu spinnen:

»Bestimmt schmeckt er nach Zuckerwatte.«

»Nein, nach gebrannten Mandeln.«

»Nach Erdbeereis.«

»Nach Smarties.«

Irgendwann hatten wir jede Süßigkeit durch, die wir liebten, und fingen mit herzhaften Speisen an. Pommes, Spaghetti, Pizza. Es war verblüffend, wie ausdauernd man über Essen reden konnte. Sogar Gemüse kam in unserer Aufzählung vor (selbstverständlich war ich diejenige, die dafür Sorge trug). In unserer Fantasie aßen wir alles durcheinander.

Dummerweise wurde meinem Bruder davon ganz real schlecht, und ich konnte nicht verhindern, dass er sich zum zweiten Mal an diesem Tag übergeben musste. Gibt es etwas Herzzerreißenderes als kränkelnde Kinder? Eigentlich nicht, doch offenbar hatte ich nicht besonders viel Herz in dem Moment, ich schäme mich, es zuzugeben, aber ich machte mir tatsächlich mehr Sorgen um den Zustand des Wohnwagens als um meinen Bruder.

»Hättest du nicht früher Bescheid sagen können? So eine Schweinerei.«

»Hätte ich nicht.«

»Hättest du wohl. Du bist doch kein Baby mehr!«

»Sei nicht so gemein!«, rief Penny. Sie war stinkwütend.

Elias würgte schon wieder. Ich sah mich nach einer Tüte um, konnte aber keine entdecken.

»Musst du noch mal spucken?«

»Weiß nicht.«

»Dann nimm wenigstens dieselbe Decke.«

Irgendwann besann ich mich auf meine schwesterlichen Pflichten und begann, meinen Bruder zu trösten, auch wenn es mir schwerfiel.

»Ist doch nicht so schlimm«, versicherte ich und streichelte seine Lockenpracht. »Das wird wieder.«

Ich fühlte seine Stirn: warm, aber kein Fieber. Weil die Luft im Wohnwagen zum Zerschneiden war, ging ich das Risiko ein, das Fenster zu öffnen, und voilà – der Sauerstoff wirkte Wunder. Elias erholte sich in Minutenschnelle. So sind Kinder. Eben denkst du noch, sie krepieren dir unter den Händen weg, und dann ist schon wieder alles vergessen, bevor man Einseinsnull wählen kann.

»Kann ich Kuchen?«

»Nein, das geht nicht. Du solltest jetzt lieber erst mal nichts essen. Du kannst einen Schluck Wasser trinken.«

»Ich will kein Wasser, ich will Kuchen.«

»Gib ihm doch welchen, wenn er unbedingt will.«

»Penny, tu mir einen Gefallen und halt dich da raus. Er soll nichts essen, wenn er sich gerade übergeben hat.«

Sie ging an die Decke. »Sich übergeben hat – wie vornehm. Ich *kotz* gleich. Als ob du uns erlaubt hättest, den Kuchen zu essen, wenn Elias sich nicht *übergeben* hätte. Du bist doch viel zu feige, um etwas Verbotenes zu tun. Bloß keine Dummheiten anstellen. Nicht auffallen. Immer alles richtig machen.«

Angesichts der Tatsache, dass wir uns soeben in diesen Wohnwagen eingeschlichen und illegal eine Landesgrenze überquert hatten, schienen mir Pennys Vorwürfe eher lächerlich, obwohl sie im Kern recht hatte. Gegen das Gesetz mochte Katies Maxime gewesen sein – meine war es nicht, würde es auch nie werden. Ich brach die Regeln nur mangels Alternativen, nicht, um Spaß zu haben oder anderen etwas zu beweisen.

»Was ist so schlimm daran, etwas richtig machen zu wollen?«, fragte ich.

»Nichts. Aber du hast keine Ahnung, was *richtig* richtig ist. Worauf es ankommt.«

»Aber du, oder was?«

»Und wie! Weißt du, was *richtig* richtig wäre? Uns den Kuchen zu geben. Weil wir hungrig sind. Es ist Mundraub, kein Banküberfall oder so. Wir sind unbewaffnet.«

»Tu doch nicht so. Ihr hattet Frühstück, ihr hattet Chips. Vom Verhungern kann keine Rede sein. Aber weißt du was, Penny, es ist dein Leben, dein Gewissen. Iss den Kuchen, wenn du unbedingt willst, verdirb den beiden Dicken ihre Kaffeekränzchen, sie werden es überleben. Sie können sich ja im Gegensatz zu uns einen neuen Kuchen backen. Oder eine Diät machen. Vielleicht werden sie deinetwegen ihr Leben ändern und schicken dir irgendwann ein Dankschreiben, wer weiß. Guck dich um, klau dir, was du willst.«

»Mach ich auch.«

»Wirst schon sehen, was du davon hast.«

Zum Glück beschränkte Penny ihre kriminellen Energien auf den Kuchen. Sie stopfte sich in Rekordzeit drei riesige Stücke in den Mund, wagte aber nicht, Elias etwas von ihrer Beute anzubieten. Und er hütete sich, danach zu fragen.

Unterdessen richtete ich mich in meiner Spielverderberinnenrolle häuslich ein, versorgte Elias mit Wasser, fand doch noch eine Plastiktüte für die verunreinigte Decke, die ich in die Dusche stellte. Eine Notlösung. Ich hätte sie gern ausgewaschen, doch ich wollte aus Vorsicht den Wasserhahn nicht betätigen. Ohnehin hatte ich bei jeder Bewegung Angst, dass die Frauen vorn im Auto, das uns zog, etwas bemerken würden.

Einmal schienen meine Befürchtungen wahr zu werden: Wir hielten auf dem Standstreifen. Ich hörte Schritte, schickte ein Stoßgebet in den Himmel, dann ging es auch schon weiter. Pinkelpause wahrscheinlich.

»Alles klar bei dir?«, fragte ich meinen Bruder.

Er zuckte mit den Schultern.

»Ist dir noch schlecht?«

Kopfschütteln. Allerdings wirkte er alles andere als mit sich und der Welt im Reinen.

»Was ist denn sonst?«

»Ich will, dass ihr euch nicht mehr streitet.«

»Tun wir doch gar nicht«, sagten Penny und ich unisono.

»Dann vertragt euch. *Richtig* richtig.«

Jetzt fing er auch noch damit an. Ich unterdrückte einen bissigen Kommentar, stattdessen hielt ich Penny seufzend die Hand hin. »Frieden?«

»Von mir aus.«

Ihr Händedruck war wie kalter Kakao. Oder warme Cola. Besser als überhaupt nichts Süßes, aber auch nicht wirklich befriedigend. Mehr ging gerade nicht, bei keiner von uns. Ich wünschte, ich hätte den Kuchen probiert. Meine Moral ging ohnehin gerade den Bach runter.

Draußen zogen Felder vorüber. Ich stellte mir vor, wie es wäre, mit Julian und Svenja hier zu sein. Oder mit einer Jugendreisegruppe wie Katie vor sechzehn Jahren. Es war ihre erste Reise überhaupt gewesen, veranstaltet von der Caritas vor allem für Kinder von Alleinerziehenden und aus anderweitig benachteiligten Familien, weshalb sie aus lauter Scham nur widerwillig mitgefahren war. Wer gehört schon gern in die Kategorie hilfebedürftig?

Auf eine Gruppe fremder Jugendlicher und die Anwesenheit irgendwelcher Betreuer konnte ich getrost verzichten, aber ein paar richtig gute Freunde hätte ich schon gern dabeigehabt. Penny sicher auch.

Meine Wut verflog allmählich, dennoch war mir nicht nach Reden zumute. Ich wollte nur noch ankommen. Endlich dieses verflixte Meer sehen, neue Hoffnung schöpfen. Je länger wir fuhren, desto sicherer war ich mir, dass daraus nichts werden würde, sondern dass am Ende eine weitere Enttäuschung auf uns wartete. Irgendein stinkender Tümpel, eine ausgetrocknete Wüste, wo früher die Brandung zischte. Apokalypse am Strand.

Felder, Felder und nochmals Felder. Hatte es das Meer überhaupt je gegeben?

Manchmal kann ich übertrieben pessimistisch sein. Schlimmstenfalls verwechsele ich meinen Pessimismus dann auch noch mit einer Vorahnung, dabei gibt es nicht den geringsten Hinweis darauf, dass ich den siebten Sinn habe oder so. Eher im Gegenteil. Hätte ich auch nur ansatzweise ein Gespür für Katastrophen, wäre ich doch an unserem ersten Ferientag, als das Lagerfeuer endlich brannte, niemals so glücklich gewesen.

DREIZEHN

Das Meer existierte – und es enttäuschte uns nicht. Da ich es nun besser kenne, bezweifle ich, dass es überhaupt möglich ist, das Meer an sich als eine Enttäuschung zu empfinden, es kann vielleicht angsteinflößend wirken oder feindselig, wenn es aufgewühlt ist und faucht und schäumt, aber enttäuschend? Ganz sicher nicht.

Mir jedenfalls verpasste es weiche Knie, obwohl ich ja die Ostsee bereits kannte. Ich bekomme immer wieder weiche Knie, wenn ich das Meer sehe, weiche Knie und ein Flattern im Magen wie vor einer Prüfung – doch als Nächstes werde ich ganz ruhig und froh und weiß, dass ich alle Prüfungen dieser Welt bestehen kann, einfach weil da etwas ist, das elementar größer ist als ich und auch als jeder andere, als alles, was ich für riesenhaft und unerreichbar halte, und diese Erkenntnis ist dann für mich zumindest eine unglaubliche Erleichterung. Damit das klar ist: Ich rede hier nicht von physikalisch messbarer Größe (natürlich ist ein Meer auch messbar eine ziemlich große Ansammlung von Wasser, und es nimmt eine gewaltige Fläche ein und so weiter), sondern von Unermesslichkeit. Unermesslichkeit hat etwas sehr Beruhigendes. Plötzlich ist es okay, klein und unbedeutend zu sein.

»Ist es das?«

Ich weiß nicht, ob meine Geschwister exakt dasselbe empfanden, jedenfalls waren sie genauso elektrisiert wie ich, als wir vom Wohnwagenfenster aus einen Blick aufs Wasser erhaschten. Ein flirrender Streifen Blau am Horizont, mehr war nicht zu sehen, aber das genügte. Die Weite. Das Licht. Unermesslichkeit eben.

»Ist das das Meer?« Elias kreischte so laut, dass ich spürte, wie mir vor Schreck das Blut aus den Wangen wich.

Ich nickte und legte den Finger auf die Lippen. »Psst.«

»Schönes Meer.«

»Ja, echt schön«, sagte ich.

Penny war mucksmäuschenstill. Sie konzentrierte sich voll und ganz auf den Ausblick, ihr Atem ging schnell, und ich konnte spüren, dass sie ergriffen war. Ich wusste es einfach.

»So weit haben wir es geschafft«, sagte ich stolz.

»Wir sind die Coolsten«, antwortete sie.

Wir klatschten ab.

»Gehen wir an den Strand?«

Die Frage war folgerichtig und hatte zugleich etwas Tieftrauriges, weil sie nach Ferien klang und das, was wir erlebten, nicht mehr viel damit zu tun hatte.

»Klar«, antwortete ich dennoch.

»Wann?

»Bald. Ein bisschen müssen wir uns noch gedulden. Wir können ja nicht einfach hier aussteigen. Das würde irgendwie dumm auffallen.«

Wir hatten mitten auf der Straße angehalten, standen auf einer kleinen Anhöhe in einer Schlange von Wohnwagengespannen, die darauf warteten, auf einen Campingplatz in unmittelbarer Strandnähe vorgelassen zu werden. Es waren noch jede Menge Wagen vor uns an der Reihe, die Helfer am Eingang, lässige junge Leute mit Klemmbrettern und Headsets, hatten alle Hände voll zu tun. Dänische Flaggen wehten im Wind. Ringsum bahnten sich Urlauber ihren Weg durch den Anreisestau, lauter Familien mit Kindern, teilweise zu Fuß, teilweise auf Fahrrädern. Ein fröhliches Gewimmel. Ich beobachtete, wie Elias bereits nach potenziellen Spielgefährten Ausschau hielt, was typisch für ihn war. Er war einfach ein kontaktfreudiger kleiner Junge. Er wollte seinen Spaß haben. In dieser Umgebung musste ich besonders gut auf ihn aufpassen, dachte ich.

Endlich war es so weit. Wir hatten den Eingang passiert, der Butterblumenwohnwagen kam nach einigen Hunderten Metern rumpeliger Fahrt kreuz und quer über die ausgedehnte Ferienanlage inmitten von Dünen zum Stehen.

Während ich mir das Hirn zermarterte, wie wir das Wunder vollbringen sollten, unser Versteck genauso unbemerkt zu verlassen, wie wir es betreten hatten – jede Sekunde rechnete ich mit unserer Entdeckung –, sah ich die dicken Camperinnen davonlaufen. Keine Übertreibung. Es war zum Brüllen komisch. Sie liefen, nein, sie sprinteten regelrecht, dass der Boden unter ihnen bebte, und zwar bergan, die nächstgelegene Düne empor, Richtung Meer, sie erklommen die Spitze, verharrten einen Augenblick, während eine ihre geballte Faust in die Luft streckte – dann waren sie verschwunden. Ich war mir nicht sicher, aber ich glaubte, eine von ihnen jauchzen zu hören. Möglicherweise auch alle beide zugleich.

»So, jetzt aber raus hier«, sagte ich.

»Wir könnten den Kuchen mitnehmen«, sagte Penny.

Ich ignorierte sowohl die Bemerkung als auch ihren fragenden Blick. Sie hatte ihn schon gegen meinen Willen angeschnitten, da erwartete sie doch wohl nicht ernsthaft mein Okay für diesen erbärmlichen Vorschlag.

Allerdings entschloss ich mich, etwas anderes einzustecken: die besudelte Decke. Es waren so viele Decken vorhanden, mit etwas Glück fiel den beiden Dicken gar nicht auf, dass eine fehlte (falls es nicht gerade ihr Lieblingsexemplar war, das Elias' Mageninhalt abbekommen hatte). Und mit noch mehr Glück würden sie denken, sie hätten den Kuchen doch schon selbst probiert. Wer so viel isst, verliert doch sicher irgendwann den Überblick, nicht wahr?

»Penny, komm jetzt. Die Tür ist von außen abgeschlossen, wir müssen durchs Fenster klettern.«

»Au ja«, rief Elias, als hätte er noch nie etwas dermaßen Fantastisches unternommen.

Das Wohnwagenfenster ließ sich gerade so weit aufklappen, dass wir alle hindurchpassten. Penny stieg zuerst ins Freie und prüfte, ob die Luft rein war. Als sie den Daumen hob, reichte ich ihr unser spärliches Gepäck.

Elias kam als Nächster an die Reihe. Er wollte sich partout nicht helfen lassen, also ließ ich ihn machen, natürlich passte ich dabei auf ihn auf wie eine Glucke, denn die Scharfkantigkeit der Verriegelung machte mir Sorgen, aber er stellte sich ziemlich geschickt an, das musste ich zugeben. Er und Penny hatten in jeder Hinsicht das Zeug für eine Kiezkarriere.

Im Gegensatz zu mir. Ich holte mir einen blutigen Kratzer an der Hand – scharfe Kante, wie gesagt – und fluchte darüber so laut, dass Penny nun ihrerseits mich ermahnte.

»Still, die Bullen!«

Ich erschrak fürchterlich. Natürlich war weit und breit niemand zu sehen.

»Sehr witzig.«

Ich drückte das Fenster zu.

»Und jetzt?«, fragte Penny.

»Und jetzt?«, echote Elias.

Ich stemmte die Hände in die Hüften und blickte mich um. Tausend Dinge, die es zu erledigen galt, fielen mir ein. Wir mussten einkaufen. Wir mussten uns endlich dänisches Geld besorgen – am Eingang des Campingplatzes hatte ich eine Wechselstube entdeckt. Wir mussten unseren ersten Leuchtturm finden und auskundschaften.

Doch das war nicht das, was ich wollte, nicht in diesem besonderen Moment, in dem wir allen Widerständen zum Trotz einen Sieg errungen hatten. Das ließ sich ja wohl kaum leugnen, egal wie pessimistisch man unsere Lage beurteilte (und in Sachen Pessimismus machte mir so schnell keiner was vor). Wenn ich in mich hineinhorchte, wollte ich nur eines: es wie die beiden Camperinnen machen. Sprinten. Jauchzen. Meine Rechte zur Faust ballen und in den Himmel strecken. Nichts wie ans Meer.

Natürlich mussten auch wir erst die hohe Düne am Rande des Stellplatzes überwinden. Sie war die Zugspitze, der Kilimandscharo, der Mount Everest: hoch, höher, am höchsten. Der Sand, aus dem sie bestand, war die Kalahari, die Sahara, die Wüste Gobi. Tief sanken wir ein. Mühsam kraxelten wir auf einem Trampelpfad voran, der sich schmal durch das Dünengras wand, hartes festes Gras, das überhaupt nichts mit Rasen gemein hatte. Es zerkratzte uns die Beine, kitzelte, brachte uns zum Lachen. Oder war das der Sand, der immer wieder nachrutschte? Egal, jedenfalls lachten wir, das war die Hauptsache. Eben noch am Boden, jetzt ganz oben. Als wir endlich am höchsten Punkt standen, verharrten und jauchzten wir genau wie die Dicken, bevor wir uns in eine sandige Mulde fallen ließen und den letzten Teil des ellenlangen Weges an die Nordsee kugelnd zurücklegten. Ich war ein rollender Stein. Strandgut. Es war wirklich toll.

Dass das Meer aus der Nähe betrachtet mindestens genauso großartig war wie von Weitem, versteht sich von selbst. Die Nordsee also. Das einzig Richtige, *richtig* richtig, wie Penny sagen würde, war auf der Stelle hineinzuspringen – und das taten wir. Ich begrub den Rucksack mit unseren Wertsachen unter der Tüte mit der müffelnden Decke, dann schälten wir uns aus den Klamotten, wobei Penny und ich die Unterwäsche anbehielten, während Elias komplett blankzog. Durch den Schaumfächer der Brandung stürzten wir uns mittenrein in die Fluten.

Das Wasser war eiskalt, was keine Überraschung war, schließlich befanden wir uns hoch im Norden Europas und nicht in der Südsee. Obwohl es ein bisschen nach Südsee aussah, genauer gesagt so, wie ich mir aufgrund von kitschigen Fotos und Postern die Südsee vorstellte, der Farben wegen. Das Blau war eine Wucht. Ich schwöre, an manchen Stellen schimmerte es türkis. Dazu das Weiß der Gischt. Man konnte besoffen werden von diesen Farben und über den Rausch endlich alles vergessen, Katie, die zerfetzten Fünfziger, den zurückgelassenen Polo (nie hatte er mehr an eine Alditüte erinnert als allein und lahmgelegt auf dem Parkplatz neben der Tankstelle).

Das Beste war ausnahmsweise mal nicht fürchten zu müssen, irgendwie aus der Reihe zu fallen und zu viel Aufmerksamkeit zu erregen, denn wir passten – trotz Unterwäsche – perfekt ins Geschehen.

Badende Geschwister. Wir taten, was alle taten: uns gegenseitig nass spritzen, planschen, uns treiben lassen. Penny tauchte nach Muscheln. Ich war froh, dass Elias im letzten Winter schon ganz passabel schwimmen gelernt hatte. Darauf hatten die Leute in der Kita gesteigerten Wert gelegt, nachdem ein Kindergartenkind aus dem Viertel im Freibad ertrunken war, ausgerechnet im knietiefen Teil des Nichtschwimmerbeckens, wie auch immer es das angestellt haben mochte. In dem Alter sind sie dusselig wie Kiffer und Greise, fallen mit dem Gesicht ins Wasser und stehen einfach nicht wieder auf. Dennoch feuerten sie natürlich den Bademeister, den armen Kerl. Er war noch in der Probezeit, soweit ich weiß.

Jedenfalls bot die Kita infolge des ganzen Theaters mit Medienauflauf, Ermittlungen der Staatsanwaltschaft und Pipapo für einen Spottpreis Schwimmkurse an. Mein Bruder hatte als einer der Ersten teilgenommen und sein Seepferdchen-Abzeichen gemacht, ein Klacks für ihn. Nach den Sommerferien sollte es mit dem Freischwimmer weitergehen. Vorsichtshalber hielten wir uns trotzdem im Flachen auf, die Nordsee war schließlich ein verdammt beängstigendes Becken.

Allerdings wurde es an der Stelle, wo wir badeten, nur allmählich tief, und die Wellen hatten gerade eben so viel Schwung, dass niemandem langweilig wurde. Es war ein perfekter Strand für kleine Kinder – und davon gab es jede Menge.

Im Nullkommanichts hatte Elias zwei zuckersüße Mädchen mit Zöpfen und ihren gelangweilt dreinblickenden Vater im Schlepptau. Sie boten meinem Bruder einen Platz auf ihrer Luftmatratze an und waren sichtlich enttäuscht, als er sich auf Dauer mehr für den aufblasbaren Haifisch eines älteren Jungen interessierte. Penny flirtete ebenfalls. Ihre Eroberung war ein pickliger kleiner Typ, der in Berlin definitiv weit unter ihrem Radar geflogen wäre, hochnäsig wie sie war.

Nur von mir nahm niemand Notiz, aber das war mir recht. Ich tauchte ebenfalls nach Muscheln. Einfach so. Sobald ich eine hatte, schleuderte ich sie weit hinaus ins offene Meer, und dabei fühlte ich mich frei. In den Augen meiner Geschwister sah ich, dass es ihnen genauso ging. Hier gab es nichts, das sie daran hinderte, sich ganz auf den Moment einzulassen. Mir fiel es wahrscheinlich schwerer als ihnen, aber ich kriegte es hin. Alles war gut, bis wir mit blau gefrorenen Lippen an den Strand zurückkehrten.

Liebe Eltern, ich zolle euch Respekt. Hiermit. Keine Ironie. Es ist eine Riesenherausforderung, woran Eltern, die ihren Job ernst nehmen, alles denken müssen. Und ich rede jetzt nicht von diesen Bio-Eltern mit ihrem bescheuerten Kontrollzwang, die zehn Stunden lang die Inhaltsstoffe auf einer Verpackung studieren, bevor sie ihrem Mickerkind namens Paul, Karl oder Klara eine Reiswaffel genehmigen, die es dann natürlich nicht runterkriegt, weil Reiswaffeln und solches Zeug noch viel fader schmecken als ein ungetoasteter Toast, sodass Naschen einem eher wie eine Strafarbeit vorkommen muss als wie eine Belohnung.

Woran gute, aber nicht übertrieben motivierte Eltern in

unserer Lage mit Sicherheit gedacht hätten: Handtücher und Sonnenmilch. Wir hatten dummerweise beides nicht dabei. Nach kurzer Überlegung bat ich den gelangweilten Mädchenvater, uns auszuhelfen, was er auch tat, ohne seinen Gesichtsausdruck zu verändern. Allerdings beobachtete er dann ziemlich argwöhnisch, wie ich Elias eincremte und die Tube danach an Penny weiterreichte. Es war eine teure Marke. Obwohl meine Geschwister wegen ihrer dunklen Haut nicht leicht verbrannten, ermahnte ich sie, die Creme ordentlich dick aufzutragen. Was mich betrifft, muss ich leider zugeben, dass es schon zu spät war: Ich war bereits an Armen und Schultern knallrot, auch mein Gesicht fühlte sich heiß an.

Schließlich sammelten wir unsere Siebensachen zusammen und stapften davon, um uns im nächstgelegenen Toilettenhäuschen wieder anzuziehen. Manchmal kann ich, was Umziehen angeht, ziemlich verklemmt sein.

»Dir guckt schon keiner was weg«, pflegte Katie zusagen.

Nicht dass allzu viel dran gewesen wäre. Weder an mir noch an ihr. Wenn wir zusammen im Freibad oder am Wannsee waren, was extrem selten vorkam, fand ich sie geradezu exhibitionistisch veranlagt. Wir hatten einfach jede Menge Differenzen. Ich denke, das ist jedem klar geworden.

Die Blicke des Vaters folgten uns. Ich glaube, spätestens jetzt fiel ihm auf, dass wir mit unserem Gepäck – Reisetasche, Rucksack, Plastiktüte mit müffelnder Wolldecke – irgendwie doch nicht so richtig ins Raster passten. Bevor er anfangen konnte, sich darüber den Kopf zu zerbrechen, machten wir uns vom Acker.

VIERZEHN

Einen Schritt nach dem anderen. So lautete einer der vielen Lieblingsgrundsätze unserer Klassenlehrerin. Sie wiederholte ihn wie ein Mantra, als wir darüber jammerten, wie wir das Wunder vollbringen sollten, die vermüllte Brache hinter der Turnhalle in ein Feuchtbiotop zu verwandeln. Unsere Lehrerin unterrichtete Naturwissenschaften und hatte ein Gespür dafür, ungemein dämliche Kalendersprüche praktisch zur Anwendung zu bringen, weshalb sie den meisten von uns zum Schluss weit weniger dämlich vorkamen. Manchmal waren sie sogar ganz nützlich. Was wir unserer Lehrerin natürlich nicht verrieten, um unseren Ruf als schwierige Klasse aufrechtzuerhalten, denn schwierige Klassen bekamen immer die besten Lehrer zugeteilt, weil Pädagogen untereinander ungemein pädagogisch sein können. Wer ein nervliches Wrack ist, rumschreit, Schüler hasst und kurz vor dem Burn-out steht, wird geschont. Den kriegen die Netten.

Nur ein kurzes Beispiel für die Lässigkeit unserer Lehrerin: Sie stellte einen Wackeldackel aufs Pult. Caruso. Immer wenn wir so laut quatschten, dass sie ihren Unterricht unterbrechen musste, tätschelte sie ihm den Kopf, sodass das Gewackel losging. Mit wackelndem Kopf starrte Caruso uns an, als sei er unseretwegen verrückt geworden. Irgendwann starrten wir zurück und hielten die Klappe. Natürlich verteilte unsere Lehrerin auch die üblichen Strafarbeiten. Aber meistens half schon das Starren des durchgeknallten Dackels. Keine Ahnung warum. Es war irgendwie lustig, aber als eine Art Ansage unserer Lehrerin trotzdem ernst zu nehmen. Ich kann es nicht erklären.

Während ich mit meinen Geschwistern über den Strand trottete, musste ich die ganze Zeit an unser Schulbiotop denken. Daran, wie wir die Hundehaufen, die Fixerspritzen, eine Satellitenschüssel, eine tote, halb skelettierte Katze, eine Million Plastiktüten und den ganzen anderen Müll einsammeln mussten, an das Ausbringen der Teichfolie, das Setzen der Pflanzen und schließlich an den legendären Nachmittag im Mai, als wir unser Werk (streng genommen war es bloß ein Sumpfbeet, kein richtiges Biotop) sowie halb aus Versehen, halb aus Spaß den Schulhof fluteten, bis wir alle klatschnass und zu guter Letzt trotzdem mächtig stolz waren.

Wir hatten etwas erschaffen, einen matschigen Lebensraum für Frösche und Insekten und seltenes Grünzeug aller Art. Der beste Schultag aller Zeiten, nach einer mühsamen Aneinanderreihung von einzelnen Schritten, von denen etliche im wahrsten Sinne des Wortes beschissen gewesen waren.

Der Vergleich hinkte allerdings. Beim Biotop (oder Sumpfbeet) war das große Ganze überschaubar gewesen, wir hatten im Unterricht detailliert besprochen, was wann an die Reihe käme – Müll weg, Folie, Erde, Pflanzen, Wasser –, und wir ahnten, dass der Spaß an der Sache exponentiell zunehmen würde. Wohingegen ich jetzt nie wissen konnte, wann ich in frische Scheiße treten würde. Siehe Tankstelle. Wie sollte ich da vorausschauend handeln? Ein Schritt nach dem anderen – mit Blick stur auf die Füße!

Vielleicht erblickte ich den Leuchtturm von Blåvand deshalb so spät. Unbemerkt hielten wir uns längst in seiner Nähe auf. Falls es noch einen Leuchtturmwärter gab (ich wusste aus Filmen, dass dieser Beruf vom Aussterben bedroht war), hätte der gute Mann uns vorhin schon beim Baden zuschauen können, die Spitze (oder heißt es Kuppel?) des Gebäudes ragte wie ein überdimensionales Streichholz aus den Dünen empor. In mir wollte kein Jubel aufkommen. Unser erster Leuchtturm, das war er also. Na ja.

»Er ist es nicht«, sagte Penny.

»Doch, er ist es«, sagte Elias, aber er klang wenig überzeugt. Ich wusste, wie es um ihn bestellt war: Er hatte schlichtweg keine Lust mehr weiterzugehen. Er wünschte, das Spiel, das wir spielten und das er nicht verstand, möge schnellstmöglich zu Ende gehen.

Zusammen mit Scharen von Urlaubern standen wir am Fuße des Turms, beschatteten unsere Augen mit den Händen und starrten nach oben. Abgesehen von dem gläsernen, rot bemützten Laternenhäuschen obendrauf sah er aus wie das Überbleibsel einer schneeweißen Burg, denn er hatte eine Brüstung mit Zinnen.

Ich atmete durch. »Nein, Penny hat recht, er ist es nicht.«

»Weil er viereckig ist.«

»Und auch sonst nicht.«

Ich spürte es einfach. Die ganze Stimmung war falsch. Auf Katies Zeichnungen hatte überwältigende Einsamkeit geherrscht. Man glaubte, die Möwen schreien zu hören, das Heulen des Windes. Hier heulten nur die Hunde, die am Zaun neben der Touristeninformation angebunden waren, da sie nicht mit hineindurften. Sicher, das alles mochte sich in fünfzehn Jahren verändert haben, aber ich war mir dennoch sicher. Außerdem war da ja noch die Eckigkeit des Turmes. Katie hatte immer einen runden Turm gezeichnet. Es mochte Tage gegeben haben, als sie kaum imstande war, sich an ihren Nachnamen zu erinnern, aber auf ihr Gespür für Farben und Proportionen war Verlass. An ihr ist eine verdammte Architektin verloren gegangen. Die Dinge hätten nur etwas anders für sie laufen müssen. Tausend Prozent anders, um genau zu sein.

Wir schwiegen ziemlich lange. Um uns herum tobte der Touristenzirkus, es war wie in Ferienzeiten vorm Brandenburger Tor. Insgesamt war ich wahnsinnig enttäuscht, obwohl der Ausblick sagenhaft war.

Der Turm war auf einer hohen Düne errichtet worden, die wiederum die Spitze einer Landzunge markierte. Dort, wo wir herkamen, wirkte die Nordsee gezähmt, aber sobald man das Kap passiert hatte, wurde der Strand breiter, der Dünengürtel erstreckte sich nordwärts, so weit das Auge reicht, eine olivgrüne hügelige Steppenlandschaft, und das Meer ließ die Muskeln spielen, stahlhart, aus Wasser geformt, es ließ jeden wissen, dass mit ihm nicht zu spaßen war. Lediglich eine Handvoll Kitesurfer schien das anders zu sehen, sie waren am Kap die Einzigen, die sich weit ins Wasser hineinwagten, um sich auf ihren Boards hoch in die Lüfte zu schwingen. Sie schwebten über den Wellen, kamen auf, um dann noch weiter, noch höher zu fliegen, beinahe schwerelos. Ich beneidete sie um ihr Können.

Das Donnern der Brandung trug weit. Das Heulen des Windes – jetzt hörte ich es doch. Wahrscheinlich ist es oft eine Entscheidung, was zu hören man gewillt ist.

»Können wir rauf?«, fragte Penny.

Automatisch schüttelte ich den Kopf. Eine Turmbesteigung kostete Eintritt, und ich musste aufs Geld achten. Und auf Elias, der viel zu erschöpft war, um eine relevante Anzahl von Stufen zu überwinden.

Stattdessen schlenderten wir zu einem Kiosk in der Nähe und ich kaufte uns Hotdogs. Wir nahmen unsere Mahlzeiten zu den verrücktesten Zeiten ein, zugegeben, doch ich war einfach hungrig und konnte nicht alles auf einmal unter Kontrolle haben. Ich tat mein Bestes.

Da der Kioskbesitzer ein gepflegter älterer Herr war und ich mit meiner Höflichkeit einen Schlag bei solchen Rentnertypen habe, konnte ich ihn dazu überreden, uns mit einem Fünfzig-Euro-Schein bezahlen zu lassen. Wir strahlten ihn an, woraufhin er jedem von uns eine Lakritzstange schenkte. Er redete Deutsch mit demselben lustigen Akzent, den ich schon bei der Dänin in der Raststätte gehört hatte, das A, das wie ein O klang, und so weiter. Irgendwie nett. Und was das Beste war: Er gab uns Hunderte Kronen raus und verschaffte uns so für einen herrlichen Moment das Gefühl, reich zu sein. Wir Katie-Kids, die Dänendollar-Millionäre. Fast Food satt, wann immer uns der Sinn danach stand.

Die Hotdogs waren übrigens grandios. Wir vertilgten sie an einem Picknicktisch aus Holz. Die hatten sie hierzulande anscheinend überall. Er sah dem auf dem Parkplatz bei der Tankstelle zum Verwechseln ähnlich, was mich sofort an unseren Polo und alles andere erinnerte und mir die Hochstimmung gleich wieder vermieste. Meine Gefühle fuhren Achterbahn, ich produzierte Hochs und Tiefs wie Dänemark Picknicktische.

»Schmeckt lecker«, ließ Elias mich wissen.

»Prima«, sagte ich, obwohl ich gerade anfing, mir wegen der rohen Zwiebeln Gedanken zu machen. Mit irgendetwas musste ich mich anscheinend belasten, um den Motor am Laufen zu halten, und sei es damit, dass mein kleiner Bruder eine Zwiebel nach der anderen aß, anstatt sie auszusortieren, wie er es normalerweise getan hätte. Dabei hasste er Zwiebeln. Und sein Magen war leider hochempfindlich, wie er ja gerade eindrucksvoll unter Beweis gestellt hatte. Ich spielte mit dem Gedanken, mir von unserem Freund dem Kioskbesitzer vorsorglich eine Tüte geben zu lassen – für den neuerlichen Entsorgungsfall. Andererseits waren wir jetzt nicht mehr in einem Wohnwagen eingepfercht, also egal. Sollte Elias doch in die Dünen reihern.

Ich kaufte ihm eine Rolle Pfefferminzdrops und einen Becher Früchtetee. Er trank ihn schlürfend.

Unterdessen hatten die Kite-Surfer Feierabend gemacht. Ganz in der Nähe verstauten sie ihre Ausrüstung in einem rostroten Campingbus. Einer von ihnen hatte hellblonde Haare bis zu den Hüften.

»Pffft«, machte Penny, Senf im Mundwinkel. »Was für eine Pussy.«

Konnte ich nicht finden.

Allmählich wurde es Zeit für den nächsten Schritt. Zwar setzten wir seit einer geraumen Weile wieder tapfer einen Fuß vor den anderen, aber das hieß noch lange nicht, dass wir in der Sache weiterkamen.

Der nächste *sachdienliche* Schritt: Finde einen Platz für die Nacht. Komm schon, Mika. Mach was!

Denn die Nacht konnte es nicht erwarten, sich auf uns zu stürzen wie ein Vampir, noch kauerte sie in der Ferne hinter einem Dunstschleier und überließ es der Julisonne, dabei zuzusehen, wie wir immer müder und gereizter wurden. Den ganzen Tag hatte sie aus purer Lebensfreude vom Himmel gelacht, jetzt aber lachte sie uns aus, das spürte ich, sie war von Natur aus grausam, mit der Dunkelheit im Bunde. Wenn es dunkel wird, kann Unaussprechliches passieren. Ich weiß Bescheid. Ich habe es gesehen. Mach was!

Was für ein lächerlich taghеller Abend. Ferienhäuser schmiegten sich in die Dünenlandschaft, die meisten aus Holz, bunt gestrichen, rot, blau oder gelb, viele mit Dächern aus Stroh, hübsch und heimelig, so sehr, dass es mir auf den Wecker ging. Zum Steinewerfen, diese Idylle. Ich sah, wie sich die Familien zum Abendessen zusammenfanden. Väter in kurzen Hosen standen vor rauchenden Grills. Kinder tollten umher. Hunde bellten.

»Ich hab noch meinen nassen Schlüpfer an«, jammerte Penny plötzlich.

Das fiel ihr ja früh auf.

»Warum das denn?«

»Du hast mir keinen neuen gegeben.«

»Wie alt bist du, drei Jahre oder was? Muss ich mich um alles kümmern?«

»Machst du doch sonst auch immer!«

Wir verfielen in feindseliges Schweigen. Der Rucksack auf meinem Rücken wurde immer schwerer, je länger wir gingen, dort, wo der Riemen der Reisetasche auf meine Schulter drückte, fühlte sich die Haut an wie eine offene Wunde.

Penny kam natürlich nicht auf die Idee, mir irgendetwas abzunehmen, nicht mal die Tüte mit der Decke aus dem Wohnwagen. Typisch für sie. Genauso wie es typisch für mich war, sie nicht um Hilfe zu bitten. Die Rollenverteilung zwischen uns war in Stein gemeißelt.

Irgendwo in der Nähe rief eine Mutter ihre Kinder ins Haus: »Tobias, Hannah, Schlafenszeit.« Ihr Deutsch klang monoton. Vor den meisten Häusern standen Autos mit deutschen Kennzeichen.

Die Mutter rief erneut.

Tobias, Hannah und Schlafenszeit gaben keinen Mucks von sich. Hätte ich an ihrer Stelle auch bleiben lassen.

Wir beschleunigten das Tempo. Elias begann zu summen, was immer ein Warnsignal war, es hieß, seine »dollen fünf Minuten« standen unmittelbar bevor. Und da waren sie auch schon. Mit flinken Fingern klaubte er Kiesel vom Boden auf, warf Steine auf Briefkästen, genau wie ich es auch liebend gern getan hätte, dabei sang er ein Fantasielied, in dem er als Held auf einem fliegenden Drachen ritt und alle Feinde besiegte. Jeder Briefkasten ein Monster. Er zielte gut. Hart knallten die Steine auf Blech.

Ich befahl ihm, aufzuhören.

Er sang lauter, ein unmelodiöses Gebrüll, ließ jedoch die Munition sofort fallen.

»Ich will Unterwäsche«, schrie Penny. In dem Moment hätte ich die beiden am liebsten zum Teufel gejagt.

»Könnt ihr mal still sein?«, fragte ich so leise, dass ich nicht ernsthaft damit rechnete, gehört zu werden.

Konnten sie. Wie auf Knopfdruck verstummte der Lärm. Es war ein Wunder.

»Wie lange gehen wir noch?«, fragte Elias schließlich. Er war ganz außer Atem.

Penny seufzte: »Solange es hell ist, stupid.« Und zu mir sagte sie: »Jetzt gib mir endlich die Scheißtasche.«

Wir gingen und gingen, bis die sinkende Sonne die Landschaft in fließendes Gold verwandelte und im Leuchtturm das Licht ansprang. Noch immer war es nicht wirklich dunkel, sagte ich mir. Um ehrlich zu sein: Ich fürchtete mich vor dem Stehenbleiben.

Das Häuschen, in das wir schließlich einbrachen, war keines der vielen Schmückstücke, die in der Gegend sonst so herumstanden und Lügen über eine heile Welt erzählten. Es war ziemlich verrottet, das Strohdach zerfranst wie ein alter Hut, die Farbe blätterte von den hölzernen Wänden. Um den Anstrich war es allerdings nicht schade: ein hässliches Erbsensuppengrün, falls der Farbton mit der Farbe der Dünen harmonieren sollte, konnte man den Versuch getrost als gescheitert verbuchen. Und dann noch dieser komische Name, den ein Holzschild an der Hauswand verkündete: Amor. Wie ein Puff.

Vielleicht hatte sich deswegen niemand gefunden, der diese seltsame Bude für die Ferien mieten wollte. Kein Auto in der Einfahrt, die Mülltonne leer. Ich spähte durch ein schmales Fenster ins schummrige Innere: tote Fliegen auf der Fensterbank. Ein Schlafzimmer. Die Betten waren nicht bezogen.

»Hier ist okay«, sagte ich.

Als wäre es das Normalste von der Welt, in ein leer stehendes Haus einzusteigen, dabei hatte ich so etwas noch nie gemacht, ich hätte nicht mal im Entferntesten mit dem Gedanken daran gespielt, ohne vor Angst zu schlottern.

Im Gegensatz zu Penny, wie ich feststellen musste. Gerade, als ich die Scheibe der Terrassentür mit einem Stein einschlagen wollte, stupste sie mich an und bat beinahe schüchtern um Katies Portemonnaie.

»Was willst du damit?«

Schulterzucken.

Elias gähnte.

»Was, Penny?«

»Gib es mir doch einfach. Bitte.«

Also gab ich es ihr. Immerhin hatte sie Bitte gesagt.

Mit Pennys Hilfe kamen wir in den Genuss, das Haus, wie es sich gehört, durch den Vordereingang zu betreten. Die Scheiben blieben ganz, das war zweifellos von Vorteil, dennoch schockierte mich zu sehen, was sie tat. Und vor allem wie sie es tat. Wie versiert. Mit der Girocard unserer Mutter knackte sie das Schloss im Nullkommanichts.

»Voilá«, sagte Penny.

»Supercool«, sagte Elias.

Ich schwieg.

Für ein Mädchen, das zu unselbstständig ist, einen nassen Schlüpfer gegen einen trockenen auszutauschen, war die Aktion ziemlich bemerkenswert. Wäre Katie in dem Moment bei uns gewesen, ich schwöre, sie wäre begeistert gewesen. Es fällt mir nicht leicht, das zuzugeben. Beinahe konnte ich ihr Grinsen sehen, die diebische Freude in ihren Augen. Ganz leise hätte sie in ihre Hände geklatscht.

Sie war immer so stolz auf Penny.

Und auf mich?

Ich fragte mich, ob es überhaupt notwendig war, dass ich mir ständig über all diese Dinge den Kopf zerbrach, wenn tausend andere es doch auch lieber bleiben ließen und bestens damit zurechtkamen. Sich über das Kopfzerbrechen den Kopf zu zerbrechen war wirklich das Allerletzte.

Doch ich kam nicht dagegen an. Ich war eben nicht wie tausend andere, sagte ich mir, und zwischen mir und meiner

Schwester gab es eindeutig ein paar grundlegende Punkte zu klären. Aber nicht jetzt.

Ich schloss die Tür hinter uns ab und schnallte den Rucksack von der Schulter. Elias summte schon wieder. Ich glaube, er merkte es gar nicht. Wir gehörten alle ins Bett. Morgen war auch noch ein Tag.

FÜNFZEHN

Ich schlief schlecht und viel zu kurz. Eine halbe Stunde höchstens, vielleicht auch bloß ein paar Minuten. Wie lange genau, wusste ich nicht, da ich keine Uhr dabeihatte, was mich bislang nicht gestört hatte, im Gegenteil, ich bemerkte es überhaupt erst in dieser Sekunde, als ich aus meinem kurzen schlechten Schlaf aufschreckte und mich fragte, wie spät es wohl sei. Plötzlich musste ich es unbedingt wissen. Eigentlich lächerlich. Als hätte ich Termine oder so. Wenn ich übermüdet bin, beiße ich mich an den dümmsten Banalitäten fest. Natürlich kommt nichts dabei heraus.

Meine Armbanduhr war jedenfalls im Harz geblieben, so viel stand fest. Ich erinnerte mich daran, sie vor dem Duschen ins Bad gelegt zu haben, wo sie vermutlich immer noch vor sich hin tickte. Neben Katies Ringen und Pennys rosa Lipgloss. Ich nahm an, dass alles unverändert war. Noch.

Irgendwann würden sie kommen.

Sie?

Wer genau?

Wer würde die Tür aufschließen, meine Uhr finden und Katies Ringe – und alles andere?

Der Gedanke zerlegte mich. Ich war so am Ende, ich wäre gern aus dem Fenster gesprungen. Leider befanden wir uns nicht in unserer Berliner Wohnung im fünften Stock, wo sich das Ganze gelohnt hätte. Im Erdgeschoss aus dem Fenster zu springen, ergab nicht wirklich Sinn, also ließ ich es bleiben.

Stattdessen stand ich vorsichtig auf. Es war stickig, und ich hasse stickige Räume, ich verbinde mit ihnen nur miese Erinnerungen. Amtsstuben sind stickig, egal ob im Jugendamt oder im Jobcenter oder weiß der Geier wo. Die Wohnung meiner Oma ist Zeit ihres Lebens stickig gewesen. Fahrstühle im Sommer, S-Bahnen, Umkleideräume – lauter stickige Vororte der Hölle. Fortsetzung gefällig? Die Liste könnte endlos weitergehen.

Ich war schweißnass, meine Straßenklamotten klebten am Körper. Zusammen mit einer Milliarde Sandkörnern vom Strand. Wir waren alle drei ungewaschen, hatten uns gleich nach dem Betreten des Hauses hingelegt (ich weiß, es war ein Einbruch, ich sollte die Dinge lieber beim Namen nennen, alles andere ist feiger verlogener Mist). Also: Nach dem *Einbruch* hatten wir uns direkt auf das nicht bezogene Doppelbett in Amors Schlafzimmer plumpsen lassen, alle miteinander, ohne Zähneputzen, ohne Abendessen, ohne uns auszuziehen. So vor den Hund gekommen waren wir.

Wenigstens Penny und Elias bekamen ihren Schlaf. Sie waren völlig weggetreten, obwohl der pralle Julimond hell in ihre Gesichter schien und sie schutzlos und zart erscheinen ließ. Ihnen beim Schlafen zuzusehen, ging mir ziemlich nah. Elias wilde Mähne. Pennys halb geöffneter Mund. Ich zupfte ihre Decken zurecht. Anschließend öffnete ich das Kippfenster einen Spalt und entdeckte dabei zu meiner Freude ein Verdunklungsrollo. Das zog ich hinunter. Die Nachtruhe meiner Geschwister war gesichert. Dachte ich zumindest, allerdings hätte meine blöde Tollpatschigkeit fast alles zunichtegemacht, denn als ich blind, die Hände ausgestreckt, aus dem nunmehr stockfinsteren Zimmer tappte, trat ich gegen einen Schuh, stolperte und fiel auf unsere Reisetasche. Ich schaffte es nicht ganz, einen Schrei zu unterdrücken.

»Mama?«, rief Elias.

»Schlaf weiter«, flüsterte ich. Ich hasste mich dafür, dass ich dabei versuchte, wie sie zu klingen, aber was soll's? Der Trick funktionierte.

Im Wohnzimmer, wo keine Verdunkelung herrschte, konnte ich wieder gucken und versöhnte mich mit dem Mond. Er war zunehmend und tauchte die hügelige Dünenwelt in ein pulveriges Gespensterlicht. Das Elfenbeinweiß der Trampelpfade schien von innen heraus zu leuchten.

Neben dem Panoramafenster stand ein niedriger Korbsessel, in den ich mich setzte, um rauszuschauen und mir dabei das Fußgelenk zu massieren, das ich mir bei meinem Sturz eben gerade verdreht hatte. Auch sonst ging es mir elend. Meine sonnenverbrannte Haut schmerzte, und mein Kopf fühlte sich seltsam an, als hätte das Gehirn mit all seinen geheimnisvollen Windungen, in denen meine Seele wohnte und nie zur Ruhe kam, einfach zu wenig Platz. Das Sesselkissen roch nach altem Staub, der mich zum Husten brachte. Ich gebe zu, dass ich mir selbst schrecklich leidtat.

Das Selbstmitleid und die Schmerzen füllten mich eine geraume Weile aus, doch irgendwann wurde mir mangels Anteilnahme so langweilig, dass ich aufstand und zur Terrassentür humpelte, deren Unversehrtheit auf Pennys Konto ging.

Ich schloss auf und trat ins Freie. Ein frischer Wind wehte, salzige Gischt im Gepäck. Ich fühlte das Perlen des Meers auf meiner Zunge. Es war, als würde ich die Luft trinken. In der Ferne brauste die Brandung. Nichts davon würde ich jemals wieder vergessen, das wusste ich. Dafür war es zu schön. Wie der Strandhafer sich sanft bewegte. Wie der Lichtstrahl des Leuchtturms tastend näher kam, bis er tröstend über mich, meine verschränkten Arme, meinen Schmerz und mein Selbstmitleid hinwegglitt, sich entfernte und wieder verschwand.

War es egoistisch, das Schöne zu sehen? Wahrscheinlich ja, aber ich hätte schwören können, ausnahmsweise sah es mich auch. Möglicherweise war Katie dasselbe passiert, als sie nachts allein mit sich selbst tanzte und ihren Pulli zerriss. Vielleicht war sie in solchen Momenten doch nicht so fremdbestimmt, wie ich geglaubt hatte, sondern im Gegenteil ganz bei sich.

Das Pulsieren der Lichtsignale rief mir in Erinnerung, was Katie über Refrains gesagt hatte: Sie mochte Lieder am liebsten ohne, weil sie ihr dann wie eine unendliche Geschichte vorkamen und sie nie wusste, wie es weiterging und wann es endete. Nun, ich für meinen Teil liebte Refrains, sie durften auch gern kurz sein. Ich war einfach nicht so mutig wie meine Mutter. Oder?

In einem überwältigenden Temperamentsausbruch nickte ich vor mich hin, wackeldackelwahlverwandt, und ich legte sehr viel Gefühl in dieses Nicken. Noch lieber hätte ich getanzt. Der Mond und der Turm waren meine Zeugen: Ich war vielleicht ein bisschen ängstlicher als sie, aber in letzter Konsequenz so was von Katies Kind. Es wäre falsch und feige, das zu leugnen.

SECHZEHN

Ich wachte mit dem festen Vorsatz auf, die nächsten Tage noch besser und vor allem ausschließlich für Penny und Elias da zu sein und das Grübeln sein zu lassen. Nichts ist quälender, als mit jemandem zusammen zu sein, der voller dunkler Gedanken ist, ohne dass man weiß warum.

Es war hell, aber noch ganz früh am Morgen, die Sonne ging gerade erst auf. Blauer Himmel. Auf dem Dünengras glitzerte Tau. Perfektes Wetter für einen Tag am Meer. Ich stand auf und streckte mich. Obwohl ich die letzten Stunden auf dem Korbsessel am Fenster verbracht hatte, was nicht gerade die bequemste Art zu nächtigen darstellt, fühlte ich mich besser. Ehrlich gesagt, hatte ich überhaupt nicht mehr damit gerechnet einzuschlafen. Na also, es ging doch.

Gähnend nahm ich Amor in Augenschein. Ein richtiges Dach über dem Kopf – tolle Sache. Und wie viel Platz wir hier hatten, verglichen mit der Enge im Polo. Insgesamt verfügte unsere Zuflucht über jeden erdenklichen Luxus (wenn man in dem Zusammenhang nicht gerade eine Villa mit Schwimmbad, Heimkino und Fitnessstudio erwartet, ich rede von ganz normalen Ansprüchen). Es gab ein Wohnzimmer mit einem riesigen Ledersofa und zwei Korbsesseln, einen Kaminofen und einen völlig eingestaubten Fernseher aus der Zeit, als die Geräte noch nicht so flach wie ein Stück Butterbrotpapier waren, aber auch nicht solche Kolosse wie ganz früher.

Die Grenze zur offenen Küche markierte ein Esstisch mit sechs Stühlen, die Tischplatte wie bei uns daheim unter einer Wachsdecke verborgen. Die ganze Einrichtung schien wie aus einem Berliner Sozialkaufhaus zusammengewürfelt und alles andere als neu, besonders dem Sofa war anzusehen, dass sich schon jede Menge Leute vor uns darauf ihre Hintern platt gesessen hatten. Einladend war es trotzdem. Auf der Lehne lag, ordentlich zusammengefaltet, eine grüne Fließdecke. Überhaupt war jede Menge Deko vorhanden: Stumpenherzen, Bilder mit Blumenmotiven, die Ähnlichkeit mit Atompilzen hatten, bunte Gläser mit Teelichtern. Es war doch nett, dass sich jemand so viel Mühe gemacht hatte, sie aufzuhängen. Es ließ das Haus wie ein Zuhause erscheinen. Obwohl es in Wirklichkeit natürlich keins war, weil ja niemand auf Dauer darin wohnte.

Der Wasserhahn in der Küche funktionierte. Das Wasser sah klar aus, also nahm ich mir ein Glas aus dem Schrank und stillte meinen Durst und den Hunger gleich mit. Es schmeckte viel besser als bei uns in der Stadt.

Ohne Witz, Wasser kann gut oder schlecht schmecken, und dieses hier war geradezu erfrischend, während das Leitungswasser in Berlin einem auf den Magen schlagen konnte. Das schlimmste Wasser hatte ich mal in der Wohnung meiner Oma in Marzahn getrunken, wo die Rohre noch aus der DDR stammten. Man schmeckte den Kalten Krieg, der zu Ende gegangen war, als meine Mutter drei Jahre alt war, was meine Oma nie so richtig verwunden hatte. Sie war Kalte Kriegerin durch und durch, dummerweise auf Seite der Verlierer. Das war jedenfalls Jens' Erklärung dafür gewesen, dass sie und Katie nicht klarkamen.

Er: »Sie ist nie im Westen angekommen, das musst du verstehen.«

Katie: »Und wer versteht mich?«

Er: »Ich zum Beispiel. Ich versuche es jedenfalls.«

Wahrscheinlich tat er das wirklich, auch wenn es ihm in Bezug auf Katie nichts genutzt hatte. Jens war an der Menschheit im Allgemeinen und an den Berlinern im Besonderen interessiert, daran, wie sie lebten und was sie zu dem gemacht hatte, was sie waren. Als Fliesenleger lernte er die verschiedensten Leute kennen. Die meisten erzählten ihm irgendwann ihre Geschichte, sagte er. Ach, der Jens.

Ich stellte das Glas ab, freute mich über den Geschirrspüler und das viele Geschirr und stromerte weiter umher. Auf dem Couchtisch lag eine Klarsichthülle mit Informationen über unser Ferienhaus, drei Seiten Deutsch, eine Seite Dänisch. Offenbar war Dänisch eine sehr sparsame Sprache.

Die Lektüre der Unterlagen erwies sich als nützlich, denn ich erfuhr, dass der Bettenwechsel immer am Samstag stattfand, weshalb wir garantiert nicht damit rechnen mussten, in den nächsten Stunden von anreisenden Feriengästen vertrieben zu werden. Es war Montag. Eine Sorge weniger.

Dank des Infomaterials war ich in der Lage, den Strom anzuschalten, der Hauptschalter befand sich draußen neben der Haustür. Da Strom extra bezahlt werden musste, hätte ich den Zählerstand ablesen müssen, dafür lagen extra ein kleines Formular und ein Bleistift bereit: Korrekt wie ich bin, hätte ich auch genau das am liebsten getan, aber ich konnte ja schlecht zum Büro des Vermieters gehen und Stromgeld für ein Haus entrichten, in das ich eingebrochen war. Zu guter Letzt notierte ich den Zählerstand trotzdem. Damit der nächste reguläre Mieter nicht in Schwierigkeiten geriet.

Ich las mir auch genau durch, wie man das Haus bei der Abreise zu hinterlassen hatte, und nahm mir vor, sämtliche Anweisungen minutiös zu befolgen. Sogar den verfluchten Fernseher würde ich abstauben, was überhaupt nicht auf der Liste stand.

Als meine Geschwister aufwachten, war ich frisch geduscht und mein Haar gewaschen – an Shampoo hatte ich beim Einpacken immerhin gedacht – und befüllte gerade die Waschmaschine im Badezimmer mit der Decke aus dem Wohnwagen und unserer benutzten Unterwäsche. Ich war voller Tatendrang.

»Was machst du denn da?« Plötzlich stand Penny im Türrahmen.

»Wäsche waschen. Guck mal, hier gibt es sogar Waschpulver. Wenn du deine Jeans und das T-Shirt ausziehst, packe ich sie gleich mit rein. Du kannst inzwischen duschen. Das Wasser ist schön warm.« Um es ihr zu beweisen, drehte ich den Hahn auf. »Tadaaa!« Es dampfte.

Vielleicht übertrieb ich es ein wenig mit meinem Optimismus. Kein Wunder, dass Penny misstrauisch wurde.

»Alles okay mit dir?«

»Klar. Bestens.«

Ich drehte den Hahn ab.

»Na, dann.« Sie sah mich lange an, zweifelnd, irgendwie traurig. So ein Blick war das Letzte, was ich gebrauchen konnte, während ich damit beschäftigt war, positives Denken zu verbreiten. Er war ungefähr so hilfreich wie ihre nächste Frage.

»Was genau machen wir hier eigentlich?«

Meine Antwort verzögerte sich, weil ich darüber nachdachte, wie ich ehrlich sein konnte, ohne meiner Schwester den Boden unter den Füßen wegzuziehen. Es ging nicht.

»Habe ich doch schon gesagt«, sagte ich. »Ich wasche Wäsche. Und du solltest wirklich duschen gehen. Mach's einfach. Es tut gut.«

Zu meinem Erstaunen stieg sie daraufhin tatsächlich unter die Dusche. Als ich ihr die grüne Sofadecke anstelle eines Handtuchs brachte, schimpfte sie wie ein Rohrspatz, und ich beschloss, dass es höchste Zeit sei, mich ums Frühstück zu kümmern.

In einer der Küchenschubladen fand ich Beuteltee aus Deutschland mit dem bekloppten Namen »Süße Sünde«. Er lief erst im nächsten Monat ab, also kochte ich für jeden von uns einen Becher, dazu deckte ich den Esstisch. Na gut, das klingt jetzt vielleicht etwas hochtrabend, da unser Lebensmittelvorrat beträchtlich zusammengeschrumpft war, und zwar auf einen Rest Cornflakes und zwei Äpfel, die ich schälte, in Spalten schnitt und, um Elias eine Freude zu machen, auf einem Teller so anrichtete, dass sie ein zorniges Gesicht ergaben. Subtil, oder? Ich habe mir darüber Gedanken gemacht: Für ein lachendes Gesicht fand er sich möglicherweise schon zu alt. Jedenfalls, das war mir beim Einkaufen aufgefallen, verlangte er seit Kurzem nicht mehr die Mortadella-Wurst, die lächelte.

»Wer ist das denn?«, fragte er misstrauisch, als er den Apfelspaltenteller entdeckte.

Schon für das »wer« in seiner Frage, liebte ich ihn.

»Der Obstcholeriker. Kennste den nicht?«

»Nee, kenn ich nicht. Was macht der hier?«

»Schimpft rum. Wie alle Choleriker. Immer nur am Meckern, tagein, tagaus.«

Elias lachte. »Wie der olle Bolle.«

Das war unser Hausmeister. Er war noch jung, aber er schimpfte wie ein Alter.

»Oder wie unsere geliebten Busfahrer«, sagte ich, denn ich war, entgegen anderslautender Imagekampagnen, auf der Linie, die unser Viertel durchquerte, noch nie einem mich liebenden Angestellten der Berliner Verkehrsbetriebe begegnet. Falls sie tatsächlich existierten, waren sie vermutlich im Grunewald oder in Spandau unterwegs.

»Oder wie Penny«, sagte Elias.

»Pass bloß auf!«, kreischte Penny. »Du kleiner Arsch.«

»Wo er recht hat.«

»Ich hab einen nassen Schlüpfer an«, rief er, die Stimme seiner großen Schwester imitierend, und ich setzte sofort nach: »Nie machst du was *richtig* richtig.«

»Ich will ein Handtuch! Gib mir ein richtiges Handtuch.«

»Ich will frisch gepressten Orangensaft, und zwar sofort.«

Wir zogen Penny so lange auf, bis sie selbst lachen musste. Anschließend verspeisten wir in schönster Eintracht den Obstcholeriker.

Das war schön.

Aber nicht nur. Ich gestehe, dass ich entgegen meiner Vorsätze doch wieder melancholisch wurde. Melancholisch räumte ich den Teller und Becher in den Geschirrspüler. Melancholisch starrte ich aus dem Fenster auf die fremde Landschaft, die aussah wie gemalt. Penny und Elias spielten Schnick, Schnack, Schnuck. Sie waren tolle Kinder, alle beide. Sie hatten Besseres verdient.

Nach dem Frühstück erkundete ich unseren Garten, der streng genommen kein Garten war, weil nicht angelegt. Es gab einen Schuppen und darin, nebst Gartenliegen und einem Strandtennisspiel, zwei Fahrräder, von denen eins zwei Platten hatte, während das andere völlig intakt war. (Das nenne ich Glück, es hätte ja auch jedes Rad einen Platten haben können.) Habe ich schon erwähnt, wie gern ich Fahrrad fahre? Leider besitze ich momentan keins, weil sie mir ständig geklaut werden, zuletzt drei in zwei Jahren. Eines davon, ein Mountainbike von einer Fundbüro-Versteigerung, das ich gerade erst zusammen mit Julian und Svenja auf Vordermann gebracht und mit einem leuchtend grünen Schmetterlingssticker versehen hatte, lag mir ziemlich am Herzen. Wenn ich irgendwann jemanden damit auf der Straße erwische, kann ich für nichts garantieren.

Spontan beschloss ich, mit dem heilen Ferienhausrad zum Einkaufen zu fahren – und zwar allein. Wir brauchten etwas zu essen. Und ich brauchte einfach etwas Zeit für mich.

SIEBZEHN

Ich fuhr los, bevor ich es mir anders überlegen konnte. Natürlich war das irrsinnig leichtsinnig, denn ich fertigte Penny und Elias mit einem kurzen Abschiedsgruß ab und ließ sie dann einfach stehen, in einem fremden Land, vor einem fremden Haus, in das wir eingebrochen waren und in dem die Waschmaschine lief, und verkniff mir obendrein sämtliche Ermahnungen. Dass sie mit niemandem reden sollten, solange ich fort war. Dass sie ohne mich nirgendwohin gehen sollten, insbesondere nicht ans Meer, niemals ans Meer! Dass sie nicht mit den Streichhölzern spielen sollten, die auf dem Couchtisch neben den Stumpenkerzen lagen. All das sagte ich nicht. Normalerweise hätte ich ihnen jeden Punkt einzeln eingetrichtert. Normalerweise breche ich allerdings auch nicht in Häuser ein. Normalerweise ist selbst in unserem schwer in Bahnen zu lenkenden Alltag ein Mindestmaß an Normalität garantiert.

Jetzt umschwirrten mich die unausgesprochenen Warnungen wie Stechmücken, während ich in die Pedale trat, als wolle ich demnächst bei der Tour de France antreten oder so. Hatte ich meine Geschwister bei der Abfahrt wenigstens durch strenge Blicke zur Ordnung gerufen? Na ja, die Wahrscheinlichkeit, dass ich milde vor mich hin gelächelt habe, war, sagen wir mal, relativ gering.

Der Supermarkt war leicht zu finden. Man musste nur der Straße, die zum Leuchtturm und damit zum Ende der Landzunge führte, in die umgekehrter Richtung bis ins Dorf folgen, und da war er, der Købmand, gleich auf der linken Seite. Ein Kaufmannsladen also. An den putzigen skandinavischen Buchstaben konnte ich mich immer noch nicht sattsehen. Allerdings handelte es sich, wie gesagt, um einen klassischen Supermarkt – und die öden mich schrecklich an. Die langen Reihen, die Sonderangebote, die Bückware für die Armen und Geizigen. In Berlin gehe ich am liebsten zum Türken, wenn ich freitags für uns alle einkaufen muss. Sein Geschäft ist für mich so ziemlich der Inbegriff dessen, wie ein Købmand meiner Meinung nach sein sollte. Aber egal, wir brauchten jetzt etwas zu essen, und zwar dringend, und ein dänischer Türke war nicht in Sicht.

Ich fuhr auf den Parkplatz. Er war gerammelt voll. Als ich mich, nicht mehr mit Tour-de-France-Geschwindigkeit, aber immer noch ziemlich zügig, an einer Reihe wartender Autos vorbeischlängelte, wurde genau neben mir die Tür eines Transporters aufgerissen. Ich versuchte noch auszuweichen, doch es war zu spät. Bevor ich richtig kapiert hatte, was los war, küsste ich auch schon den Asphalt, ein Kuss der weniger sanften Art. Alles ging so schnell, dass ich nicht mal dazu kam, mich richtig abzustützen. Zu allem Überfluss rammte ich mir dabei auch noch den bescheuerten Lenker in die Eingeweide.

Ich fluchte benommen.

Irgendwer in meinem Rücken fluchte mit.

»Hast du dir wehgetan?« Eine warme Stimme. Deutsch.

Hatte ich? So weit, auf die Frage einzugehen, war ich eigentlich noch nicht, ich musste stöhnen, mir die Hand in den Magen drücken und innerlich fluchen, aber ich konnte auf Dauer schlecht auf dem Parkplatz liegen bleiben, nicht bei dem Hochbetrieb, also richtete ich mich auf.

Mir schwirrte der Kopf. Antwort: Ja, ich hatte mir wehgetan, Arme, Knie, Magen, alles fühlte sich ramponiert an, aber nichts schmerzte so höllisch, dass mit ernsthaften Verletzungen zu rechnen war. Ich schmeckte Blut, aber deshalb würde ich keinen Arzt brauchen. Gegen ein wenig Mitleid hatte ich allerdings nichts. Vorsichtig stand ich auf, wobei ich unaufgefordert Hilfe bekam. Kräftige Arme, die mich hielten. Sie gehörten, ebenso wie die warme Stimme, einem Typen mit hüftlangen Haaren, der mir bekannt vorkam: Der hellblonde Kite-Surfer von gestern, oder, wie Penny sagen würde, die Pussy! Jetzt erkannte ich auch den rostroten Campingbus wieder.

Ich gestehe, im ersten Moment war ich angesichts meiner Entdeckung hocherfreut, doch das Gefühl überdauerte nur eine Millisekunde. Im zweiten Moment war ich verärgert, im dritten stinkwütend.

»Kannst du nicht aufpassen?«

»Oh Mann, es tut mir so leid.«

»Da kann ich mir auch nichts für kaufen.«

Ich ließ ein paar Beleidigungen vom Stapel, Marke Neuköllner Prekariat. Der Obstcholeriker hätte seine Freude an mir gehabt, wohingegen der Kite-Surfer eher überfordert wirkte. Er wiederholte seine Entschuldigung.

»Ist ja gut.«

Warum ich so steilging kann sich jeder denken, oder? Was wäre aus Penny und Elias geworden, hätte ich zum Beispiel das Bewusstsein verloren und wäre ins Krankenhaus gekommen? Wie lange hätten sie gewartet, ohne zu wissen, was Sache ist? Was hätten sie getan, sobald ihnen klar wird, dass ich nicht mehr zurückkomme? Ich mochte gar nicht daran denken – aber ich tat es. Sah Elias weinen. Und Penny die Nerven verlieren. Daher meine Wut.

»Ist wirklich alles in Ordnung?«, fragte der Kite-Surfer. In Gedanken nannte ich ihn jetzt ebenfalls Pussy, um wenigstens einen Teil meiner Aggression abzubauen.

Ich nickte und wischte mir mit dem Armrücken den Dreck vom Sturz aus dem Gesicht.

Pussy.

»Dein Knie blutet.«

»Nerv mich nicht.«

Pussy!

Ich sah an mir hinunter: Mein Knie hatte schon mal schlimmer ausgesehen. Meine Lippen brannten. Die Pussy erbot sich, mir eine Runde Pflaster aus dem Verbandskasten zu spendieren, was ich ablehnte. Als Alternative schlug er ein Eis vor. Zum Trost. Das sagte er wirklich. Als wäre ich fünf.

»Keine Zeit. Ich muss einkaufen.«

»Machst du hier Urlaub?«, fragte er.

Aus verständlichen Gründen – von denen er natürlich nichts ahnen konnte, wie ich fairerweise zugeben muss – entfachte dieser wenig originelle Versuch, vom Büßermodus direkt in den Small Talk überzugehen, meinen Zorn erneut.

»Nein, ich mache Urlaub im Harz«, sagte ich. »Unfassbar, was für eine idiotische Pussy du bist.«

»Das sagen viele.«

Besonders zu bekümmern schien ihn diese Tatsache nicht.

»Und hast du dich schon mal gefragt, ob sie vielleicht recht damit haben?«

Er lächelte und zuckte mit den Schultern. Er war viel größer als ich, sodass ich mir fast den Hals verrenken musste, um ihm in die Augen zu sehen. Sie waren graugrün mit braunen Sprenkeln. Ziemlich interessant.

»Mit der Pussy oder mit dem idiotisch?«, fragte er.

»Mit beidem.« Ich konnte nicht anders, ich musste grinsen.

»Also, die Pussy ist den Haaren geschuldet, denke ich, sowie der Tatsache, dass ich beim Kiten nicht der Mutigste aus unserer Truppe bin, und ferner meinem Faible für Nagellack.« Er zeigte mir den schwarz lackierten kleinen Finger seiner rechten Hand. »Das Idiotische an mir ist, dass ich oft Sachen mache, ohne hinzusehen. Autotüren öffnen zum Beispiel. Das geht manchmal schief. Da muss ich echt an mir arbeiten.«

»Unbedingt«, sagte ich und verspürte plötzlich den Wunsch, das Gespräch in die Länge zu ziehen. »Kennst du dich übrigens mit dänischen Kronen aus?«

»Wenn du durch sieben teilst, bist du auf der sicheren Seite.«

»Sieben Kronen sind ein Euro?«

»Ungefähr.«

»Verstehe. Dann will ich mal.«

Doch ich blieb stehen. Eine Weile schwiegen wir. Zwar hatte ich das diffuse Gefühl, dass auch er meine Nähe zu schätzen wusste, doch möglicherweise war das auch bloß Einbildung. Schließlich machte er keine Anstalten, mich aufzuhalten. Es lag wohl an mir, das Ruder rumzureißen, schließlich hatte ich zwei Einladungen ausgeschlagen: die auf ein Eis und die auf ein lockeres Geplänkel über Urlaub und so weiter.

Wäre es besser für uns gelaufen, hätten wir vielleicht sogar Handynummern ausgetauscht (was insofern sinnlos gewesen wäre, als mein Telefon ja dauerhaft abgeschaltet war), zumindest aber hätte ich seinen Namen erfahren und er meinen, und das wäre immerhin ein Anfang gewesen. Von was auch immer. Dummerweise hatte ich keine Idee, wie ich die Zeit um ein paar entscheidende Minuten zurückdrehen sollte. Ich bin in so was nicht gut.

»Vielleicht brauche ich doch ein Pflaster.«

»Kommt sofort.«

Großartig. Ich hatte es vermasselt. Nun stand ich allein in der sengenden Sonne und musste darauf warten, dass er den Verbandskasten fand, was gut und gern fünf Stunden in Anspruch nahm. Vielleicht sogar zehn. Grob geschätzt, ich hatte ja wie gesagt keine Uhr. Einmal musste er den Bus ein Stück vorfahren, um jemanden, den er zuparkte, rauszulassen. Dabei ließ er den Motor absaufen. Wahrscheinlich hatte er wieder nicht hingesehen. Ich fragte mich, ob er schon achtzehn war. Und wo seine Freunde steckten.

Irgendwann bekam ich mein Pflaster, und zwischen uns machte sich Verlegenheit breit, während ich mein Knie versorgte. Zum Abschied wünschte er mir einen schönen Nicht-Urlaub und ich ihm die perfekte Welle.

»Was den Lack und die Haare betrifft, würde ich mir an deiner Stelle nicht reinquatschen lassen«, fügte ich in einem Anfall von Übermut hinzu.

Jetzt strahlte er. »Okay, wenn du meinst. Danke für den Tipp. Ich hab auch einen für dich: Wenn du so schnell an parkenden Autos vorbeiradelst, halt lieber etwas Abstand. Du kannst dich drauf verlassen: Irgendeine idiotische Pussy reißt immer die Tür auf.«

»Merk ich mir.«

War das Flirten?

Unsere Blicke jedenfalls begegneten sich zum Abschied nicht nur, sie gingen eine physikalische Verbindung ein, die wie eine unsichtbare Kraftquelle war. Astralanziehung. Im besten Sinne überirdisch.

Dann sah ich seine Kiterkumpels auf uns zukommen, vollgepackt mit Plastiktüten und einem Sack Brennholz. Sie waren laut und auffällig, quatschten und alberten herum, waren ganz offensichtlich in bester Sonne-und-Strand-Laune, was für mich bedeutete, dass gleich jeder von uns auf seinen eigenen Planeten zurückkehren würde. Galaxien, die uns trennten, die Pussy und mich.

Ich betrat den Supermarkt und füllte meinen Korb wie beklommen mit allerhand Grundnahrungsmitteln, die selbst, wenn man ihren Preis durch sieben teilte, noch reichlich überteuert waren, nutzte die Gelegenheit, an der Kasse zwei weitere Fünfziger gegen Kronen einzutauschen, und machte mich aus dem Sternenstaub.

ACHTZEHN

Alles, was ich über Vorzeigefamilien gesagt habe, war gelogen. Um genau zu sein: Es handelte sich um die Art Lüge, die einen Selbstbetrug kaschieren sollte, was ihr natürlich nicht gerade optimal gelang. Selbstbetrugslügen sind ungefähr so hilfreich wie Kratzattacken bei Mückenstichen. Oder Abdeckstifte bei Pickeln. Sie weisen in aller Deutlichkeit darauf hin, dass es ein Problem gibt und wo genau es sich befindet.

Zurück zu den Vorzeigefamilien. Wie sich jeder, der in seinem Leben schon mal neidisch war, denken kann, verachtete ich sie lediglich deshalb, weil ich keine Lust hatte, mir einzugestehen, dass ich sein wollte wie sie.

Ich war nicht naiv, ich kannte diverse Schauergeschichten über prügelnde Ehemänner, Vergewaltiger mit Kellerverliesen und Kinderschänder mit besten Kontakten nach ganz oben, kurzum, was das sogenannte Grauen hinter gepflegten Fassaden betraf, war ich total abgeklärt und in der Regel auf dem neuesten Stand. Das soll jetzt nicht zynisch klingen, aber ich konsumierte Meldungen aus dem Reich der menschlichen Abgründe gelegentlich sogar ganz gern, weil sie mir das Gefühl vermittelten, unterm Strich ein ziemlicher Glückspilz zu sein.

Insgesamt ging ich allerdings eher davon aus, dass die

meisten Vorzeigefamilien ihren Mitgliedern jede Menge Annehmlichkeiten boten, sogar falls sie sich bei genauerem Hinsehen vielleicht als nicht ganz so vorzeigbar erweisen sollten wie angenommen.

Was mein eigenes Ideal betraf, kann ich ergänzen, dass die perfekte Familie, wie ich sie mir vorstellte, nicht etwa in einer Vier-Zimmer-Altbauwohnung residierte (nichts gegen Svenjas Bude, die war mehr als in Ordnung, abgesehen von diesem lausigen Kräuterteegeruch), sondern in einem eigenen Haus mit etwas schallschluckendem Grün ringsum. Es musste nicht gleich ein Park sein, Hauptsache, es gab keine geteilten Wände, hinter denen Nachbarn lauerten und vor allem lärmten. Keine Schritte von oben, kein Geschrei von unten, keine beknackte Musik von links oder rechts, keine Liebe, kein Hass, keine Fürze, kein Garnichts von irgendwelchen Schwachköpfen unter, über oder neben dir.

Ich schwöre, wir hatten mal einen Nachbarn, der furzte nachts so laut, dass Elias als Baby davon wach wurde. Angeblich ist er inzwischen gestorben. Ich vermute mal an Darmproblemen, der arme Kerl. Abgesehen davon waren wir selbst auch nicht die leisesten Mieter unter der Sonne und kassierten jede Menge Beschwerden. Auch deshalb, dachte ich, wäre ein Haus für uns perfekt.

Es *war* perfekt.

Unser dänisches Häuschen namens Amor mit seinem schlecht frisierten Strohdach, seiner alles andere als gepflegten Holzfassade, seinem Dünengarten draußen und dem bequemen Ledersofa drinnen war perfekt – und wie durch ein Wunder waren wir es auch, als wir darin lebten. Stille Nächte, Heilige Nächte (ich weiß, ich habe einen mittelschweren Weihnachtstick). Tiefer kann ich das Ganze nicht hängen.

Die Ära der Heiligkeit fing damit an, dass Penny die Wäsche aufgehängt hatte. Einfach so. Ich sah es, als ich vom Einkaufen zurückkam. Meine kleine Schwester hatte aus eigenem Antrieb einen Wäscheständer ausfindig gemacht und auf der Terrasse aufgestellt, sie hatte die saubere Wäsche aus der Trommel genommen und sie halbwegs ordentlich aufgereiht. Um sie in Berlin zu derartigen Heldentaten zu bewegen, musste man ihr mindestens das Handy wegnehmen (okay, das hatte ich ja bereits getan, aber geschenkt).

Jetzt lag sie auf einer Gartenliege in der Sonne und blätterte in einem ihrer Magazine, während Elias drinnen vor dem Fernseher hockte und sich einen dänischen Zeichentrickfilm ansah. Ab und zu lachte er laut. Angeblich lernen kleine Kinder ja irrsinnig leicht Fremdsprachen.

»Wie siehst du denn aus?«, fragte mich Penny. »Bist du hingefallen?«

Vergeblich suchte ich nach einer Spur von Schadenfreude in ihrem hübschen Gesicht. Sie hatte sich die Haare eingeflochten, das stand ihr.

»Ja. Ist aber nicht so schlimm. Danke fürs Wäscheaufhängen.«

»Keine Ursache. Warum hast du die Decke gewaschen?«

»Ich glaube, ich bring sie später den Dicken zurück. Ich leg sie einfach vor den Wohnwagen, was meinst du?«

»Mach das. Ich hab Hunger.«

»Trifft sich gut. Ich hab was zu essen.«

Wir kochten gemeinsam: Spaghetti mit Tomatensoße und Zucchini. Zum Nachtisch aßen wir Schokoladenpudding. Ich hatte sogar Orangen gekauft, denn in einer Schublade in der Küche hatte ich eine Saftpresse entdeckt. Diesen Trumpf wollte ich aber erst beim nächsten Frühstück ausspielen.

»Können wir an den Strand?«, fragte Elias, nachdem er mir geholfen hatte, den Geschirrspüler einzuräumen.

»Klar, warum nicht? Kommst du auch mit, Penny?«

»Was, wenn nicht?«

»Dann bleibst du halt hier.«

Die Antwort gefiel ihr.

Mir übrigens auch, Gott, ich wurde richtig locker.

Am Ende gingen wir zu dritt, machten vorher einen Abstecher zum Campingplatz, wo wir die Decke loswurden, ohne aufzufallen, und hatten, wie schon am Tag davor, jede Menge hirnrissigen Spaß am Meer.

Das Blau, die Sonne, die Brandung und der Junge mit dem aufblasbaren Hai, der auch wieder da war und sein Spielzeug mit meinem Bruder teilte. Natürlich dachte ich manchmal an Katie, ich vermisste sie, das schon, aber ich steigerte mich jedenfalls nicht mehr so schlimm hinein, sondern suchte nach Ablenkung. Wir waren es von früher ja durchaus gewohnt, auf uns allein gestellt zu sein, das machte uns nicht viel aus.

Ich bleibe dabei, es war perfekt. Lauter Momente zum Einrahmen, das Unperfekte ausgeblendet. Bis Penny und ich uns mal wieder in die Haare kriegten.

»Erzähl du mir nichts über falsche Freunde!«

»Wer denn sonst?«

»Vielleicht jemand, der selbst irgendjemanden hat, mit dem er abhängt?«

Ich schluckte. Wer fragt, kriegt Antworten.

Penny fixierte mich siegessicher. Ich hatte mich aus gegebenem Anlass lediglich höflich nach ihrem Umgang erkundigt, was sie natürlich als Eingriff in ihre Privatsphäre verstand. Das Lustige an unserem Streit war, dass wir flüsterten. Es war schon spät, Elias schlief nebenan, und wir wollten ihn nicht wecken. Wir hatten beide kapiert, wie sehr er es hasste, wenn wir uns angifteten.

»Ich habe sehr wohl Freunde«, sagte ich lahm.

»Ach ja, wen?«

»Kennst du nicht.«

Was stimmte, da ich es ja vorzog, niemanden mit zu uns nach Hause zu bringen.

»Die Typen, mit denen du in der Schule rumhängst, etwa? Die fette Hackfresse zum Beispiel?«

»Pass auf, was du sagst. Julian ist nicht fett. Immerhin kenne ich niemanden, der Haustürschlösser mit einer Scheckkarte knacken kann.«

»Jetzt schon«, sagte sie und lachte gehässig. »Mich. Und wenn ich nicht gewesen wäre, könntest du jetzt schlecht deine Show hier abziehen. Von wegen Ferienidylle und so.«

Sie wollte absichtlich gemein sein, das war mir klar, es gehört beim Streiten ja irgendwie dazu, den Finger in sämtliche Wunden zu bohren, obwohl es meistens alles noch komplizierter macht. Aber sie übertrieb maßlos, wie immer.

In mir stiegen Hassgefühle auf. Sie kamen aus der Magengegend und wollten ans Licht. Um mir selbst zu beweisen, dass ich mich im Gegensatz zu meiner dummen kleinen Schwester unter Kontrolle hatte, legte ich ihr eine Hand auf die Schulter, und zwar sanft.

Penny schüttelte mich ab. »Fass mich nicht an. Du willst immer so tun als ob.«

»Als ob – was? Als ob wir eine gute Zeit hätten? Als ob die Sonne scheint? Als ob das Meer blau ist? Und in Wirklichkeit ist alles ganz anders, oder wie?«

Wie schon mit dem Obstcholeriker, versuchte ich die Sache ins Lächerliche zu ziehen, doch Penny sprang nicht darauf an.

»Als ob das alles hier total normal wäre. Als ob das Einzige, was stinkt, die Sache mit dem Türschloss ist. Aber ich bin nicht blöd. Hier stinkt es insgesamt gewaltig. Die frische Wäsche stinkt. Dein Einkauf stinkt. Unser Katie-Spiel stinkt, weil es gar kein Spiel ist. Du willst uns nur bei der Stange halten. Denkst du, das weiß ich nicht?«

Penny hatte recht und lag völlig daneben, beides gleichzeitig. Wie immer hielt sie sich für superschlau, war es ja auch auf ihre Art, aber insgesamt tat sie mir unrecht. Wenn es jemanden gab, den ich bei der Stange halten wollte, dann mich selbst. Ich musste funktionieren, weil ich keine Wahl hatte. Natürlich war ich nicht hundertprozentig ehrlich zu meinen Geschwistern, vielleicht lag meine Ehrlichkeit sogar unter fünfzig Prozent, streng genommen, aber doch nur, damit ich es nicht noch schwerer hatte. Und damit es ihnen unterwegs so gut wie möglich erging.

»Ich will doch nur, dass es euch gut geht«, sagte ich wahrheitsgemäß.

»Ach, hör doch auf.«

»Dann hör du auch auf.«

»Ich denk nicht dran. Ich will jetzt reden. Richtig reden.« Sie atmete tief ein. »Okay?«

Nein, war es nicht, sorry. Ich war noch nicht so weit. Außerdem machte meine Schwester es mir nicht gerade leicht. Ihre Arroganz, mädchencliquenerprobt und dementsprechend ausgefeilt, hatte mich zermürbt. Von wegen, keine Freunde. Am liebsten wollte ich irgendetwas sagen, das sie zum Heulen brächte. Doch mir fiel nichts ein. Stattdessen schossen mir selbst Tränen in die Augen. Damit Penny es nicht sah, stand ich auf und stellte mich mit verschränkten Armen vor das Panoramafenster, wo der Leuchtturm wieder und wieder seine tröstliche Botschaft in die Nacht entsandte. Diesmal war ich nicht dafür empfänglich.

Penny schaltete den Fernseher ab. Im Raum wurde es dunkel, was mir nur recht war.

»Mika?« Ihre Stimme klang versöhnlicher und irgendwie höher, so passte sie besser zu einer Elfjährigen.

»Ich finde, wir hatten es wirklich schön«, sagte ich trotzig. »Gib es zu, Penny.«

Sie gab es zu.

»Und dafür sollten Sommerferien doch da sein. Um es schön zu haben. Oder?«

»Wahrscheinlich. Und ich finde es ja auch ganz toll hier. Aber es war eben alles anders geplant, und deshalb kann ich nicht so tun, als wäre mir das noch gar nicht aufgefallen.«

»Ist mir klar. Das verlangt ja auch keiner von dir.«

Wieder holte meine Schwester tief Luft, bevor sie sprach: »Warum deckst du Katie?«

Die Frage gab mir den Rest. Ich stand kurz vor dem völligen Zusammenbruch.

»Warum gibst du nicht einfach zu, dass sie abgehauen ist? Dass du es Elias nicht sagen willst, ist ja okay, aber ich bin nicht mehr fünf, weißt du? Wir sind nur vier Jahre auseinander, warum vertraust du mir nicht?«

Das waren ziemlich viele Fragen auf einmal. Ich beschloss, die einfachste zuerst zu beantworten. »Weil du dich immer nur um dich selber kümmerst und ständig Mist baust.«

»Genau wie Katie.«

»So ein Quatsch. Halt einfach die Klappe, wenn du nichts

Besseres zu tun hast, als unsere Mutter zu beleidigen. Du hast überhaupt keinen Schimmer, was sie alles auf die Reihe gekriegt hat.« Ich machte eine Pause. »In letzter Zeit.«

»Ja, stimmt. Immerhin hat sie sich schon fünf Jahre kein Kind mehr machen lassen. Leistung! Obwohl, nach mir hat es ja auch ein paar Jahre mehr gedauert. Wer weiß, vielleicht kriegen wir bald wieder ein Geschwisterchen. Einen kleinen Chinesen oder so, der fehlt uns noch.«

Ich hasse Zynismus. Er lässt jedes echte Gefühl dumm und naiv erscheinen.

»Du bist so peinlich und fies, du hast echt nichts kapiert.« Ich zitterte, so rasend war ich. Hätte ich Amor nicht geliebt, ich hätte in dem Moment die gesamte Einrichtung unseres Zuhauses auf Zeit zertrümmert.

Mein Loblied auf Katie war folgerichtig und dauerte ungefähr zehn Stunden. Jedenfalls so lange, bis der letzte Streifen Mitternachtsblau am Himmel verschwunden war und nur noch der Mond und der Leuchtturm die Dünen erhellten.

Ich erinnerte Penny daran, wie unsere Mutter unlängst ihren Schulabschluss nachgeholt hatte (angesichts dessen, dass meine Schwester Schule als Zeitverschwendung betrachtete, vielleicht nicht das überzeugendste Argument), ich zählte auf, wie oft Katie unseren Bruder im letzten Jahr zum Kindergarten gebracht hatte (worauf Penny nur müde gähnte), und natürlich brachte ich auch den Job in der Altenpflege zur Sprache.

»So lange hat sie es noch nie in einer Arbeit ausgehalten.«

»Deshalb ist sie ja jetzt auch abgehauen. Weil sie es leid war. Weißt du was, ich kann sie sogar verstehen. Ist ja auch ein Scheißjob.«

»Nein, ist es nicht. Sie mochte ihn.« Ich kniff die Augen zusammen und korrigierte: *»Mag* ihn.«

Penny schwieg. Ausgerechnet jetzt, nachdem sie schon viel zu viel gesagt hatte, hielt sie die Klappe, ließ meine letzte Unwahrheit im Raum stehen und behielt damit irgendwie doch das letzte Wort. So was brachte wirklich nur sie fertig.

NEUNZEHN

Keine Ahnung, wie ich auf die Surfer-Party geraten bin. Ich schätze, ich bin einfach hingegangen. Ohne groß nachzudenken, raus aus dem Haus, den Dünenweg entlang Richtung Strand. Nichts wie raus, alles hinter mir lassen. Katie-Style. An den Weg erinnere ich mich null. Ich weiß auch nicht mehr, wie lange ich nach dem Krach mit Penny noch am Fenster gestanden und in die Nacht gestarrt habe, ich weiß nur, dass es weit nach Mitternacht gewesen sein muss, als ich am Strand ankam, denn der Mond stand im Westen, wo er ganz frühmorgens untergehen würde, ungerührt von den vielen Sorgen, Hoffnungen und Träumen, die ihm all die Schlaflosen im Laufe der Nacht anvertraut hatten. Dass er auf seiner Bahn stur denselben Weg zurücklegt wie die Sonne, das hatte ich schon als Kind herausgefunden, wenn ich, anstatt im Bett zu liegen, wo ich hingehörte, ganze Nächte auf der Fensterbank verbrachte und in den niemals wirklich dunklen Berliner Himmel starrte. Osten, Süden, Westen. Immer derselbe Trott im Universum. Wie langweilig eigentlich.

Sollte Katie sich jemals in ein Gestirn verwandeln, ich schwöre, sie würde als Erstes das Prinzip der Umlaufbahn außer Kraft setzen und da oben ein und aus gehen, wie es ihr passt, völlig unberechenbar. Im Westen aufgehen, im Norden unter. Manchmal tagelang kleben bleiben, um dann wieder wochenlang unterzutauchen.

Ich wünschte, es gäbe so einen Planeten irgendwann. Dann wüsste ich Bescheid. Es wäre unfassbar tröstlich.

Die Party also im Nach-Mitternacht-Modus: Die meisten Leute, an die hundert insgesamt, waren schon reichlich bekifft oder betrunken oder beides. Am Lagerfeuer gingen diverse Pärchen zur Sache, diejenigen, die niemanden abgekriegt hatten, taten, als schauten sie nicht hin, manche tanzten mit hängenden Schultern auf der Stelle, wankend wie seitlich getroffene Bowlingkegel kurz vor dem Fall. Sofern man es Tanzen nennen will. Die Musik, deren Beat sie mit ihren benebelten Hirnen und schweren Gliedern nicht mehr erfassen konnten, war allerfeinster, unbedingt tanzbarer Hip-hop, genau das, was ich jetzt brauchte. Aufgewühlt wie ich war, empfand ich es als unglaubliches Glück, dass sie ausgerechnet meine Lieblingsmusik spielten. Meine Gefühle waren extrem. Ich beschloss sogar, die Musikauswahl für ein Zeichen zu halten.

Es bedeutete so viel wie: Die Party hatte mich eingeladen. Als wäre es das Selbstverständlichste der Welt, ging ich ans Wasser, wo Fackeln brannten, ich suchte und fand die Biervorräte gekühlt in der sanften Gischt und bediente mich. Dabei mag ich Bier nicht mal besonders, in dem Sommer konnte ich es überhaupt noch nicht ausstehen, aber Whisky Cola oder etwas anderes, das süß und alkoholisch schmeckte, war nicht mehr im Angebot. Eine leere Pulle Wodka Gorbatschov dümpelte wie eine Flaschenpost ohne Botschaft Richtung England.

Ich hatte Durst.

Ich brauchte Ablenkung.

Um der Wirkung des Alkohols auf die Sprünge zu helfen und mein schlechtes Gewissen auszuschalten, trank ich schnell.

Ich ahne schon, das kriegt jetzt wieder keiner in den Kopf. Die allzeit vernünftige Mika? Alles gesponnen, oder was? Läuft los und knallt sich die Birne zu, während die lieben Kleinen nichts Böses ahnend im Bettchen liegen. Die Wahrheit ist: Ich bin ein wandelnder Widerspruch, falls das irgendjemand noch nicht kapiert hat. Wer ist das nicht?

Immerhin hatte ich den festen Vorsatz, nicht zu kiffen, nahm tatsächlich keinen Zug, als mir jemand einen Joint hinhielt, ich steckte ihn bloß kurz in den Mund und tat so, als ob ich rauchte, um von dem mildtätigen Spender nicht blöd angelabert zu werden. Er sah aus wie jemand, der Streit sucht, obwohl er völlig breit war. Und mit Streiten war ich fertig für die Nacht.

Auch wenn ich nicht inhalierte, der Cannabis-Geschmack war da, logisch, und er rief Erinnerungen wach. Das letzte Mal hatte ich mit Katie gekifft. Gilt das als Entschuldigung? Dass ich es von ihr gelernt hatte, genau wie das Trinken und das Tanzen? Ziemlich billig, alles auf sie abzuwälzen, mag sein. Gott, sie war meine Mutter, verflucht noch mal.

Was das Tanzen betrifft, schlug ich mich bestens. In dem bescheidenen Rahmen war es allerdings keine Kunst, zur Dancing Queen aufzusteigen, zumal im Großen und Ganzen ohne weibliche Konkurrenz. Schnell war ich umgeben von Surfertypen, die mir zwar auf die Pelle rückten, dabei aber gerade noch so viel Abstand wahrten, dass ich geschmeichelt, aber nicht beunruhigt war, wobei ich vorsichtshalber jeden längeren Blickkontakt vermied. Ansonsten ließ ich mich treiben.

Geständnis: Ich machte so was nicht gerade ständig, aber es war auch nicht mein erstes Mal. Nach meinem vierzehnten Geburtstag hatte mich Katie ab und zu mit in irgendwelche Kellerklubs genommen. Sie meinte, vierzehn sei ein gutes Alter, um mit dem Feiern anzufangen. Niemand wollte je meinen Ausweis sehen. Mit meiner Mutter kam man überall rein.

Okay, ich hatte meinen Spaß.

Na und?

Während ich tanzte, hielt ich die ganze Zeit nach der idiotischen Pussy Ausschau. Es war keine Absicht, ich ertappte mich einfach irgendwann dabei, wie ich es tat, und natürlich fand ich mich selbst ziemlich lächerlich in dem Moment und wurde nicht gleich schlau aus mir. Wollte ich, dass der Typ mich sah – oder eben gerade nicht? Erfolglos zerbrach ich mir darüber den Kopf.

Am Ende fand er mich, als ich mir gerade ein neues Bier organisieren wollte.

»Hey. Durstig?« Er tauchte aus dem Nichts auf und hielt mir eine Cola hin. Kein schlechter Auftritt.

»Hey.«

Ich nahm die Flasche und bedankte mich.

»Wie geht's deinem Knie?«

»Bestens.«

»Super. Na ja, sonst hättest du wohl auch kaum so vorzüglich tanzen können.«

Ich trank einen großen Schluck. Mein Herz schlug wild. Tanzte ich in seinen Augen insgesamt vorzüglich – oder bloß vorzüglich für jemanden, der aufs Knie gefallen war? Und wie groß war eigentlich die Wahrscheinlichkeit, nach

Mitternacht auf einer Beachparty, die ihren Zenit längst überschritten hatte, jemandem zu begegnen, der so vorzügliche Vokabeln wie vorzüglich benutzte, und das inmitten stoned gerappter Hasstiraden? Das interessierte mich brennend. Ich hatte das Gefühl, aus lauter brennendem Interesse knallrot zu werden, aber da ich insgesamt erhitzt war, fiel das hoffentlich nicht sehr auf.

»Und du so?«, fragte ich atemlos.

»Ich bin leider kein großer Tänzer.«

»Erstaunlich.«

»Warum?«

Allmählich kam ich wieder zu Atem. Ich trank meine Cola. »Weil Leute, die einfach so Autotüren aufreißen, ohne zu gucken, ob da ein Rad kommt oder so was in der Art, eigentlich optimale Voraussetzungen zum Tanzen haben.«

Er blieb ganz ruhig stehen und betrachtete mich angemessen amüsiert. »Warum? Wegen der unkontrollierten Bewegungen?«

»Ich nenne es lieber die Kunst des kontrollierten Kontrollverlusts.«

Ich konnte nicht widerstehen und zappelte ein bisschen. Natürlich im Takt.

Er lächelte. »Die du definitiv beherrschst. Wohingegen ich anscheinend voller Widersprüche stecke.«

Das sagte er wirklich. Treffer, versenkt. Wir Widersprüchlichen!

»Widerspruch ist mein zweiter Vorname.«

»Angenehm, und der erste?«

Ich schwieg.

Wie das Meer plätscherte.

Wie der Leuchtturm leuchtete.

Wie wir uns mit all unseren Widersprüchen gegenüberstanden und uns in die Augen sahen.

Er schlug vor, ein paar Schritte zu gehen. Wir tauschten Namen aus und ich erfuhr ein paar interessante Details. Er hieß Johannes Haberkorn und war sechzehn, fast siebzehn und mit seinem älteren Bruder und dessen bestem Freund in dem rostroten Campingbus unterwegs, wovon seine Eltern nichts wussten, weil sie mehrere Wochen geschäftlich durch Asien reisten.

Asien. Haberkorn. Also reich und sich selbst überlassen. Im Jugendamt in Berlin wurden Minderjährige aus solchen Familien unter dem Schlagwort Wohlstandsverwahrlosung abgeheftet. Da ich manchmal, vor allem, wenn ich etwas getrunken habe, meine Klappe nicht halten kann, teilte ich ihm das umgehend mit.

»Was du nicht sagst. Ich nehme an, du hast Erfahrungen mit denen?«, fragte er.

Ich schüttelte heftig den Kopf.

»Johannes also«, lenkte ich ab. »Und wie wirst du genannt? Von deinen Freunden, meine ich.«

»Johannes.«

»Ganz schön umständlich.«

»Drei Silben. So viel Zeit muss sein. Und du, Mika Salomon? Heißt du wirklich einfach nur Mika, oder wirst du nur von deinen Freunden so genannt, und dahinter verbirgt sich ein furchtbar umständlicher Drei-bis-fünf-Silben-Name wie zum Beispiel Michaela, Minerva oder Margotine?«

»Einfach nur Mika.«

Es mag schräg klingen, aber mein Name provoziert mich manchmal. Ich trage einen finnischen Namen, weil Katie bei dem Versuch, einen Mädchennamen aus Dänemark für mich zu finden, irgendwie ins falsche Land und ins falsche Geschlecht gerutscht ist, typisch für sie. Wer sollte es ihr verdenken: Eine Schülerin, die mit fünfzehn schwanger wird, hat wahrscheinlich einen Haufen dramatischerer Probleme am Hals als gründliche Internetrecherche auf babynamen.de oder so. Andererseits: Soweit ich weiß, hat sie die Schule geschmissen, sobald die Neuigkeit von ihrer Schwangerschaft die Runde gemacht hatte und das unvermeidliche Mobbing seitens der angesagten Mädchencliquen begann. Fortan hatte sie keinen geregelten Tagesablauf mehr. Da wäre also durchaus jede Menge Zeit gewesen, mir einen fantastischen Namen zukommen zu lassen, der sämtliche Kriterien erfüllt und mir die besten Voraussetzungen für ein erfolgreiches Leben mit auf den Weg gegeben hätte. Aber Madam (so nannte Oma sie) musste ja feiern gehen und ihre Depressionen in den Griff bekommen. Und jetzt heiße ich eben Mika.

All das ging Johannes Haberkorn natürlich nicht das Geringste an. Zum Glück und zu meinem Erstaunen verschonte er mich mit seiner Neugier.

Als ich das realisierte, entspannte ich mich ein wenig. Ich zog die Chucks aus und lief barfuß. Der Sand war wunderbar kühl, das Wasser nur im ersten Moment eisig. Johannes behielt die Schuhe an. Vielleicht hatte er hässliche Füße.

So ehrlich ich in Bezug auf meinen Namen gewesen war, mein richtiges Alter behielt ich in weiser Voraussicht für mich. Ich dachte, es sei einfach besser, wenn er mich für volljährig hielt. Ob er mir die achtzehn abkaufte? Keine Ahnung. Drei Jahre sind ein ziemlicher Batzen. Ich trug Jeans, Hoodie und war völlig ungestylt (wie mir dummerweise erst jetzt so richtig bewusst wurde). Ich hätte mir eher nicht geglaubt. Falls Johannes Zweifel hatte, behielt er sie netterweise für sich.

Wir schlenderten am Wasser entlang und redeten über alles Mögliche. Musik (wie die meisten Jungen bildete er sich etwas auf seinen Musikgeschmack ein), Kite-Surfen (von seinen sportlichen Fähigkeiten war er weniger überzeugt) und dänisches Softeis, das er liebte. Meistens redete er, was aber nicht bedeutete, dass er selbst sein größter Fan war. So wirkte er nicht. Er schien einfach zu spüren, dass ich mich absichtlich bedeckt hielt, und verzichtete darauf, mich zu bedrängen, während er die Unterhaltung am Laufen hielt. Und dass er sie am Laufen hielt, war wirklich nett und souverän von ihm, denn wir waren noch nicht so weit, gemeinsam schweigen zu können. Ich mochte ihn da schon sehr gern.

Irgendwann kamen wir auf Leuchttürme zu sprechen.

»Ich schaue sie mir alle an«, sagte ich.

»Wie alle?«

»Alle Leuchttürme hier an der Westküste.«

»Warum?«

»Warum nicht? Weil sie etwas Besonderes sind. Weil sie Leben retten und den meisten Menschen etwas bedeuten. Ein freundliches Licht in dunkler Nacht. So was braucht doch jeder irgendwann mal, stimmt's?«

»Stimmt«, sagte er.

»Und es muss doch einen Grund geben, dass sie die Türme so bauen, dass ihr Licht nicht nur auf dem Wasser, sondern auch an Land zu sehen ist. Auch da kann man in Seenot geraten.«

Obwohl wir die ganze Zeit bestimmt einen halben Meter Abstand gehalten hatten, nahm er plötzlich meine Hand und hielt sie fest. Es fühlte sich richtig an.

Das kalte Meer an meinen Füßen.

Seine warme Hand.

»Da hast du so was von recht«, sagte er.

»Manchmal kommt es mir so vor, als ob die Pause zwischen den Lichtzeichen ewig dauert. Man wartet und wartet, die Nacht wird immer schwärzer, aber irgendwann dann kommt es doch. Und solange es hell ist, für diesen kurzen Moment, ist plötzlich alles ganz einfach. Du siehst den Weg wieder. Weil es hell ist. Weißt du, was ich meine?«

Die Worte sprudelten nur so aus mir heraus. Johannes hielt noch immer meine Hand. Es war ein sehr ernster Händedruck, falls es so etwas gibt. Auf einmal hatte ich Angst, dass er mich für jemanden hielt, der kübelweise Kummer am Hals hat.

»Sorry, ich rede Quark. Ist nur so ein Projekt. Für die Schule.«

»Erzähl. Das klingt spannend.«

»Ein andermal.« Ich machte mich los. »Lass uns umkehren. Ich muss ins Bett.«

»Okay. Wie du willst. Ich bin auch todmüde.«

Damit war der Abend noch nicht ganz gelaufen. Zum Abschied trafen wir allen Ernstes eine Verabredung für den nächsten Tag, und das ging hundertprozentig auf Johannes' Kappe, ich war weit davon entfernt, die Initiative zu ergreifen, nachdem ich mich mit meinen melancholischen Leuchtturm-Bekenntnissen selbst überrumpelt und so dermaßen weit aus dem Fenster gehängt hatte, dass es mir immer noch peinlich war. Wie durch ein Wunder wollte er mich dennoch wiedersehen – und ich ihn auch.

»Mein Bruder und sein Kumpel geben morgen hier am

Campingplatz einen Kite-Kurs. Ich hab den ganzen Tag Zeit, weil ich mich leider nicht zum Trainer eigne. Ich schätze, er hätte nichts dagegen, wenn ich seinen Wagen borge. Vorausgesetzt, dass du fahren kannst, ich darf nämlich nicht, weil ich noch keinen Führerschein habe.«

Wie korrekt von ihm.

»Und?«

»Und was?«

Kannst du fahren?«

»Klar«, sagte ich wahrheitsgemäß. Können heißt nicht dürfen. »Wo soll es hingehen?«

»Zu deinem nächsten Leuchtturm vielleicht? Wäre das nichts?«

Von da an wurden die Dinge zwischen uns kompliziert.

ZWANZIG

Ich schlief eine Ewigkeit. Als ich aufwachte, war das Wetter umgeschlagen, Nebel kroch kalt über die Dünen, keine Sonne weit und breit, und meine Geschwister starrten mich an, als sei ich daran schuld. Ansonsten ließen sie mich links liegen.

Weil es im ganzen Haus klamm war und muffig roch, beschloss ich, den Kaminofen in Gang zu bringen. Die Holzvorräte waren an der Schuppenwand gestapelt und luden zur Selbstbedienung ein. (Wenn man sich erst mal an den Blickwinkel eines Gesetzeslosen gewöhnt hat, kommt einem die ganze Welt wie ein Selbstbedienungsladen vor. Ohne Kasse, versteht sich.)

Sogar leicht brennendes Kleinholz und Grillanzünder waren vorhanden, insofern war das Feuermachen selbst für eine Anfängerin wie mich ein Kinderspiel. Im Nullkommanichts wurde es angenehm warm in der Bude, effektiver als jede Zentralheizung. Das Zischen und Knacken der Flammen katapultierte mich zurück in den Harz. Unser Lagerfeuer am ersten Ferientag. Dort wollte ich gerade jetzt so viel lieber sein – und dann würde ich einfach die Zeit anhalten. Stopp. Glücklich für immer. Funken stiegen auf.

»Ich bin heute den ganzen Tag unterwegs«, informierte ich Penny. »Ohne euch.«

»Wen interessiert das?«, fragte sie, aber in ihren Augen erkannte ich, dass sie bluffte. Sie wirkte reichlich erschrocken und das sah ihr gar nicht ähnlich. In so einer friedlichen Umgebung am Arsch der Welt sollte eine Berliner Kiezgöre wie Penny eigentlich problemlos einen Tag ohne große Schwester klarkommen.

»Mach dir keinen Kopf«, sagte ich. Es sollte warmherzig klingen, kam aber unverhofft schroff und kühl über meine Lippen.

»Mach ich nicht. Ich will bloß wissen, was mit uns ist, während du dich wie Katie irgendwo rumtreibst.«

»Was soll mit euch sein? Ihr habt Freizeit in Hülle und Fülle. Ist doch toll. Du könntest netterweise aufpassen, dass das Feuer nicht ausgeht, solange es draußen so kalt ist. Aber immer nur ein Scheit nachlegen, maximal zwei.«

»Ich will mit«, jammerte Elias.

»Das geht leider nicht, Süßer. Penny passt auf dich auf, stimmt's? Sie ist schon fast so groß und erwachsen wie ich. Und das weiß sie auch.«

Ich schlug sie mit ihren eigenen Waffen. Hatte sie nicht gerade erst mein Vertrauen eingefordert, weil sie es satthatte, wie ein kleines Kind behandelt zu werden, obwohl wir nur vier Jahre auseinander waren? Nun gab ich ihr die Chance, sich zu beweisen. Aus egoistischen Motiven, mag sein. Aber eine Chance war eine Chance. Und Penny wäre nicht Penny, würde sie das nicht kapieren und sie ergreifen.

Als ich mir vor dem Spiegel die Haare kämmte, länger und konzentrierter als sonst, lehnte sie im Türrahmen und beobachtete mich. Schüttelte den Kopf über meinen Versuch die Ponypartie so einzuflechten, dass ich mich süß fand –

ein hoffnungsloses Unterfangen. Am Ende blieben die Haare offen.

Süß waren andere. Penny zum Beispiel. Mit ihren Naturlocken und den Rehaugen. Mädchen wie ich, denen jede Niedlichkeit abgeht, können froh sein, wenn sie an der Uni irgendwann als »interessant« durchgehen. Nur dass Mädchen wie ich es selten an die Uni schaffen.

»Kann ich mich auf dich verlassen?«, fragte ich sie.

Widerwilliges Nicken.

Plötzlich hatte ich Lust, sie in den Arm zu nehmen, doch das wagte ich nicht. Es wäre komisch rübergekommen, übergriffig. Ich wusste nicht mehr, wann wir uns zuletzt umarmt hatten. Wir waren nicht die Art Schwestern.

»Warum sind wir bloß so wütend?«, fragte ich stattdessen. Eigentlich stellte ich die Frage mehr mir selbst, ich hatte sie nur versehentlich laut ausgesprochen und war nicht gerade versessen auf eine Antwort. Ich war noch nicht so weit.

Doch Penny nahm wie immer kein Blatt vor den Mund: »In Wirklichkeit sind wir wütend auf Katie«, sagte sie.

Verflucht!

Ja, so war es.

Für meine Schwester stand fest, dass unsere Mutter uns sitzen gelassen hatte – und in gewisser Weise hatte sie das ja auch.

»Wenn du nicht wiederkommst, fange ich an mich zu ritzen«, sagte Penny tonlos. »Aber vorher zünde ich die Bude an. Der Ofen brennt ja schon. Danke dafür.«

»Bitte, gern. Messer sind in der Schublade.«

Manchmal konnte sie einen irremachen. Weniger mit dem, was sie sagte, als mit der Art, wie sie es sagte, mit dieser völlig tonlosen Stimme und dem Eisblick, den sie dabei draufhatte.

So sah ich schlussendlich aus: frisch gewaschene Jeans, uralte schwarze Converse-Sneaker, froschgrünes T-Shirt mit dunkelgrünem Eulenprint (keine Ahnung, warum ausgerechnet eine Eule und nicht folgerichtig ein Frosch drauf war, das Label hieß jedenfalls komischer Kauz, was schon einiges verriet, außerdem passte es zu mir und bewies meine Fähigkeit zur Selbstironie). Vorsichtshalber versteckte ich das Shirt unter meinem steingrauen Hoodie. Ich war für meine hellhäutigen Verhältnisse braun gebrannt, mittelgroß und schlank, laut Waage einen Tick zu dünn; meine Haare, sommerblond und, wie gesagt, sehr gründlich gebürstet, gingen mir bis über die Schultern und glänzten frisch gewaschen, vom Sturz auf dem Parkplatz hatte ich immer noch ein bisschen Schorf auf der Oberlippe. Resümee: kein Hauptgewinn, keine Niete, sondern irgendwas dazwischen. Ob das reichte für einen Traumtypen wie Johannes?

Ich hatte ja angedeutet, dass die Dinge zwischen uns sich verkomplizieren würden. Und hier kommt die Begründung: Seit seinem Angebot, mit mir zum zweiten Leuchtturm zu fahren, war er für mich nicht mehr nur jemand, an dem ich brennend interessiert war, weil er der war, der er war – ein ungewöhnlicher Junge mit einem tollen Humor und einer Wärme, die mich umhaute –, sondern auch ein potenzieller Komplize, der uns verdammt nützlich sein konnte. Achtung, Gewissenskonflikt! Und mit dem Gewissen war es bei mir ja immer so eine Sache. Es war da. Doch unbestechlich war es nicht.

Johannes wartete schon. Wir trafen uns auf dem Parkplatz, wo ich ihn zum ersten Mal gesehen hatte. Er saß auf einem Klappstuhl neben dem Campingbus und las ein Buch, doch ich sah sofort, dass er nicht konzentriert bei der Sache war.

»Hallo. Ich dachte schon, du kommst nicht mehr«, begrüßte er mich.

»Hatten wir eine feste Zeit vereinbart?«

»Wie könnte ich einem Mädchen, das ohne Uhr lebt, eine feste Zeit aufzwängen?«

Ich lächelte. »Aufzwängen klappt bei mir sowieso nicht.«

»Dachte ich mir. Schau, was ich habe.« Er wedelte mit den Autoschlüsseln. »Mein Bruder ist echt eine coole Sau. Entschuldige die Ausdrucksweise.«

»Manchmal muss man die Dinge bei ihrem vollen Namen nennen. Ein Johannes ist ein Johannes. Eine coole Sau ist eine coole Sau.«

»Und eine Mika Salomon ist eine Mika Salomon *und* eine coole Sau.«

»Pass auf, was du sagst.«

»Immer doch. Schweine sind niedlich.«

Obwohl ich davon ausging, dass Familie Haberkorn reich genug war, um einen kaputt gefahrenen Wagen jederzeit durch ein neueres, besseres Modell zu ersetzen, wollte ich den Camper der Jungs unbedingt heil ans Ziel bringen, Ehrensache. Es war keine dieser Rostlauben, wie sie typischerweise mit jungen freiheitsliebenden Surfern in Verbindung gebracht werden, sondern ein recht neues, luxuriöses Modell.

Als ich hinter das Steuer kletterte und Sitz und Spiegel auf meine Größe einstellte, dämmerte mir, dass zwischen einem Polo und einem Kleinbus Welten lagen, und ich wurde schrecklich nervös. Mein Puls hob ab, meine Hände schwitzten wie blöd. Und nicht nur die. Mir wurde so heiß, dass ich den Pulli ausziehen musste.

Da Johannes schwarze Skinny-Jeans, ein weißes enges Shirt und eine schwarze Kapuzenjacke trug, kam ich mir mit meinem Frosch-Eulen-Look auf einmal wie ein idiotischer Hippie vor, der sich bekifft in einen Schwarz-Weiß-Film eingeschlichen hatte. Ich fummelte erneut am Rückspiegel herum, als überprüfte ich die Sicht. In Wirklichkeit hatte ich nur Augen für mich selbst. Was ich sah, gefiel mir wesentlich schlechter als noch vor einer halben Stunde im Badezimmer.

»Alles klar?«, erkundigte sich Johannes scheinbar beiläufig. Eine angesichts meines Zögerns verständliche Frage, die ich mit einem Nicken beantwortete.

Ich startete, würgte den Rückwärtsgang rein und setzte in Superzeitlupe aus der Parklücke. Der Vorgang dauerte ungefähr drei Stunden. Anschließend wischte ich mir nacheinander die Hände an der Jeans ab, die feuchten Abdrücke am Lenkrad unübersehbar. Nicht gerade die Art Eindruck, mit der man in eine Verabredung starten möchte. Da halfen auch die gekämmten Haare nichts. Seine waren übrigens zum Pferdeschwanz zusammengebunden und glänzten auch nicht schlecht.

Ich atmete tief durch, ließ die Kupplung kommen' und schon kullerten wir vom Parkplatz.

»Ist wirklich alles klar bei dir? Kannst du fahren?«

Ich war gereizt. »Ja, Johannes, es ist alles klar, und ich kann fahren. Ich fahre so höllisch gut, das kannst du dir überhaupt nicht vorstellen, ich schwanke noch, ob ich eine Karriere als Berliner Taxifahrerin starten, Neuwagentesterin werden oder lieber gleich in die Formel eins gehen soll. Möchtest du meinen Führerschein sehen?«, fragte ich und deutete auf meinen Rucksack zu seinen Füßen. »Da ist er.«

Ich weiß, es war niederschmetternd, mit welcher Selbstverständlichkeit ich inzwischen log und trickste, längst war es nicht mehr die Aufrichtigkeit, die mir half, unbehelligt über die Runden zu kommen, sondern ihre heimtückische Schwester, die Täuschung.

Den Mythos von mir als ehrlicher Haut konnte ich abhaken. Oder den Staffelstab an jemanden weitergeben, der ihn verdiente. Elias zum Beispiel. Oder hatten wir Salomon-Mädels den auch schon verdorben?

Zum Glück fuhr ich tatsächlich von Anfang an passabel und gewöhnte mich schneller als erwartet an den Wagen. Zu guter Letzt war es auch bloß ein Auto, wenngleich ein ziemlich großes, dafür saß man hoch über der Straße und behielt sozusagen die Lufthoheit über den träge dahinfließenden Verkehr. Die dänischen Landstraßen, gut ausgebaut und übersichtlich bis an den Horizont, stellten keine wirkliche Herausforderung dar.

Johannes' Anwesenheit machte mich dagegen ziemlich nervös. Wir fuhren ziemlich lange. Anders als auf der Strandparty, wo die Gesetze der Nacht gegolten und wir Alkohol getrunken hatten, taten wir uns schwer mit einer Unterhaltung, nicht mal ein lässiges Geplänkel kriegten wir hin. Stattdessen machte sich Verlegenheit breit, füllte die Bank zwischen uns aus wie ein unsichtbarer Dritter. Ein fetter, schnaufender Kerl.

Je länger wir fuhren, desto schlimmer wurde es. Die meiste Zeit starrte Johannes aus dem Seitenfenster auf Wiesen, Felder und gepflegte Höfe, während ich die Straße im Blick behielt. Ich fuhr langsam, die Höchstgeschwindigkeit war achtzig, wie ich inzwischen herausgefunden hatte, und ich wollte nicht mit der Polizei aneinandergeraten.

Ich beobachtete Johannes aus dem Augenwinkel und wünschte, er würde mich zum Schmunzeln bringen wie auf dem Parkplatz. Vielleicht war er bloß müde, ich war es jedenfalls. Die Nacht war lang gewesen, der Tag immer noch nebelgrau. Der Motor schnurrte. Die Klimaanlage rauschte.

Ich war froh, als er Musik anmachte, um mir ein Elektropop-Album zu zeigen, an dem ihm gerade viel lag, auch wenn mir der Sänger, ein Typ mit Fistelstimme, der die ganze Zeit auf Englisch übers Fallen sang, nicht besonders gefiel. Vielleicht wollte ich auch nicht, dass er mir gefiel, weil ich genau wusste, wovon er sang. Ich kannte diesen Zustand, und ich hasste ihn so sehr, dass ich gerade nicht im Traum auf die Idee gekommen wäre, ihm ein Lied zu widmen.

Meine Müdigkeit wurde unerträglich, ich war wie gelähmt, zermarterte mir das Hirn, was ich sagen sollte.

Irgendwann gähnten Johannes und ich mit dem unsichtbaren Dritten um die Wette.

»Was machst du mit dem Leuchtturm, wenn du ihn siehst?«, fragte Johannes schließlich.

»Wie?«

»Erhebst du Daten? Machst du Fotos, Interviews, Notizen? Wie gehen wir vor?«

Ich starrte auf die Straße. »Gar nicht. Ich schaue ihn bloß an.«

»Ach so.«

Sicherlich hatte er sich mein »Projekt«, wie er es nannte, spannender vorgestellt.

Sofort hatte ich das Gefühl, mich rechtfertigen zu müssen, doch wie hätte so eine Rechtfertigung denn lauten sollen?

Ich hatte keinen Plan, wie ich weiter vorgehen würde, sollte Leuchtturm Nummer zwei sich als Katies Sehnsuchtsort erweisen. Ich wusste nur, dass ich das nicht mit Johannes besprechen wollte.

I don't know about my dreams.
I don't know about my dreamin' anymore.
All that I know is
I'm fallin'
fallin'
fallin'
Wieso musste er ausgerechnet dieses Album auflegen?

Am Ende rettete uns die Gegend den Tag, einfach indem sie plötzlich unfassbar schön wurde. Gerade hatten wir ein zum Sterben langweiliges Dorf durchquert, als die Landstraße eine Anhöhe erklomm und der Himmel aufriss. Vor uns nichts als Dünen und Wasser, Schilf und Sand. Eine Weite, wie ich sie in Blåvand am Leuchtturm bereits erahnt, in dieser Dimension jedoch nie zuvor gesehen hatte, außer beim Blick aufs Meer selbst. Unermesslichkeit. Land, das selbst etwas Wogendes an sich hatte und auf seltsame Art und Weise wie aus der Zeit gefallen schien. Obwohl es natürlich die Straße gab.

Ich hielt an einem kleinen Hafen mit Strohdachhütten und einem taubenblauen Fischkutter, um mich umzusehen. Wie ein gut vorbereiteter Reiseführer informierte Johannes mich darüber, dass wir uns auf einer Nehrung befanden, einem schmalen Streifen Land zwischen der Nordsee und dem Ringköbing-Fjord, und dass in den ärmlichen Hütten am Hafen früher irgendwelche Mädchen den ganzen Sommer über auf die Heimkehr der Fischer gewartet und dabei die Netze mit Ködern versorgt hätten.

Er kannte sich gut aus. Er habe als Kind hier mit seiner Familie ein paar Mal Urlaub gemacht, sagte er beinahe entschuldigend. Ich stellte ihn mir vor: einen gelehrigen kleinen Jungen mit langen Haaren, der das Wissen, das seine Eltern ihm spielerisch vermittelten, wie ein Schwamm aufsog. Vorzeigefamilie eben.

»Was waren das für Köder?«, fragte ich aus unerfindlichen Gründen, obwohl es mich überhaupt nicht interessierte. Ich wollte einfach nur weiterplaudern. Doch daraus wurde nichts, denn unser Gespräch nahm eine irritierende Wende, führte uns auf gefährliches Terrain.

Johannes zuckte mit den Schultern. »Würmer vielleicht? Oder getrocknete Fische?«

»Na super. Da wäre ich ja lieber mit den Männern mit dem Boot rausgefahren, als die ganze Zeit mit Würmern oder getrockneten Fischen zu hantieren«, sagte ich. »Warum mussten die Frauen in der guten alten Zeit eigentlich immer die langweiligeren Jobs machen?«

»Weil sie weniger gefährlich waren. Die Männer auf den Booten haben ihr Leben riskiert.«

»Glaubst du allen Ernstes, dass es besser ist, zurückzubleiben?«, fragte ich.

Johannes schwieg. Eine brutale Frage, schon klar.

»Wärst du lieber tot?«, fragte er schließlich.

»Keine Ahnung, du?«

»Keine Ahnung.«

Wahrscheinlich gab es keine einfachen Antworten, keine Wahrheiten, die allgemeingültig waren, jeder musste für sich entscheiden.

Die Nehrung im Blick befand ich, momentan war es jedenfalls nicht das Schlimmste am Leben zu sein. Wo doch gerade erst die Sonne ihren Kampf gegen Nebel und Wolken gewonnen hatte.

EINUNDZWANZIG

Den Rest der Fahrt fragte ich Johannes aus. Teils aus strategischer Neugier, teils aus ehrlichem Interesse an seinem Leben wollte ich unbedingt mehr über ihn und seine Familie wissen. Anscheinend waren die Haberkorns wirklich enorm gut bei Kasse, denn allein von den Fernreisen, die er mit seinen Eltern und seinem Bruder als Kind gemacht hatte, hätten wir wahrscheinlich fünfzig Jahre in unserer Mietskaserne in Neukölln leben können und ununterbrochen das heiße Wasser laufen lassen. Und noch Geld übrig behalten.

Selbst jemand wie Svenja (ihre Eltern arbeiteten am Theater und waren auch nicht gerade bettelarm, sie flogen im Sommer immer nach Fuerteventura) hätte beim Zuhören Minderwertigkeitskomplexe bekommen, obwohl ihr Selbstbewusstsein allein schon durch ihren Einzelkindstatus mehr als intakt war. Die Rede war von Dubai, New York und Singapur. Singapur – ohne Witz! Ich wusste nicht mal, wo das auf der Weltkarte zu finden war.

»Am unglaublichsten war der Hotelpool. Der befand sich auf dem Dach eines Wolkenkratzers, also eigentlich waren es drei Wolkenkratzer, die oben über eine Terrasse miteinander verbunden waren. Und darauf haben sie einen riesigen Pool gebaut. Völlig verrückt. Ein Weltwunder von einem Pool.«

»Freibad ist auch super«, witzelte ich.

»Stimmt. Da gibt es zwar keine Aussicht, aber Pommes rot-weiß. Und Frösche! Auf die stehe ich.«

Ich wusste sofort, wovon er sprach. Nicht von Amphibien am Beckenrand, sondern von Süßigkeiten. Sofort hatte ich Lust auf diese leckeren grünen Weichgummis mit der weißen Unterseite.

»Die liebe ich auch.«

»Das dachte ich mir«, sagte er mit ironischem Seitenblick auf mein T-Shirt. »Neuerdings soll es die ja auch in Eulenform geben.«

»Hab ich auch schon gehört. Und aus dem restlichen grünen Farbstoff spinnen sie Garn.«

»Zum Anbeißen.«

Er hatte mir gerade ein verstecktes Kompliment gemacht, aber das ging leider unter, weil ich in Gedanken von Singapur nicht loskam. Was Johannes' Jetset-Leben betrifft: Man kann nicht behaupten, dass er damit angegeben hätte oder so. Ich fragte, und er gab Antworten, es war offensichtlich, dass die Fliegerei und das Hotelpoolvergleichen für ihn die normalsten Dinge der Welt darstellten. Dennoch trieb all das einen Keil zwischen uns. Wie um das zu verhindern, schwor er plötzlich, die weite Welt könne ihn mal, die allerbesten Zeiten als Familie hätten sie sowieso genau hier, auf diesem wolkenkratzerlosen Fleckchen Erde, erlebt, nur ein paar Autostunden von Hamburg entfernt, wo er zu Hause war. Fernreisen hin oder her.

»Und jetzt?«, fragte ich.

»Liegen sie hinter uns, die besten Zeiten. Als es mit der Finanzkrise losging, mussten meine Eltern sich entscheiden, ob sie unser Familienleben oder ihre Firma retten wollen.

Sie war mindestens genauso ihr Baby wie mein Bruder und ich. Doch wir würden schließlich irgendwann ausziehen, da lag die Entscheidung wohl auf der Hand.«

Also doch keine perfekte Familie – schon wieder nicht. »Heul doch«, entfuhr es mir. Nach all den Schwärmereien über seine Kindheit hatte seine letzte Bemerkung plötzlich so verbittert geklungen, und das schien mir selbstmitleidig und ungerecht und provozierte mich maßlos, da ich ebenfalls verbittert, selbstmitleidig und (zumindest Penny gegenüber) wahrscheinlich auch ungerecht war und – meiner Meinung nach – die bessere Entschuldigung dafür vorweisen konnte. Stichwort eins: Flugmeilen. Null gegen eine Million. Stichwort zwei: Eltern! Vater, Mutter, Kind und Kind. Ehrlich gesagt: Hätte ich in der Sekunde mit dem Finger schnippen und mich damit in den Weltwunderpool auf dieser Drei-Wolkenkratzer-Dachterrasse befördern können, ich hätte nicht gezögert.

Johannes schluckte. »Hast du eben wirklich ›Heul doch‹ gesagt, oder habe ich Wasser im Ohr?«

»Was du im Ohr hast, weiß ich nicht. Aber ich habe definitiv ›Heul doch‹ gesagt.«

»Wie hart bist du denn drauf?«

»Härter als du jedenfalls. Stört dich das?«

Ich hörte mich an wie die fieseste Oberzicke, ich weiß, doch ich konnte nichts dagegen tun. Es war wahrscheinlich wieder dieses Neid-Ding. Ich war meiner eigenen neidgesteuerten Zickigkeit machtlos ausgeliefert, genauso wie er.

»Vielleicht. Vielleicht auch nicht«, sagte er. »Ich treffe sonst eher niedliche Mädchen.«

Auch das noch. Oder meinte er es ironisch? Ich war mir nicht sicher.

»Ich finde einfach, deine Eltern klingen nett«, sagte ich. »Euch auf all diese Reisen mitzunehmen und so. Sie hätten euch ja auch beim Kindermädchen lassen können.«

»Sie *sind* nett. Und wir hatten nie ein Kindermädchen.«

»Na also. Dann hör auf, über sie herzuziehen, wenn es geht. Das macht man nämlich nicht.«

»Hab ich doch gar nicht.«

»Hast du wohl.«

»Okay, okay. Du hast ja recht.« Er schluckte wieder und machte eine lange Pause, in der er sich verlegen am Ohrläppchen kratzte, bevor er fragte: »Und wie sind die deinen so?«

Die deinen – wie das nun wieder klang. Nach einem handgeschriebenen Brief auf dickem teurem Papier.

»Auch nett«, sagte ich. »Ich kümmere mich in diesem Sommer um meine kleinen Geschwister.«

»Ich weiß, ich hab euch am Parkplatz gesehen. Muss anstrengend sein. Wie läuft's?«

Ich seufzte. »Ich schätze, wir haben die besten Zeiten als Familie noch vor uns.«

Als wir uns Stunden später küssten, bereute ich alles, was ich Johannes im Auto an den Kopf geworfen hatte, insbesondere das »Heul Doch«, ich bereute allerdings auch das lange Schweigen davor, ich bereute meine Härte, meinen Mangel an Niedlichkeit und dass ich beim Küssen ans Bereuen dachte, ich bereute wie blöd – bis er endlich da war, dieser unglaubliche Augenblick, in dem das Gehirn sich abschaltete und ich eins wurde mit meinem Körper und dem, was wir taten. Sämtliche Gedanken, die guten wie die schlechten, lösten sich in Luft auf, in rosa Wölkchen sozusagen. Es war, wie Johannes es formulieren würde, ein Weltwunder von einem Kuss.

»Wow«, sagte er danach, und ich wiederholte es.

Mal ehrlich: Wer hätte auch nur einen Cent darauf gesetzt, dass wir uns an diesem seltsamen Tag noch küssen würden? Ich nicht. Man sollte meinen, ich hätte die Sache gründlich vergeigt. An seiner Stelle hätte ich mich wahrscheinlich einfach am Straßenrand abgesetzt, anstatt mir Belehrungen über den korrekten Umgang mit netten Eltern anzuhören. Doch Johannes besaß natürlich keinen Führerschein, nicht mal einen erlogenen wie ich, und er war auch sonst Lichtjahre davon entfernt an meiner Stelle zu sein, er war, wie er selbst am besten wusste, eben nicht hart drauf, also ließ er mich unbehelligt auf meinem Thron hinterm Steuer sitzen und spielte über die ziemlich tolle Anlage, die er von seinem Handy aus steuerte, unverdrossen seine Lieblingsmusik ab, bis wir den Leuchtturm von Lyngvig erreichten.

Ich sah ihn und dachte: Er ist es!

Im ersten Moment war ich mir vollkommen sicher, auch im zweiten und dritten noch, denn die Ähnlichkeit mit dem Gebäude, das ich von Katies Skizzen kannte, war unbestreitbar. Der Turm war weiß – ohne Streifen – und rund, er thronte hoch auf einer Düne und hatte eine gläserne Kuppel. Obwohl auch hier zahlreiche Leute umherliefen, stimmte die Atmosphäre, die Einsamkeit des Ortes war so groß, dass selbst eine Horde Touristen ihr nichts anhaben konnte. Sie wehten über die Düne wie Blätter im Wind, ihr Gequassel machtlos gegen das Brausen der Brandung. Wie von der Tarantel gestochen, sprang ich aus dem Wagen.

»Ich muss die Treppe finden«, rief ich Johannes zu.

»Was für eine Treppe?«

Ich war verwirrt, geschockt, wusste nicht, ob ich mich freuen oder vor Angst schlottern sollte, also tat ich beides. Wieder und wieder wiederholte ich diesen einen Satz, der für Johannes natürlich keinen Sinn ergab.

»Ich muss die Treppe finden.«

Wie eine Irre. Gemeint war eine hölzerne Treppe, die irgendwo hier in der Nähe von den Dünen auf den Strand führen musste – falls wir uns tatsächlich am richtigen Ort befanden. Ich besaß ein Foto von ihr, jene Aufnahme, die ich am Morgen unseres Aufbruchs in Katies Brieftasche gefunden hatte und später den Dänen in der Raststätte gezeigt hatte. Natürlich ist noch mehr darauf zu sehen als eine Treppe. Sie bildet nur den Hintergrund für das eigentliche Motiv.

Egal. Themenwechsel. Noch heute rede ich nicht gern über dieses Foto, ich betrachte es äußerst selten. Schon wenn ich es vor meinem geistigen Auge erscheinen lasse, ist mir zum Heulen zumute. Und sobald ich es aus seinem Versteck hole und eine Weile in den Händen halte, ohne draufzuschauen, kann ich mich unter Garantie nicht mehr beherrschen und weine stundenlang.

Ich liebe dieses Bild.

Aber nicht so sehr, wie ich es hasse.

»Die Treppe«, jammerte ich.

»Welche Treppe? Mika, rede mit mir!«

Ich wollte ja. Doch es ging nicht. Mir fehlten einfach die Worte. Ich überquerte die Dünen und rannte auf das Wasser zu. Im tiefen Sand knickte ich mehrmals um. Wie schon gesagt: Die Strände da oben an der Nordsee sind gigantisch. Sie sind unfassbar breit und erstrecken sich in beide Richtungen, so weit das Auge reicht. Hunderte Kilometer Strand und Dünen, nur hier und da von einem Hafenbecken oder einer Fjordmündung unterbrochen.

Wie besessen rannte ich nordwärts, kilometerlang, ohne zu verschnaufen, ohne langsamer zu werden, rennend inspizierte ich jede verdammte Düne – keine Treppe weit und breit. Irgendwann blieb ich stehen. Ich beschirmte die Augen mit der Hand und sah mich um. Nichts. Nicht mal den Leuchtturm konnte ich noch erkennen.

Also versuchte ich mein Glück Richtung Süden. Jetzt musste ich gegen den Wind ankämpfen, doch ich verlor noch immer kaum an Tempo. In meinem Schädel rauschte das Blut, neben mir das Meer. Johannes hatte sich längst in sein Schicksal ergeben, folgte mir mit verbissener Miene und hielt die Klappe.

Irgendwann blieb ich erneut stehen. In der Ferne ragten drei riesige Windräder in den Himmel, doch den Turm konnte ich auch von hier aus nicht entdecken. Er musste sich hinter den Dünen verstecken, die an dieser Stelle besonders hoch und steil waren, eigentlich der perfekte Ort für eine Treppe, aber ich konnte keine entdecken.

Es war sehr einsam, da wo wir standen. Johannes im Schlepptau war ich so weit gelaufen, dass ich andere Spaziergänger und Badegäste weit hinter mir gelassen hatte, sie waren nur noch Schemen am Horizont.

»Hier ist keine Treppe«, sagte Johannes und keuchte.

Ich rang ebenfalls nach Luft.

»Meinst du, hier könnte mal eine gewesen sein? Eine lange Treppe aus Holz, die auf die Dünen führt.«

»Glaub ich nicht. Wozu? Also, ich meine, für wen? Hier ist doch niemand.«

Er hatte recht.

»Er ist es nicht«, sagte ich, mehr zu mir selbst. Die Rede war natürlich vom Leuchtturm. Mit der runden Nummer zwei hatte ich genauso wenig Glück wie mit ihrem eckigen Vorgänger.

»Tut mir leid«, sagte Johannes.

»Mir auch.«

Plötzlich war ich am Boden zerstört. Ich dachte ans Aufgeben. Bis Johannes mich in den Arm nahm und die Sache mit dem Weltwunderkuss ihren Lauf nahm.

ZWEIUNDZWANZIG

Hallo Katie,
wie geht es euch? Wie ist die Hütte? Habt ihr auch so tolles Wetter? Bestimmt ist es in den Bergen nicht so heiß wie in Berlin. Hier ist es nicht auszuhalten. Außer nach Feierabend im Freibad, wo wir immer Frösche gegessen haben. Weißt du noch? 😉😉😉
LG (auch an die Kinder)
Jens

P.S. Dein Handy ist immer aus, wahrscheinlich steckt ihr im Funkloch. Hoffentlich liest du deine Nachrichten.

P.P.S. Süße, falls du das hier liest, sag doch kurz Bescheid, ob alles okay ist. 🙂

J.

Ausgerechnet die Freibadfrösche zerlegten mich. Dass Katie und Jens so ein Ding damit laufen hatten – zwinker, zwinker. Dass ich davon erfuhr, während ich ein froschgrünes

Komischer-Kauz-T-Shirt trug und im Begriff war, mich in demselben Land zum ersten Mal zu verlieben, wo meine Mutter sich das erste Mal verliebt hatte, und dass der Junge, um den es dabei ging, offenkundig auch nichts dagegen hätte, ein Freibad-Gummifrösche-Ritual mit mir zu etablieren, unsere Lippen, die sich berührten, der falsche Turm, die fehlende Treppe – puh! All das verwirrte mich. Es schien irgendwie zusammenzupassen und dann wieder nicht. Als würde ein unsichtbares Froschgummiband schicksalhaft zwischen uns vieren geknüpft, nur um sofort wieder zu zerreißen. Wie eine Botschaft, die ich nicht entziffern konnte.

Ich weinte.

Aber ohne Tränen.

Ich schrie.

Aber ohne Ton.

Johannes bekam von alldem zunächst nichts mit. Er aß ein Softeis (nein, keinen Frosch!) und checkte seine Nachrichten. Von außen betrachtet tat ich genau dasselbe. Nur, dass es eben wie verrückt in mir brodelte und dass die Nachrichten, die ich las, nicht meine eigenen waren, sondern die meiner Mutter.

Ich wünschte, ich hätte mich nicht dazu hinreißen lassen, doch genau genommen bin ich so gut wie unschuldig. Hier kommt die Ausrede: Die Gelegenheit, online zu gehen, hatte sich aufgedrängt, als wir irgendwann nach dem Kuss in diesem Hafenstädtchen namens Hvide Sande vor der Eisdiele landeten, was nicht meine, sondern Johannes Idee gewesen war. Nachdem er so ausgiebig vom dänischen Softeis geschwärmt hatte, wollte er mir endlich eins spendieren.

Und da saßen wir nun am Hafenbecken und guckten auf Kutter. Hellblaue Kutter, dunkelblaue See. Unsere unausgegorene Zuneigung machte uns sprachlos, als wir uns mit den tropfenden Eistüten an einem Picknicktisch niederließen. Plötzlich waren wir wieder so verlegen wie auf der Hinfahrt. Das Free-Wi-Fi-Zeichen neben dem Eisdieleneingang ein verführerisches Angebot.

Johannes wurde als Erster schwach und griff zum Handy. Ich machte es ihm nach, bloß um nachzuschauen, ob meine Geschwister und ich daheim schon vermisst wurden. Was ja in gewisser Weise tatsächlich der Fall war, wie sich zeigte, nur hatte noch niemand einen Suchtrupp losgeschickt, zum Glück. Der Gedanke daran machte mich meganervös.

»Schlechte Nachrichten?«, fragte Johannes.

»Nö. Und bei dir?«

»Auch nö.«

Das Softeis war wirklich ein Traum. Ich bin bestimmt nicht undankbar, ich weiß eine Einladung zum Eisessen zu schätzen, ich aß nur deswegen so wenig davon, weil die Gedanken in meinem Kopf unablässig Achterbahn fuhren, wovon mir allmählich schwindelig wurde. Johannes wirkte enttäuscht, nahm mir aber – ganz Gentleman – mit gespielter Gier den Rest ab und aß ihn selbst.

Das Beste an seinen guten Manieren war, dass sie irgendwie angeboren und echt wirkten, nicht als hätte man sie ihm mühevoll eingetrichtert. Ich dachte an die Idioten von der Tankstelle. Die wussten sich bestimmt auch zu benehmen, wenn es darauf ankam, aber im Herzen waren sie Bestien.

»Ich bin ein guter Zuhörer«, sagte Johannes unvermittelt.

Ich sah ihn fragend an.

»Was auch immer dich beschäftigt, Mika, ich würde mir deine Geschichte gern anhören. Ich brenne darauf.«

»Ich habe keine Geschichte.«

»Jeder hat eine.«

»Okay, mag sein. Aber nicht jede Geschichte braucht es, gehört zu werden.«

Er hatte das ganze Eis bewältigt und schien zu frieren. Der Himmel hatte sich wieder bezogen, Wind frischte auf und kräuselte das Wasser im Hafenbecken.

»Sicher?«, fragte Johannes.

»Sicher«, sagte ich. »Richtig gute Zuhörer verstehen das.«

Er verzog das Gesicht. »Schon wieder die harte Tour? Wie du willst. Ich dachte nur jetzt, wo wir uns geküsst haben, ist es normal, dass ich mehr über dich erfahren möchte.«

»Das schon, klar. Aber dann bist du einfach nur neugierig. Dann brauchst du dabei nicht so zu tun, als tätest du mir einen Gefallen, wenn du meine Geschichte hören willst.«

Johannes zuckte vor mir zurück. Ein kaum sichtbares Zucken, doch es war da. Ich hatte mich zu einer Angstbeißerin entwickelt, war viel zu sehr auf der Hut, um mich ihm anzuvertrauen.

Mein Glück und mein Unglück – beide Gefühle waren überbordend und forderten meine volle Aufmerksamkeit. Leider passten sie nicht zusammen.

»Und wenn ich dir wirklich einen Gefallen tun wollte, wie würde der aussehen?«, fragte Johannes.

Da musste ich nicht lange überlegen. »Wie sehen denn deine Pläne für die nächsten Tage aus?«

»Wir sind noch zwei Tage in Blåvand, bis der Surfkurs zu Ende ist, den mein Bruder leitet. Dann wollten wir ein bisschen rumfahren.«

»Rumfahren, wohin?«

»Zu den besten Spots.«

»Liegen die zufällig nordwärts?«

Er lächelte schwach. »Auch.«

»Das passt gut. Weil ich ja auch in den Norden muss, wie du weißt. Ihr habt nicht vielleicht Lust, mich mitzunehmen?« Mich und meine Geschwister, ergänzte ich in Gedanken. Falls mein Plan aufginge, würde ich Penny und Elias den Jungs unterjubeln, wie eine Anhalterin, die sich allein an die Straße stellt und im letzten Moment ihren Freund hinterm Busch hervorholt.

Johannes schien der Gedanke zu gefallen, doch erwartungsgemäß wollte er erst Rücksprache mit seinen beiden Reisegefährten halten.

»Musst du nicht auch deine Eltern fragen?«, wollte er wissen.

»Nein«, sagte ich, und das war immerhin die Wahrheit.

»Warum nicht?«

»Ich bin achtzehn.«

»Trotzdem. Wegen der guten Zeiten, die ihr noch vor euch habt.«

»Um die geht es ja gerade.«

Am Ende bekam ich, was ich wollte, ein Ja von Johannes, und unser Spiel, das keins war, konnte in die nächste Runde gehen. Doch, wie das so ist, irgendjemand schüttelt immer eine völlig unerwartete Karte aus dem Ärmel.

DREIUNDZWANZIG

Ich wollte unbedingt zum Abendessen zurück sein. Das heißt, ich wollte so früh heimkommen, dass genug Zeit wäre, um meinen Geschwistern das Abendessen zuzubereiten. Mir schwebte nichts Geringeres als ein Festmahl vor, und Johannes war sofort bereit, unterwegs an einem Supermarkt anzuhalten. Wir kauften sämtliche Zutaten für einen Kartoffel-Hack-Auflauf – ich mache ziemlich geniale Aufläufe –, dazu noch einen Haufen anderes Zeug, und er bezahlte alles, was mir natürlich unangenehm war, doch ich biss einfach die Zähne zusammen und ließ ihn machen. Unsere finanzielle Lage war schon beklemmend genug, da konnte ich mir allzu großen Stolz nicht leisten.

Mit dem Stolz ist es überhaupt so eine Sache. Man verwechselt ihn leicht mit allem Möglichen: Trotz, Neid, Eitelkeit.

Wegen Johannes' guter Manieren war es halb so schlimm, das Geld von ihm anzunehmen. Er zog keine Show ab, sondern steckte einfach ganz nebenbei seine Karte in den Schlitz und gab die Geheimnummer ein, bevor ich anfangen konnte zu protestieren.

Dennoch hatte ich – wegen der Einladung zum Eis, das ich nicht gegessen hatte, und wegen des geschenkten Einkaufs – beim Abschied das Gefühl, ihm etwas zu schulden.

Die überfällige Entschuldigung für das »Heul doch« zum Beispiel. Oder einen weiteren Kuss (wovor ich mich fürchtete, weil ich nicht in der Stimmung war und davon ausging, dass ein missratener zweiter Kuss die Großartigkeit des ersten nachträglich ruinieren würde).

»Entschuldige«, sagte ich, als wir wieder auf dem Parkplatz standen und ich ihm den Schlüssel für den Bus in die Hand drückte.

»Wofür?«

»Ich war nicht immer niedlich heute.«

Johannes lachte. »Manchmal muss man viele Niedliche küssen, bevor man endlich einen Frosch erwischt«, sagte er.

Und dann küssten wir uns doch.

Wieder war es toll.

Beschwingt ging ich heim, ich schwebte geradezu. Ich weiß, es klingt seltsam, dass ich immer vom Heimgehen rede, wenn ich Amor meine, aber ich habe ja lang und breit erläutert, wie wohl wir uns dort fühlten. Auf dem Fußweg durch die Ferienhaussiedlung stellte ich mir vor, wie es wäre, zu bleiben. Einfach so. Ich würde mich weiterhin als Katie ausgeben und meine Geschwister in der hiesigen Schule anmelden, wo sie binnen kürzester Zeit blendend zurechtkämen – und von einem Tag zum nächsten hätten wir ein kleines stilles Spießerleben, etwas lahm vielleicht, aber immerhin mit Strandzugang. Anwältin oder Architektin könnte ich später immer noch werden. Wozu gab es den zweiten Bildungsweg?

Ich war so vertieft in meinen idiotischen Tagtraum, dass ich fast in einen Wagen hineinrannte, der mir den Weg versperrte. Ein mausgrauer Opel-Meriva, er parkte, ausladend wie so eine hässliche Familienkutsche nun mal ist, neben dem Haus. Nicht neben irgendeinem, neben unserem Haus!

Es war natürlich ein Schock. Die nächste Spielkarte, auf die ich nicht vorbereitet war. Man sollte meinen, wenigstens das Gefühl, unvorbereitet vor vollendete Tatsachen gestellt zu werden – vollendete Tatsachen der grässlichen Art –, sollte mir allmählich vertraut sein, schließlich machte ich das seit Tagen durch, Schock – Reaktion, Schock – Reaktion, ich hätte inzwischen abgebrüht sein müssen wie ein Superheld, aber davon konnte keine Rede sein.

Ich geriet wieder mal in Panik und wieder mal siegte mein Fluchtinstinkt. Ich ließ die Einkaufstüte fallen und stürmte in die Richtung, aus der ich gekommen war. Wenigstens dauerte es diesmal nicht ganz so lange wie zuletzt an der Tankstelle, bis ich mich überreden konnte, stehen zu bleiben. Aus einer Entfernung, die mir halbwegs sicher erschien, blickte ich zurück, in mir die schwache Hoffnung, mich verguckt oder anderweitig geirrt zu haben.

Doch der Meriva war kein Irrtum. Er war, wie gesagt, eine vollendete Tatsache, eine Zumutung, eine Bedrohung, eine Verhöhnung in Mausgrau. Unweit des Kofferraums, gefährlich nah dran, um genau zu sein, lag die Plastiktüte, aus der meine Einkäufe hervorquollen. Sie war leuchtend rot.

Ich befürchtete, jeden Moment vor Angst und Überforderung ohnmächtig zu werden (im Grunde sehnte ich mich danach, als wüsste ich nicht längst, dass es mehr braucht, um wirklich das Bewusstsein zu verlieren). Unterdessen öffnete sich die Haustür und ein Mann in kurzen Hosen und Flip-Flops trat ins Freie. Mein Magen zog sich zusammen, als er direkt auf das Auto zulatschte. Gleich würde er unweigerlich die Tüte sehen und sich seinen Teil denken.

Mit klopfendem Herzen duckte ich mich hinter eine niedrige Kiefer und beobachtete, wie er die Beifahrertür öffnete und sich in den Meriva beugte. Ja, *die Beifahrertür* – Gott sei Dank! Anscheinend suchte er etwas im Handschuhfach. Suchte und wurde nicht fündig, obwohl er wirklich sehr ausdauernd ans Werk ging, ich schwöre, dass ich spüren konnte, wie ich ein paar Jahre alterte, während mein Blick auf seinen prallen haarigen Waden ruhte.

»Hier ist es nicht! Hier ist gar nichts!«

Am Ende ließ der Mann eine bemerkenswerte Serie von Flüchen vom Stapel, knallte die Wagentür wieder zu und zog unverrichteter Dinge ab, ohne in Erwägung zu ziehen, dass das, was immer ihm fehlte, sich vielleicht auch im Kofferraum befinden konnte.

Das nennt man dann wohl Glück im Unglück. Ich hatte mich oft gefragt, was damit gemeint sein konnte. Das Schicksal hat Humor, definitiv.

Die Haustür fiel ins Schloss.

Amors Tür. Unser erbsensuppengrünes, wunderschönes unperfektes Strubbelstrohdachhaus, das aussah, als würde es nie jemand mieten wollen, hatte sich wie eine Schlampe fremden Leuten hingegeben, wahrscheinlich für Geld. Ich konnte es immer noch nicht fassen. Das durchgesessene Sofa, die Kerzen, die Atompilzblumenbilder an den Wänden – unser Spießerparadies verloren für immer. Blöde Nutte!

Wo steckten Penny und Elias? Als mir die einzige wirklich wichtige Frage endlich in den Sinn kam, zog sie mir schließlich doch kurz den Boden unter den Füßen weg. Ich musste mich hinknien. Meine kleinen Geschwister, was war mit ihnen geschehen? Festgenommen und dem dänischen Jugendamt übergeben? Geflohen? Versteckten sie sich am Ende noch irgendwo da drinnen im Haus, im Schlafzimmerschrank zum Beispiel oder unterm Bett, von der Ankunft der Eindringlinge völlig überrumpelt und in letzter Sekunde abgetaucht? Es schien mir unwahrscheinlich, doch ich musste sichergehen. Ich stand wieder auf. Wo immer sie waren, ich würde alles tun, um sie zu retten.

Ich stahl mich zurück zu Amor, hob die Tüte auf und ließ sie in einem Gebüsch verschwinden, wo schon jemand anderes irgendwelchen Müll hatte liegen lassen.

Fieberhaft erstellte ich einen Schlachtplan: Vom Schuppen auf dem Grundstück hatte man einen guten Blick durch das Panoramafenster ins Haus, sofern die Vorhänge offen waren. Also pirschte ich mich über das benachbarte Dünengrundstück an und kam unentdeckt ans Ziel. Zuerst sah ich im Schuppen nach – leer, bis auf das Fahrrad. Die neuen Hausbewohner (ich befürchtete, dass der Wadenmann jede Menge Anhang hatte, wofür brauchte er sonst einen Family-Van, kein halbwegs normaler Mann würde freiwillig so ein Auto fahren) machten einen unordentlichen Eindruck, sie hatten die Gartenmöbel vollständig auf die Terrasse geräumt. Drei Liegen, Tisch, vier Stühle. Auf einer Sonnenliege war ein blaubuntes Strandtuch ausgebreitet, auf dem Tisch lag eine Zeitschrift neben dem Kaffeebecher mit dem angestoßenen Griff, aus dem ich früh am Morgen noch getrunken hatte. Ein leeres Bierglas, der Schaum klebte am Rand. Diese Leute, die Störenfriede, waren also zu zweit, zu dritt oder zu viert. Eine beträchtliche Anzahl an Gegnern, wenn man allein und unbewaffnet war.

Ich wartete. Ins Haus hineinschauen konnte ich nicht, da die Abendsonne sich im Panoramafenster spiegelte. Irgendwann kam eine Frau mittleren Alters heraus und räumte den Tisch ab. »Morgen kannst du angeln gehen«, rief sie ins Haus.

Die Antwort verstand ich nicht, aber sie brachte sie zum Lächeln.

Komischerweise war es dieses Lächeln, dass mich davon überzeugte, dass sie kinderlos waren, ein glücklich verliebtes, alleinstehendes Ehepaar mit Massen von Gepäck, Angelsachen. Daher der Wagen.

Manchmal habe ich einfach den richtigen Riecher, was Leute betrifft. Nach einer Weile tauchten der Mann und die Frau auf der Terrasse auf und ließen den Tag zu zweit ausklingen. Es floss reichlich Bier, dann zeigte der Mann der Frau seine Angeln. Ich weiß, wie das klingt, aber so meine ich es nicht. Es ging buchstäblich ums Fischefangen. Sie saßen einfach nur da und betrachteten seinen Kram, man konnte neidisch werden, einfach nur ihrer Zweisamkeit wegen, sie waren so vertieft, dass ich mühelos an ihnen vorbeischleichen konnte, um einen Blick durch das Schlafzimmerfenster zu werfen.

Lauter fremdes Zeug.

Von meinen Geschwistern keine Spur.

Es war, als wären sie niemals hier gewesen.

Oder irgendwo sonst.

Als hätte ich mir Penny und Elias bloß eingebildet, um mich selbst darüber hinwegzutäuschen, dass ich völlig allein war auf der Welt.

Auf dem Rückweg über das Nachbargrundstück passte ich aus lauter Selbstmitleid nicht richtig auf, ob die Luft rein war. Und was soll ich sagen? Sie war es nicht. Logisch. Was passieren kann, passiert.

Ich zuckte zusammen, als ich hinter meinem Rücken eine leise Bewegung vernahm. Ich fuhr herum. Ein Hund bellte los, ich sah einen mickrigen Terrier, der an seiner kurzen Leine zerrte. Am anderen Ende hielt sein Frauchen mühevoll dagegen. Die Frau war steinalt und ungefähr so groß wie ein Gartenzwerg. Wie ihr Hund wirkte sie grimmig und hinfällig gleichermaßen.

»Kann ich helfen?«, fragte sie.

Ich hasse diese Frage ungeheuer. Weil sie zu neunundneunzig Prozent von Leuten gestellt wird, die alles andere wollen, als einem bei irgendetwas zu helfen, und sie stellen sie immer auf dieselbe Art, sodass nicht der geringste Zweifel daran aufkommt, was sie wirklich meinen, nämlich:

Ich hab dich auf dem Kieker.

Am besten du verpisst dich sofort.

Der Bärtige im Ein-Euro-Laden bei uns im Block, sobald Elias und ich länger als eine Zehntelsekunde vor dem Spielzeugregal stehen bleiben.

Die arrogante Ziege in der Ökoboutique in Svenjas Straße.

Die Schnarchnase in der Schulbibliothek.

Alle fragen »Kann ich helfen?«, aber in Wirklichkeit unterstellen sie uns, dass wir klauen oder randalieren wollen oder sonst was, sobald sie uns den Rücken zudrehen. Warum sagen sie nicht einfach, was sie wirklich von uns denken? Wozu diese Heuchelei?

Ich starrte die Alte an. Ihre durchscheinende Haut mit den bläulichen Adern, ihre trüben Augen. Sie hatte irgendetwas an sich, das mir plötzlich bewusst machte, dass sie früher schön und voller Leben gewesen war. Auf einmal tat sie mir leid. Es musste schwierig sein, alt zu werden. Andererseits: Jung sterben war auch Mist. Vor allem, wenn man Kinder hatte.

»Was willst du hier?«

Der Hund bellte unentwegt, während sie genauso ausdauernd an ihm ruckte und auf ihn einredete, da musste man ja nervös werden. Die beiden machten sich gegenseitig verrückt.

»Entschuldigen Sie die Störung«, sagte ich laut. »Wir spielen hier nur.«

Obwohl wir keinen Meter auseinanderstanden, kam die alte Dame noch näher, brachte ihr Gesicht dicht vor meins und blinzelte misstrauisch.

Ich hatte Angst, der tobende Hundezwerg würde mir ein Stück Fleisch aus dem Bein herausbeißen. Egal, wie winzig er sein mochte, Hunde sind zu allem Möglichen imstande, wenn man in ihr Revier eindringt.

»Wer ist wir?«, fragte die Frau streng.

Ich schraubte meine Stimme nach oben. »Meine Geschwister und ich. Wir spielen Verstecken.«

Da sie offensichtlich unter grauem Star litt (wie viele von Katies Patienten im Altersheim) und daher kaum sah, wen sie vor sich hatte, hatte ich beschlossen, mich kindlicher zu geben, als ich war. Wie gesagt, bei Katie und mir war es so eine Sache, das Alter einzuschätzen. Das kam mir nun erneut zugute. Die Frau entspannte sich ein wenig und mit ihr der Hund.

»Wer sind deine Geschwister?«

»Tommy und Annika.«

Pippi Langstrumpfs Freunde. Etwas Besseres fiel mir auf die Schnelle nicht ein.

»Und wo sind sie?«

»Na ja, versteckt eben.« Ich räusperte mich. »Sie haben aber einen süßen Hund. Wie heißt der denn? Darf ich den streicheln?«

»Nicki.«

»Schöner Name.«

Ohne die Erlaubnis seines Frauchens abzuwarten, ging ich in die Hocke und hielt Nicki todesmutig die Hand hin. Er war staubig braun und sah aus wie eine Rundbürste auf vier Beinen. Widerstrebend schnüffelte er an mir. Erst knurrte er noch ein bisschen, aber zu guter Letzt ließ er sich hinter den Ohren kraulen.

»Wir hatten auch mal einen Hund«, log ich. »Aber der musste leider eingeschläfert werden. Er hatte eine total seltene Blutkrankheit. Ganz schlimm.«

Das musste doch Eindruck machen – wir Frauchen unter uns. Natürlich stammte die Geschichte nicht von mir. Ich hatte sie von einer Mitschülerin »geborgt«, die nach dem Einschläfern ihres Hundes für den Rest des Schuljahres keine einzige Klassenarbeit mehr hatte mitschreiben müssen, weil sie so deprimiert war, dass es für ein kinderärztliches Attest reichte. Versetzt wurde sie trotzdem. Ich versuchte mir vorzustellen, was der Kinderarzt sagen würde, wenn ich ihm meine Geschichte erzählte. Eigentlich müssten sie mir das Abitur gleich so in die Hand drücken. Zum Ausgleich.

Auf die Solidarität von Hundebesitzern konnte man offenbar nicht bauen.

»Irgendwann schlägt für jeden die Stunde«, sagte die Alte ungerührt. »Der da ist schon unser siebter Nicki. Aber ein ganz Lieber. Der liebste von allen. Stimmt's, Nicki? Ja, bist ein Feiner.«

Wahrscheinlich hatte sie Nicki eins bis sechs dasselbe erzählt. Ich wollte mich verabschieden, doch so leicht kam ich ihr nicht davon. Die Neugier der Frau war unersättlich wie so oft bei alten Leuten. Obwohl es sie nicht das Geringste anging, wollte sie unbedingt genau wissen, in welchem Haus ich mit meiner Familie Ferien machte. Vage deutete ich auf ein Strohdach ein paar Dünen weiter.

»Da hinten. Da wo die Satellitenschüssel drauf ist.«

Das traf auf nahezu jedes Dach zu.

»Wo immer der Volvo parkt?«

»Genau. Unser Volvo. Super Auto.«

»Ich dachte, die Leute hätten keine Kinder.«

»Doch, klar. Uns. Mich, Tommy und Annika.«

»Nur der Esel nennt sich immer selbst zuerst«, sagte sie. »Haben deine Eltern dir das nicht beigebracht?«

Was sollte ich dazu sagen? Ich hasse es, getadelt zu werden. Während ich vor Verlegenheit knallrot wurde, informierte Nickis Frauchen mich darüber, dass im Nachbarhaus eingebrochen worden sei.

»Das müssen Kinder gewesen sein«, sagte sie.

Ich schluckte. »Wieso?«

»Weil überall Süßigkeiten herumlagen. Das haben die Mieter mir selbst erzählt. Wie die Vandalen haben die da gehaust, da musste erst mal die Putzfirma kommen. Und im Fernseher lief Kinderprogramm. Wahrscheinlich haben die Eltern ihnen verboten fernzusehen und da sind sie einfach ins nächstbeste Haus eingebrochen. So sind Kinder heutzutage.«

Wie die Vandalen – von wegen! Jeden Abend hatte ich die Küche in Ordnung gebracht. Und Staub gewischt.

»Nicht alle«, sagte ich.

»Alle, die ich kenne.«

»Wie viele Kinder kennen Sie denn?«

Gleichgültig zuckte die alte Frau mit den Schultern. »Man muss ja nur die Zeitung aufschlagen.«

»Die Kinder, die da drüben angeblich eingebrochen sind, hat man die erwischt?«

»Nicht, dass ich wüsste. Wieso?«

Ihr Misstrauen war ungebrochen, beste Freundinnen würden wir zwei wohl nicht mehr werden. Zeit für einen geordneten Rückzug.

»Ich muss dann mal los«, sagte ich. »Tommy und Annika sind bestimmt schon zu Hause. Schönen Abend noch und danke, dass ich den Hund streicheln durfte. Tschüss, Nicki Sieben.«

Als ich mich umdrehte und fortging, fing er schon wieder an zu kläffen, und die Alte quatschte auf ihn ein. Überall Traumpaare hier.

Ich ging unglaublich langsam. Ich redete mir ein, es sei wegen Nickis Frauchen – sie sollte nicht glauben, ich flüchtete vor ihr und ihrem mickrigen Terrier –, doch in Wirklichkeit wusste ich einfach nicht wohin, es gab schlichtweg keinen Grund sich zu beeilen.

Ich schlich also im Schneckentempo durch das Feriengebiet und schaute wie schon beim Ankommen durch jedes Panoramafenster, das meinen Blick kreuzte, ich sah Mütter und Väter mit Kindern, ich sah Hunde, ich sah einen Mann mit einem Rotweinglas auf der Terrasse stehen und lächeln. Auch an dem Haus mit dem Volvo kam ich vorbei, ein Mann und eine Frau saßen davor auf einer Bank und lasen Zeitung. Sie sahen nett aus. Sie hätten die Eltern von Tommy, Annika und mir sein können.

Ich wünschte, ich hätte Penny Katies Handy gelassen und ihr befohlen es einzuschalten, solange ich weg war.

Ich wünschte, ich hätte uns nicht in diese Lage gebracht.

Ich wünschte, ich säße auf irgendeiner Terrasse und betrachtete Angeln und es würde mich wirklich interessieren, weil ich denjenigen liebte, dem sie gehörten, und er mich auch.

Ich tat mir leid.

Ich hasste meine Mutter.

Und dafür hasste ich mich.

VIERUNDZWANZIG

Trotz meiner quälenden Langsamkeit kam ich irgendwie voran. Stehen bleiben war tabu. Ich war ein wankender Zombie, die Idylle ringsum kam mir wie eine verstrahlte Wüste vor, die von einem Geheimkommando, um die Folgen einer Katastrophe zu verschleiern, zur Feriensiedlung umfrisiert worden war, der Boden unter dem ganzen Schwindel rissig, hart und verseucht.

Am Ende hatte ich ein Riesengebiet durchkämmt – ohne Penny und Elias zu finden oder wenigstens ein Lebenszeichen von ihnen ausfindig zu machen. Weder beim Supermarkt noch beim Leuchtturm oder auf den beiden Spielplätzen, die wir mit Elias besucht hatten. Auch auf dem Campingplatz hatte ich vergebens Ausschau gehalten, dort war ich durch Zufall den beiden Dickmamsells aus dem Wohnwagen erneut begegnet, sie waren so unvermittelt vor mir aufgetaucht, dass ich nicht ausweichen konnte und mir vor Angst fast in die Hosen machte. Wie immer hatten sie einen überaus vergnügten Eindruck gemacht. Keine Spur des Erkennens ihrerseits.

Der Campingbus der Haberkorn-Jungs stand noch auf dem Parkplatz am Strand, vorn am Wasser stieg schon wieder die nächste Party. Derselbe Hip-Hop, dieses Mal stieß er mich ab. Ich fragte mich, ob Johannes unter den Feiernden war, was ich für wahrscheinlich hielt. Gegen jede Vernunft ärgerte es mich. Einerseits hatte ich Sehnsucht nach ihm, andererseits war er der Letzte, den ich gerade jetzt sehen wollte. Die Gelegenheit war zu ungünstig. Wir kannten uns kaum, ich steckte in Schwierigkeiten und fand meine Gefühle für ihn verwirrend und meiner Lage unangemessen.

Dass ich zu Amor zurückkehrte, um die Tüte mit den Einkäufen zu holen, finde ich im Nachhinein ziemlich schräg, es zeigt, wie sehr ich durch den Wind war. Ich dachte an das Hackfleisch, über das sich nun irgendwelche Tiere hermachen würden, und ich regte mich maßlos darüber auf, denn Elias liebte Fleisch und bekam nur selten welches vorgesetzt. In Gedanken zählte ich sämtliche Waren auf, siebzehn an der Zahl, darunter auch Cola und Äpfel, und plötzlich schien mir der Biss in einen Apfel wie der Himmel auf Erden, mir lief direkt das Wasser im Mund zusammen. Ich war hungrig und durstig, die Gier ergriff vollständig von mir Besitz, ich konnte an nichts anderes mehr denken.

Und das erwies sich, verrückt wie es war, schlussendlich als Riesenglück für mich. Es war schon fast dunkel, als ich beim Haus ankam und in dem Gebüsch beim Eingang nach der Plastiktüte mit den siebzehn Sachen angelte. Ich bemerkte, wie hübsch es blühte, eine Pracht aus rosa Blüten, und für einen Moment verzauberte mich ihr fruchtiger Duft, weshalb ich kaum richtig hinschauen konnte, wonach ich griff. Ich war wirklich versessen auf Obst.

Anstatt der erwarteten Einkaufstüte bekam ich ein Stück Stoff zu fassen. Müll, dachte ich zuerst, denn ich war Berliner Verhältnisse gewohnt, wo hinter jedem zweiten Busch irgendwelche Kleider- und Deckenfetzen von Obdachlosen herumliegen, aber hier in dieser geheim verstrahlten Luxuswüste gab es (außer uns) keine armen obdachlosen Schlucker, und der Stoff war kein Fetzen, sondern Pennys Lieblingspulli, weiß mit schwarzen Herzen. Mir stockte der Atem. Ich erstickte fast, als ich vor Schreck die Luft anhielt, bis ich ein Knistern bemerkte und mit zittrigen Fingern ein Stück Papier aus dem Stoff hervorpulte.

Es war eine Botschaft von Penny, der wunderbaren, klugen, nervenstarken Penny an mich Nervenbündel. Sie lautete kurz und knapp: Madsenvej 22, P.

Ich atmete ein.

Und geräuschvoll wieder aus.

Bis ich den Madsenvej gefunden hatte, verstrichen nochmals Stunden, zumindest kam es mir so vor. Zwar waren mir inzwischen sämtliche Straßen und Wege des Ortes vertraut, ihre Namen hatten mich bisher jedoch herzlich wenig interessiert. Das ist eine Schwäche von mir. Ich besitze eine gute Orientierung, schon als Kind habe ich mich so gut wie nie verlaufen, aber dass Straßen Namen besitzen, vergesse ich immer. Wenn ich damals jemandem mitteilen wollte, wo wir wohnten, beschrieb ich einfach die markanten Punkte, die den Weg wiesen (den Russenshop mit den Uniformen im Fenster, die Kirche), um ehrlich zu sein, blieb ich meistens eher vage, denn ich bekam ja nicht so gern Besuch. Was, wenn ich es mir genau überlege, sogar der Grund für meine Ignoranz gegenüber Straßennamen sein könnte. Unsere Adresse war nicht gerade ein Aushängeschild. Das weiß jeder, der die Stadt ein bisschen kennt.

Der Madsenvej hatte vermutlich einen besseren Ruf. Falls er überhaupt einen hatte, denn als ich ihn endlich entdeckte, erwies er sich erwartungsgemäß als völlig unauffällig, eine Ferienhausschotterstraße wie alle anderen in der Gegend, die inzwischen in tiefem Schlummer lag. Nirgends brannte noch Licht. Auch nicht in der Nummer 22.

Das Haus war ein Flachdach-Bungalow, aber riesig und irgendwie verschachtelt gebaut. Ich huschte über das Dünengrundstück, um auf die Rückseite zu gelangen, wobei ich zuerst gegen einen Fahnenmast rannte und dann, während ich mir die Schulter rieb, über eine Sandkiste stolperte und umfiel wie ein Baum. Auf meine Ungeschicklichkeit war Verlass. Es polterte laut. Ich landete unsanft auf der Terrasse, die zum Glück nicht aus Stein, sondern aus Holz war, also zog ich mir bloß ein paar Abschürfungen zu. Wieder das blöde Knie.

Auch hier gab es eine bodentiefe Panoramascheibe, die Vorhänge waren zugezogen. Leise klopfte ich mit den Fingerknöcheln gegen das Glas. Sekunden später machte meine Schwester mir auf.

»Oh Gott, Penny«, sagte ich.

»Du blöde Nutte«, sagte sie.

Dann fielen wir uns in die Arme. Wir umarmten uns länger und inniger als jemals zuvor, und sobald Elias dazukam, gingen wir in die Hocke und schlossen ihn in unsere Umarmung mit ein. Wir weinten alle ein bisschen, aber ohne uns richtig hineinzusteigern.

Penny ließ als Erste los. Sie zog die Nase hoch und begann zu motzen wie ein Berliner Busfahrer, zum einen, weil ich so lange gebraucht hatte, um sie ausfindig zu machen, zum anderen, weil ich sie überhaupt allein gelassen hatte, als hätten wir das nicht schon am Morgen zur Genüge durchgekaut.

Ich entschuldigte mich hundert Mal, bevor ich meinerseits meinem Ärger Luft machte – wegen der Nutte und der Tatsache, dass sie ausgerechnet in ein so teures Haus eingebrochen waren. Zwar war es stockdunkel, aber allein die Größe und die moderne Bauweise – die Fenster waren entweder lange schmale Schießschartenschlitze oder in etwa so groß wie Fußballfelder – ließen erahnen, um was für eine Art von Gebäude es sich handelte, nämlich eines, um das man auf der Suche nach einer Übernachtungsgelegenheit lieber einen Bogen machen sollte, außer man war unbedingt auf Probleme aus.

»Was, wenn es hier eine Alarmanlage gegeben hätte?«

»Gab es aber nicht.«

»Wieso seid ihr überhaupt schon wieder irgendwo eingebrochen?«

»Was hätten wir denn sonst machen sollen? Uns auf der Straße rumtreiben, bis uns jemand fragt, wohin wir gehören? Beim Kiosk auf dem Parkplatz Hotdogs schnorren, bis Odde uns adoptiert?«

Sie hatte recht.

»Wer ist Odde?«, fragte ich lahm.

»Der Kioskbesitzer.«

»Heißt der wirklich so?«

»Woher soll ich das wissen? Jedenfalls hat er sich uns so vorgestellt.«

Ich wollte wissen, wie es meinen Geschwistern in meiner Abwesenheit ergangen ist, doch die beiden waren verstockt und hatten nicht die geringste Lust zu reden, also erzählte ich ihnen von Nicki und der Alten und schloss mit der Bemerkung, dass wir uns morgen anderswo würden verstecken müssen, weil die Ferienhausbetreiber insgesamt ziemlich alarmiert sein dürften.

»Die Leute hier glauben anscheinend, dass es sich bei den Einbrechern um Kinder gehandelt hat, die in Ruhe fernsehen wollten. Ich könnte mir gut vorstellen, dass die Betreiber jetzt tagsüber alle freien Häuser durchkämmen. Nur zur Vorsicht.«

Penny schwieg.

»War der Hund süß?«, fragte Elias.

Typisch, dass er das fragte. Er hatte keinen Schimmer, wie ernst die Lage war. Oder er wollte nichts davon wissen, was sein gutes Recht als Nesthäkchen war.

»Geht so«, sagte ich so geduldig wie möglich. »Er hatte ein staubiges Fell und hat ziemlich viel gebellt. Du Penny, jetzt sagt doch mal, wo wart ihr gerade, als diese Idioten kamen? Etwa im Haus? Musstet ihr ganz schnell fliehen?«, fragte ich.

»Nein.«

»Wo wart ihr?«

Sie seufzte. »Am Strand.«

»Da solltet ihr doch nicht ohne mich hin!«

Ich konnte zwar nicht sehen, aber spüren, wie sie die Augen rollte. Sie hielt mich für vollkommen geistesgestört in solchen Dingen. Dabei war ich bloß besorgt.

»Sei doch froh, dass wir nicht da waren«, sagte sie.

»Bin ich ja. Aber musstet ihr unbedingt an den Strand gehen?«

»Wir sind am Meer. Da geht man an den Strand, wenn man nichts Besseres zu tun hat. Elias kann jetzt schon richtig gut schwimmen. Ich hab ihm ein paar Tricks beigebracht.«

Allein der Gedanke daran machte mich nervös. Netterweise ersparte mir Penny weitere Details.

»Was ist mit unseren Sachen?«, fragte ich. »Waren die im Haus?«

»Logisch, wo sonst? Die haben wahrscheinlich die Leute von der Putzkolonne mitgenommen, als sie aufgeräumt haben. Die sind jetzt alle auf dem Müll.«

In Gedanken ließ ich unsere Verluste Revue passieren: sämtliche Klamotten, der Polo natürlich, die Kühlbox, unsere Zahnbürsten, das ganze Gepäck, das noch im Harz war, alles weg. Und das waren nur die *Dinge,* die fehlten …

Es stellte sich heraus, dass Penny nicht gewagt hatte, den Strom einzuschalten. Ich kümmerte mich darum, anschließend machte ich meinen berühmten Auflauf, weil wir alle vor Hunger schon ganz schwach waren. Das Hackfleisch war noch vollkommen in Ordnung. Manchmal finde ich Kochen großartig, auch diesmal beruhigte es mich geradezu, es war inmitten des ganzen Irrsinns eine herrlich normale Tätigkeit (abgesehen davon natürlich, wie kompliziert es war in diesem Raumschiff von Küche den Backofen in Gang zu bringen, denn es gab keinen einzigen Knopf oder Regler, sondern lediglich Touchscreens und eine Fernbedienung).

Wir machten uns über den Auflauf her wie Raubtiere. Zum Nachtisch gab es warme Apfelspalten, dazu tranken wir Cola. Essen und trinken muss man eben immer, egal, was sonst so läuft. Oder eben schiefläuft. Sogar wenn es schon zwei Uhr nachts ist, wenn das Abendessen auf dem Tisch steht. Übrigens fand all das im Schummerlicht statt. Wir benutzten Kerzen und nur das kleine Lämpchen der Dunstabzugshaube, um so wenig wie möglich aufzufallen.

Zum Schlafen entschieden wir uns für den Raum mit dem größten Bett. Es war ein Thron aus superweichen Matratzen und Kissen. Wir kuschelten uns alle drei aneinander und schliefen wie Könige.

FÜNFUNDZWANZIG

Wir schlugen gleichzeitig die Augen auf, Penny und ich. Draußen ließ sich die Sonne gerade erst blicken, also war es noch früh am Morgen. Ein neuer heller Tag. Ich freute mich, meine Schwester zu sehen, und lächelte. Ihre Sommersprossen auf der Nase, die braunen Augen. Als sie zurücklächelte, war ich selig und traurig zugleich.

Ich wusste, dass wir reden mussten, die Aussprache war schon so lange überfällig. Die Angelegenheit, grausig, unfassbar, endgültig, würde sich nicht in Luft auflösen. Jetzt endlich war der Zeitpunkt erreicht, an dem ich mich imstande sah, all meinen Mut zusammenzunehmen. Oder anders gesagt: Mich noch länger zu drücken, hätte noch weitaus größere Anstrengungen von mir erfordert.

Wie so oft spürte Penny instinktiv, was bevorstand, und ich musste sie nicht erst auffordern, mir zu folgen. Ich kletterte einfach vom Bettenthron und sie glitt ebenso still wie entschlossen hinter mir her.

»Also?«, fragte sie, nachdem wir im Wohnzimmer Platz genommen hatten. Das Sofa, auf dem wir saßen, sah übrigens aus wie ein Granitblock und war auch ungefähr so bequem. Die ganzen Möbel in dem großen Haus waren granitfarben und todschick.

»Katie kommt nicht mehr zurück«, sagte ich.

Pennys Nicken erschien mir völlig emotionslos. Sie wusste es längst. Ich bin nicht wirklich gut in Geheimniskrämerei.

»Nie mehr?«, fragte sie.

»Nein. Nie mehr.«

Und das war es schon. Mehr wollte meine kleine Schwester partout nicht wissen. Nicht, was geschehen war. Nicht wie, nicht wo, nicht wann. Durfte ich mich damit abfinden? Sicher hätte ich sie irgendwie zwingen können, sich meine ganze Geschichte anzuhören, wie gesagt, ich war ja jetzt endlich bereit, zu reden, ich brannte nicht gerade darauf, hatte mich jedoch fest darauf eingestellt und wurde im ersten Moment sogar stinkwütend, als sie sich sperrte.

Letzter Versuch:

»Am Morgen, als wir losfuhren –«

»Ist mir egal. Es spielt keine Rolle.«

»Doch, das tut es. Also –«

»Katie kommt nicht mehr, das reicht. Ich hasse sie.«

Das tat sie nicht. Niemand hasste Katie wirklich, dafür hatte sie ein viel zu einnehmendes Wesen. Außer vielleicht ihre eigene Mutter, als sie noch lebte.

»Sie kann nichts dafür.«

»Das sagt sie jedes Mal. Aber in echt kann sie immer was dafür.«

»Diesmal nicht.«

»Erzähl mir lieber, was wir eigentlich hier machen. Was dein Plan ist. Du hast doch einen, oder Mika?«

Hatte ich? Ja, ich hatte einen Plan. Wie ging er noch mal? Leider kam er mir gerade vollkommen sinnlos vor.

Was ich Penny hätte sagen wollen: Katie lebt nicht mehr. Unsere Mutter ist gestorben, einfach so. In ihrem schnellen nur knapp einunddreißigjährigen Leben gab es bestimmt tausend und mehr Gelegenheiten, bei denen sie dem Tod ziemlich unverfroren auf die Pelle gerückt ist – beim Trinken, unter Drogen, in aufgemotzten Ami-Schlitten mit irgendwelchen Idioten, die mit zweihundert Sachen über die Stadtautobahn rasten, beim Balancieren auf Eisenbahnbrücken oder auf S-Bahn-Gleisen, wenn der nächste Zug schon in Sichtweite war. Sie liebte es, über Eisflächen zu laufen, sobald Tauwetter einsetzte, weil ihr das Knacken und Knirschen der schmelzenden Schollen so gefiel. Sie stöberte gern in baufälligen Gebäuden herum, die reinsten Todesfallen, wo sie Fotos mit ihrem Handy machte und auf Instagram teilte (die Zahl ihrer Follower war beachtlich und stieg jede Woche rasant). Sie dackelte mit jedem Typen mit, der ihr sagte, dass er sie liebte. Sie ging nie zum Arzt, egal wie krank sie sich fühlte, sondern bestellte lieber irgendwelche obskuren chinesischen Tees aus Pilzen im Internet, von denen sie high wurde oder sich übergeben musste. Eigentlich machte sie, bevor sie anfing, Greise zu pflegen, andauernd Sachen, die lebensgefährlich waren, und doch starb sie nicht. Sie geriet niemals ernstlich in Gefahr, keine schweren Erkrankungen, keine Verletzungen, als hätte sie einen besonders pfiffigen Schutzengel an ihrer Seite. Zuletzt muss er ausgeflogen gewesen sein, vielleicht, weil sie ihn nicht mehr zu brauchen schien, seit sie wie durch ein Wunder erwachsen geworden war. Oder zumindest so was in der Art. Es war einfach nicht fair.

Ich verstand, dass Penny sich Katies Tod verweigerte. Wie sollte ich es ihr vorwerfen, nachdem ich selbst Tage gebraucht hatte, um sie einzuweihen, obwohl sie jedes Recht der Welt hatte, zu wissen, was ich wusste? Um überhaupt auch nur im Stillen daran zu denken, was geschehen war.

Jetzt war ich bereit – aber sie war es nicht, irgendwie logisch. Also schwieg ich und ging nur in Gedanken dahin, wo es wehtat. Ich meine, richtig weh.

Früher Morgen im Harz. Mein Glücksgefühl beim Aufwachen: Sommerferien. Urlaub. Wir als Familie, intakt auch ohne Vater. Wie ich in unserem Harzer Blockhaus in Katies Zimmer gegangen war und sie im Nachthemd auf der Bettkante sitzend vorgefunden hatte.

»Hey, du bist ja schon wach. Wollen wir draußen frühstücken?«, hatte ich sie gefragt und dann noch eine geraume Weile weiter vor mich hin gequasselt, bis mir aufgefallen war, dass keine Antwort kam.

Trotzdem war es friedlich – auf eine geheimnisvolle Art. Da war etwas, das größer war als ich und als jeder andere Mensch auf der Welt. Ich werde mich immer an die besondere Stimmung im Raum erinnern. An das Singen der Vögel, das Rauschen der Bäume. Wie das Licht durchs Fenster fiel.

Sie hatte ausgesehen, als schliefe sie nur, als sei sie beim Sockenanziehen von Müdigkeit übermannt worden und gestattete sich ein spontanes Nickerchen.

Ich hätte sie doch nicht einfach so dort sitzen lassen können, oder? Was, wenn meine Geschwister hereingekommen wären? Sie hätten die Situation bestimmt nicht so gut verkraftet wie ich. Jedenfalls dachte ich das zu dem Zeitpunkt, vielleicht habe ich die beiden unter- und mich überschätzt. Inzwischen hat es wahrscheinlich jeder gemerkt: Das passiert mir andauernd.

Die Abgebrühtheit, mit der ich Katie zurück ins Bett gehievt und ihr die Decke über das Gesicht gezogen hatte, konnte ich im Nachhinein jedenfalls nicht begreifen, und ich konnte sie mir nicht verzeihen, von der Ruhe und dem

Frieden des Augenblicks nicht viel geblieben, das mich hätte trösten können.

Ich fühlte mich einfach nur schuldig und hundeelend an dem Morgen. Es war, als wäre ich diejenige, die letztlich das Urteil über sie gesprochen hatte.

Die ganzen letzten Tage hatte ich die Bilder von Katies stillem Sterben, das so gar nichts mit dem Tempo und der enormen Lautstärke ihres Lebens zu tun hatte, tief in mir begraben, jetzt, wo ich meinem Gedächtnis erstmals die Gelegenheit dazu gab, überschwemmte es mich mit allen möglichen Details.

Hätte ich reden dürfen, wären sie aus mir herausgequollen wie Lava aus einem Vulkan. Doch Penny hatte mir ja das Wort verboten, also brodelten sie in meinem Innern, versetzten mich in einen fiebrigen Zustand. Meine Schwester betrachtete mich so wissend, dass es mir unheimlich war.

»Wie lautet dein Plan?«, wiederholte sie. »Was sollen wir als Nächstes tun? Warum sind wir hier?«

Das Granitsofa malträtierte meinen Rücken, als wolle es mich abwerfen. Tatsächlich hatte ich das Gefühl, schon viel zu lange bloß herumgesessen zu haben.

»Wir müssen meinen Vater finden«, platzte ich heraus. »Der wird uns alle drei bei sich aufnehmen.«

Es war eine irrwitzige Idee, wie gesagt, eigentlich hatte ich schon fast damit abgeschlossen, doch eine bessere war gerade auch nicht in Sicht – und jetzt waren wir schon so weit gekommen. Nicht, dass wir irgendetwas erreicht hätten, aber egal, ich meine weit gekommen rein quantitativ, nicht qualitativ. Zum Umkehren war es jedenfalls zu spät. Ich biss auf meine Unterlippe.

Penny musterte mich mit einer Mischung aus Panik und Begeisterung. »Dein Vater?«

»Mein Vater. Ich glaube, er ist reich. Auf jeden Fall ist er Däne. Sein Name ist übrigens Rasmus.«

Mit feierlicher Geste überreichte ich Penny das Foto aus Katies Brieftasche. Wie erwartet kannte sie es nicht, ich selbst hatte es ja genauso wenig gekannt, bis ich die Sachen unserer Mutter nicht nur an mich genommen, sondern auch gründlich durchsucht hatte.

Es war vom vielen Betrachten abgegriffen und schon ziemlich verblasst, als wäre es nicht fünfzehn, sondern fünfzig Jahre alt, und es zeigte unsere Mutter als Jugendliche inmitten einer Jugendgruppe. Vierzehn Teenager, die am Strand vor einer hohen Düne ausgelassen posierten, alle braun gebrannt, barfuß und in bunten Sommersachen. Meine Mutter stand zwischen zwei Jungen, die sie sichtlich anhimmelten, beide hatten ihren Arm um sie gelegt. Einer von ihnen musste mein Vater sein, ein Einheimischer laut Katie (und das war auch schon annähernd alles, was sie über ihn hat verlauten lassen, ansonsten wusste ich noch, dass er Coldplay liebte und ein toller Schwimmer war). Im Hintergrund sah man die berühmte Treppe, die ich am Lyngvig Fyr wie bekloppt gesucht hatte. Auf der Rückseite stand in Katies kindlicher Handschrift: Rasmus, Dänemark, Abschluss. Sonst nichts. Weder eine Liebeserklärung noch eine Adresse, nicht mal ein Hinweis, was mit dem Begriff »Abschluss« gemeint war. Höchstwahrscheinlich war es das Jahr, in dem sie mit der Schule aufgehört hatte, denn, soweit ich Bescheid wusste, war diese Jugendfreizeit im Abschlussjahr Katies einzige Auslandsreise überhaupt gewesen.

Zusammen mit ihren Leuchtturmzeichnungen (von denen wir bekanntlich keine dabeihatten) war die nicht eben aussagekräftige Aufnahme unser einziger Anhaltspunkt, unser Kompass für den letzten Teil der Reise. Wir waren wirklich verloren.

Das mit dem Reichtum hatte ich gerade erst erfunden, keine Ahnung warum.

Penny studierte das Bild eine Ewigkeit. Inzwischen schien die Sonne hell durch die Schießschartenfenster ins Haus und irgendwo in der Nachbarschaft startete jemand seinen Wagen. Reifen knirschten auf Schotter und meine Angst vor Entdeckung und Verhaftung kehrte zurück. Wir mussten so bald wie irgend möglich hier raus.

Schließlich gab Penny das Foto zurück und rieb sich die Augen. »Mehr hast du nicht?«

»Nein. Ist nicht gerade viel, oder?«

Kopfschütteln.

»Vielleicht ist das ja gerade die gute Nachricht.«

»Wieso?«

Ich erklärte es ihr. Was meinen Vater betraf, tappten wir seit Jahren im Dunkeln, denn anders als bei Enrico und Kobe, dem Erzeuger von Elias, hatte Katie sich über diese kurze Episode ihrer Vergangenheit stets in Schweigen gehüllt. Kein Lästern, keine Schwärmereien, was wirklich nicht ihre Art gewesen war. Normalerweise ließ sie uns an sämtlichen Liebesgeschichten teilhaben. Nicht mal sein Name – Rasmus – war durchgesickert. Einmal, als sie krank im Bett lag, fiel dieser berühmte Satz: »Dein Vater war die Liebe meines Lebens.« Obwohl sie hohes Fieber hatte, glaubte ich ihr. Dazu dieser Leuchtturmtick. Ihr Gerede vom Sehnsuchtsort. Wenn man ein bisschen romantisch veranlagt war, passte alles zusammen. Und warum, zum Teufel, sollte er nicht auch noch reich sein, mein Vater, der Superheld?

All das teilte ich jetzt Penny mit, zugegeben, eine nicht gerade lückenlose Beweisführung zu meinen Gunsten. Zu meinem Erstaunen hatte sie anscheinend die allergrößte Lust, meiner schwachen Argumentation zu folgen.

»Von Enrico hat sie an einem Tag geschwärmt, am nächsten hat sie kaum ein gutes Haar an ihm gelassen«, sagte sie.

Ich ergänzte. »Und Kobe hat sie immer nur den Mistkerl genannt.«

»Über deinen hat sie nie geredet.«

»Nein. Nie.«

»Weil sie ihn –«

Sie kam nicht dazu, den Satz zu beenden, ich war schneller und lauter. »Liebte!«

»Könnte stimmen.«

»Stimmt bestimmt.«

»Bestimmt. Es muss superromantisch gewesen sein.«

»Und supersuperschön.«

»Und gegen die Regeln von diesem Feriencamp«, mutmaßte Penny begeistert, »weil es von der Kirche war. Außerdem war er reich und sie arm, da hat man alles getan, um sie auseinanderzubringen.«

»Wahrscheinlich war seine Familie dagegen und die waren total einflussreich. Sie mussten sich heimlich treffen. Als es rauskam, hat man ihn sofort zur Abreise gezwungen. Mitten in der Nacht.«

»Er hatte nicht mal ihre Adresse und konnte ihr nicht schreiben. Oder seine Leute haben ihm eine falsche Adresse gegeben, an die hat er geschrieben und nie eine Antwort bekommen. Deswegen dachte er, Katie liebt ihn nicht mehr.«

»Und umgekehrt genauso. Er hat nie von mir erfahren.«

»Sonst wäre er gekommen und hätte Katie sofort geheiratet, egal, was die anderen sagen.«

Wir schauten uns an und seufzten theatralisch. Penny warf die Haare zurück, einen schmachtenden Ausdruck im Gesicht. Es war, als säßen wir im Kino.

»Und wenn wir ihn finden und er will nichts von uns wissen? Oder er will nur von dir was wissen und nicht von Elias und mir?«, fragte Penny plötzlich.

»Dann kann er mich mal. Wir kommen auch allein klar, oder? Dann will ich eben bloß sein Geld.«

Penny strahlte. »Dann knöpfen wir ihn uns richtig vor.«

»Ganz genau. So machen wir das. Aber jetzt müssen wir sehen, dass wir hier rauskommen.«

SECHSUNDZWANZIG

Bevor wir uns den Freuden des Reichtums väterlicherseits widmen konnten, würden wir noch eine Phase beklemmender Armut durchstehen müssen, das wurde mir klar, als ich meine Geschwister betrachtete. Wir besaßen nur noch das, was wir am Körper trugen, und das war verdammt wenig.

Ich hatte meinen Rucksack dabei und immer noch mein Komischer-Kauz-Shirt an, dazu Jeans, grauer Hoodie, Chucks. Logischerweise waren Penny und Elias gestern in der Mittagshitze in ihren luftigsten Outfits an den Strand gegangen. Penny trug ihr Sommerkleid, ein wollweißes nostalgisches Leinenhängerchen, ärmellos, Spitze am Kragen, und ihre Dockers, eine schräge Kombination. Glücklicherweise hatte sie ihren Herzchen-Pulli noch, denn den hatte ich ja gestern Abend zusammen mit der Botschaft an mich aufgelesen. Das Kleid war zerknittert und nicht mehr wirklich sauber, und obwohl ich wusste, dass meine Schwester es liebte, schalt ich mich dafür, ausgerechnet ein so helles unpraktisches Kleidungsstück für sie eingepackt zu haben. Auch der Pulli sah schmuddelig aus, kein Wunder nach einem halben Tag im Gebüsch.

Was mich noch mehr ärgerte: Elias lief schon wieder barfuß. Ich hätte ihn erwürgen können. Da das keine Option war, suchten wir zum zweiten Mal innerhalb einer Woche seinetwegen ein Schuhgeschäft auf. Diesmal bestand kein Zweifel daran, dass die Leute uns angafften wie entflohene Häftlinge in Sträflingskleidung, ihre Aufmerksamkeit hatte etwas zutiefst Missbilligendes, was ich unangemessen fand. Okay, wir waren nicht wie aus dem Ei gepellt, aber der Kleine benahm sich tadellos, viel vorbildlicher als beim Schuhkauf Nummer eins, kein Gerenne, kein Gesang, und so heruntergekommen waren wir nun auch wieder nicht. Vor unserem Aufbruch am Morgen hatten wir die Regendusche im Bungalow ausprobiert (von Nieselregen bis Wolkenbruch wurde alles geboten) und zum Waschen die Handseife aus dem Gäste-WC benutzt, weil es nichts anderes gab. Anschließend hatten wir uns vor dem größten Spiegel aller Zeiten die Haare mit den Fingern gekämmt – was unterschiedlich gut funktioniert hatte. Penny und ich wirkten gut frisiert, Elias Kopf sah noch explodierter aus als sonst.

Ich fühlte mich ungefähr so wohl wie im Wartezimmer einer Amtsstube und kaufte in aller Eile die günstigsten Sneaker, die ich bekommen konnte, leider ebenfalls in Weiß. Natürlich waren sie nicht wirklich billig, sondern kosteten ein kleines dänisches Vermögen. Was am schlimmsten war: Schon im nächsten Laden klagte Elias, dass sie drückten.

Ich fuhr ihn an. »Warum hast du das nicht direkt im Laden gesagt?«

»Da waren sie gut.«

»Dann wird's schon irgendwie gehen. Du musst sie halt einlaufen.«

»Ich will aber nicht!« Er machte einen Schmollmund. Seine Lippen waren dafür perfekt geeignet.

»Musst du aber.«

»Nein! Ich will barfuß.«

»Barfuß ist nicht. Und jetzt hör auf zu quengeln. Die Leute starren uns eh schon an.«

»Dich vielleicht.«

»*Mich* bestimmt nicht.«

»Warum?«

»Darum. Weil ich wie sie bin – und du nicht.«

Sofort verachtete ich mich für meine Bemerkung. Sie war rassistisch, eine Anspielung auf seine Hautfarbe und die afrikanische Herkunft seines Vaters. Dass Elias mit seinen fünf Jahren schon ein feines Gespür dafür besaß, zeigte nur, wie oft er sich bereits irgendwelchen Mist hatte anhören müssen.

»Du bist gemein.«

»Stimmt. Tut mir leid.«

»Ich hasse dich«, sagte er reflexartig, aber diesmal saß nicht viel Zunder dahinter.

Zu meinem Erstaunen sprang Penny mir bei. »Red nicht so einen Mist, wenn du es nicht so meinst. Mika hat sich doch schon entschuldigt. Außerdem hat sie recht. Die Leute gucken. Und du bist nun mal der größte Hingucker von uns dreien. Freu dich doch, du Hübscher.«

Hübsch war er allerdings, und wie, genau wie Penny. Wahrscheinlich waren die meisten Leute, die meine Geschwister auf der Straße anstarrten, in Wirklichkeit neidisch auf ihre Vollkommenheit. Für mich waren die beiden jedenfalls die schönsten Menschen auf der Welt.

Elias wollte weiter nerven, aber Penny ließ es ihm nicht durchgehen. In dem Moment war ich unendlich dankbar, meine Schwester endlich als richtige Komplizin zu haben. Meine Verantwortung hatte sich zwar nicht halbiert, aber ein bisschen kleiner geworden war sie schon.

Wir waren übereingekommen, Elias weiterhin im Ungewissen zu lassen, was mein eigenes Schweigen im Nachhinein relativierte. Es gab eben manchmal gute Gründe, die Klappe zu halten. Je weniger Elias ahnte, desto unwahrscheinlicher war es, dass er etwas ausplauderte. Manchmal konnte er aus dem Stegreif sehr offenherzig gegenüber Fremden sein, wenn sie ihn dazu ermunterten.

In einer Boutique mit kreischend gelben Ausverkauf-Schildern (Udsalg im Dänischen) kaufte ich drei extrem scheußliche und daher um fünfzig Prozent reduzierte Ladenhüter-Windjacken, Fleecepullis und je eine lange schwarze Jogginghose für Penny und Elias, damit wir alle etwas Wärmeres zum Anziehen hatten. Logisch fanden sie die Sachen uncool, ihr Protest fiel aber gemäßigt aus.

Zum Dank und um die allgemeine Stimmung aufzubessern, spendierte ich uns Softeis mit bunten Streuseln. All das riss ein tiefes Loch in unsere Kriegskasse. Eigentlich bestand sie nur noch aus Löchern. Eine Handvoll läppische Scheine waren übrig. Egal. Das Eis schmeckte.

Das Tolle an diesem Eisladen mitten in Blåvand war, dass dort auch Bonbons hergestellt wurden, und zwar ganz besondere, wie es sie manchmal an Weihnachtsmarktständen gibt. Unikate. Manche sahen auch wie Steine aus, andere wie Murmeln oder Muscheln. Durch eine Glasscheibe konnte man beobachten, wie die klebrige Masse von einem muskelbepackten Dänen gekocht und in Form gebracht wurde, lauter bunte Riesenschlangen auf blanken Stahltischen.

Elias war so fasziniert, dass er den Frust über seine Schuhe vergaß. Während er sich die Nase platt drückte, erzählte ich Penny ausführlich von meiner Bekanntschaft mit Johannes.

»Bist du in ihn verliebt?«, fragte sie, als ich fertig war. Sie hatte mich nicht ein Mal unterbrochen. Ihr Eisrest tropfte munter vor sich hin, weil sie vergaß, weiterzuessen, so gebannt war sie.

Ich zuckte mit den Schultern. »Pass auf, dein Kleid.«

»Denkst du an ihn, wenn du abends die Augen zumachst?«, fragte Penny und stopfte sich die Waffel in den Mund.

Ich überlegte. Vor dem Einschlafen dachte ich an alles Mögliche, ich grübelte stundenlang, solange ich wach im Bett lag, aber mit geschlossenen Augen sah ich tatsächlich immer wieder Johannes' Gesicht vor mir. Abend für Abend, seit wir auf dem Supermarkt-Parkplatz ineinandergerasselt waren. Es schien mir ein gutes Kriterium – vielleicht nicht für Liebe, aber mindestens für schwerwiegende Verliebtheit.

»Ja, dann immer«, sagte ich.

»Also hat es dich erwischt.«

»Kann sein.«

»Voll schön.«

»Voll kompliziert.«

»Was du nicht sagst.«

Penny gefiel die Idee, mit Johannes und seinen Leuten weiter nach Norden zu fahren, und wie ich war sie der Meinung, es sei vernünftig, ihn nicht in unsere komplizierte Lage einzuweihen, jedenfalls nicht mehr als unbedingt nötig.

»Typen wollen immer unkomplizierte Freundinnen.«

Auch wenn mir der Gedanke missfiel, dass meine kleine Schwester sich bereits mit den Vorlieben potenzieller (oder tatsächlicher?) Verehrer auskannte, stimmte ich ihr zu. Ich musste daran denken, was Johannes über meine niedlichen Vorgängerinnen gesagt hatte.

Es war bestimmt falsch, eine neue Beziehung von Anfang an mit Problemen zu überladen, sofern es sich irgendwie vermeiden ließ. Vor allem in einer Konstellation, in der das Mädchen die Probleme hatte, umgekehrt ging es eher. Jedenfalls kannte ich haufenweise Mädchen, die auf Idioten abfuhren, gerade weil sie zum Beispiel von der Schule geflogen oder zu gemeinnütziger Arbeit oder sogar Gefängnis verurteilt worden waren.

»Mädchen stehen auf komplizierte Typen und Typen auf unkomplizierte Frauen«, sagte ich.

»Genau«, sagte Penny.

»Idioten.«

»Genau.«

So ausgereift unsere Theorie auch schien, allerdings kannte ich mindestens ein Gegenbeispiel, und das war Jens. Soweit ich informiert war, war seine Liebe zu meiner Mutter nicht unbedingt an Katies Kompliziertheit gescheitert. Er mochte sie trotzdem – oder gerade deswegen. Sonst würde er ihr ja nicht jetzt noch, Jahre nach der Trennung, im Urlaub eine Mail schreiben, um sich nach ihrem Wohlergehen zu erkundigen, oder?

Ich berichtete Penny auch davon. Als sie es hörte, war sie beinahe gerührt. »Das hat er echt gemacht?«

Ich nickte.

»Ich sag es ja die ganze Zeit. Jens, der ist voll okay. Sie hätten zusammenbleiben sollen.«

»Kann sein.«

»Jens ist anders.«

»Wie anders?«

»Er hat uns sogar die Alditüte geschenkt.«

»Aber verdrückt hat er sich trotzdem. So anders war er dann doch wieder nicht.«

»Das weißt du doch gar nicht. Wer da Schluss gemacht hat.«

Ich ließ das Thema fallen. Sie hatte sowieso einen Narren an Jens gefressen.

»Hast du ihm schon geantwortet?«

»Nee, natürlich nicht. Bin ich Katie?«

»Egal, du musst antworten. Sonst setzt er sich noch in den Zug und fährt in den Harz und will uns besuchen. Aber wir sind hier.«

»Würde er nicht.«

»Würde er.«

Penny und Jens hatten sich immer super verstanden, er war ihr Liebling, sie kannte ihn mit Sicherheit viel besser als ich. Ich wollte kein Risiko eingehen, also zückte ich Katies Handy erneut. Zum Glück gab es hier ebenfalls freies WLAN, in das ich mich ohne Probleme einloggen konnte, wesentlich leichter jedenfalls als in Katies Gedankenwelt. Wie, zum Teufel, hätte meine Mutter mit einem ihrer Ex-Freunde kommuniziert, welche Worte hätte sie benutzt, hätte sie geflirtet oder nicht? Hätte sie versucht, ihn zu provozieren? Ich wusste es nicht, ich wusste nur, dass sie nicht die größte Leuchte im Schreiben gewesen war. Am einfachsten fasste ich mich so kurz wie möglich.

Hi Jens,
hier ist auch geniales Wetter und die Hütte ist super. Nicht gerade groß und so, aber gemütlich. Die Kinder senden Küsschen, allen voran Penny, ich natürlich nicht 😉 Bin gerade schwer beschäftigt …
LG
Kat

So hatte sie sich genannt, wenn sie mit ihm gechattet hatte. Ich war stolz, dass mir das noch eingefallen war. Auch auf die vielsagenden drei Pünktchen am Schluss bildete ich mir etwas ein, denn die konnten für alles Mögliche stehen. Falls Jens seine Fantasie spielen ließ, was ich hoffte, würde er Katie vielleicht eine Urlaubsbekanntschaft andichten. So nach dem Motto »beschäftigt«, zwinker, zwinker.

Vielleicht hätte ich das Zwinker-Zeichen noch anfügen sollen. Und möglicherweise passte es nicht gerade gut zu Katie, das Wetter als »genial« zu bezeichnen. Sie hätte vermutlich eher »toll« gesagt, genau wie Jens.

Noch während ich mir diese Details durch den Kopf gehen ließ, tauchte neben dem WhatsApp-Symbol auf Katies Display eine rote Eins auf. Jens war online – und hatte umgehend geantwortet. Da hatte aber einer Sehnsucht.

Was kein Küsschen von dir?
Auch kein klitzekleines auf die Wange.
Bittebittebitte 😉

Himmel, der traute sich was. Ich antwortete Knall auf Fall, ohne nachzudenken.

Du nervst!

Sorry. War nur Spaß.
Du hast angefangen. Lust auf Plaudern?
Tippen ist so umständlich.

Nein.
Schlechter Empfang in der Hütte. Muss Schluss machen. Melde mich, wenn wieder in B. Schreib ne Nachricht, wenn was ist. Kat

Ich schaltete das Handy aus und ließ es in meinen Rucksack gleiten, aber am liebsten hätte ich es weggeworfen. Mein Herz raste, mir war knallheiß, und Penny lachte mich aus, weil ich mich wegen der Küsschen-Sache so genierte, dass ich am liebsten im Boden versunken wäre. Immerhin ging es um Jens und meine Mutter. Es ging mich nichts an, ob sie einander Zärtlichkeiten zukommen ließen oder nicht. Ich weiß, ich habe selbst damit angefangen, was für eine unfassbar blöde Idee. Ich war einfach peinlich berührt.

Deprimiert wurde ich erst wieder, als ich mir klarmachte, wie schwer Jens verkraften würde, was mit Katie geschehen war. Irgendwann musste er da durch, genau wie wir Kinder. Wie hart es uns getroffen hatte, daran mochte ich nicht mal denken. Um ehrlich zu sein, zu dem Zeitpunkt hatte ich noch keinen blassen Schimmer, welches Ausmaß an Verzweiflung und Hoffnungslosigkeit uns noch bevorstand, dafür war ich einfach viel zu beschäftigt und aufgrund unserer Lage in ständiger Anspannung.

Wirklich um jemanden trauern kann man aber erst, wenn man runterkommt, das habe ich inzwischen gelernt. Und dann macht es dich dermaßen fertig, dass dir jede Beschäftigung recht ist, sogar Staubsaugen oder Klobrillenputzen oder Schlimmeres.

Wir pflückten Elias aus dem Bonbonparadies, was kein leichtes Unterfangen war, und trotteten in strahlendem Sonnenschein zurück ins Wohngebiet. Eine frische Brise sorgte für die leichte Abkühlung, überall wehten die dänischen Flaggen vor einem stahlblauen Himmel, so richtig bilderbuchmäßig. Die Urlauber, die keine anderen Sorgen außer das Wetter hatten, konnten sich freuen. Die allermeisten ringsum sahen so aus, als täten sie es auch. Ich glaube, Softeis ist das meistverkaufte Produkt des ganzen Landes.

Es war Freitag, morgen, am Samstag, würden die Haberkorn-Jungs nach Norden aufbrechen und viele der Sommerhäuser neue Mieter auf Zeit bekommen. Obwohl die Anreisenden eine Gefahr darstellen (wie ich gelesen hatte, fand in manchen Häusern der Bettenwechsel auch schon freitags statt), beschloss ich, dass wir einen dritten Einbruch wagen sollten. Mein Gewissen meldete sich nur sehr zaghaft, und ich schenkte ihm keinerlei Beachtung, inzwischen kam es einfach nicht mehr darauf an.

Am Ende des Madsenvej hatte ich morgens ein älteres Holzferienhaus entdeckt, das Amor glich, aber noch kleiner und schäbiger war. Der Briefkasten hing schief in den Angeln, die Krüppelkiefern auf dem Grundstück wuchsen so ungehindert, dass es drinnen ziemlich dunkel sein musste. Dort wollte ich es probieren.

Doch daraus wurde nichts. Als wir den Bungalow von letzter Nacht passierten, sahen wir, dass gleich drei Autos davorstanden: der Lieferwagen einer Reinigungsfirma, ein Kombi mit dem Schriftzug und dem Symbol einer lachenden Sonne des Ferienhausanbieters – und ein schwarzer Audi mit Blaulicht auf dem Dach.

Pennys Stimme klang elektrisiert. »Siehst du, was ich sehe?«

»Guck nicht hin. Einfach weitergehen.«

»Sind die wegen uns da?«, fragte Elias.

»Scht«, machten wir beide gleichzeitig.

Die Haustür stand offen, männliche Stimmen drangen ins Freie, aber niemand war zu sehen. Schuldbewusst passierten wir den »Tatort« und versuchten, uns so selbstverständlich wie möglich zu bewegen, falls uns jemand von drinnen durch das Schießschartenfenster beobachtete. Während der Audi meine Blicke magisch anzog, dachte ich an den Kartoffel-Hack-Auflauf, den ich in der Nacht hinter diesen Wänden zubereitet hatte. Das Hackfleisch hatte ich in einer weiß beschichteten Pfanne angebraten, die möglicherweise noch auf dem Herd stand, ich war mir nicht sicher. Mit Gewissheit wusste ich nur, dass ich unser Essgeschirr und die Auflaufform in den Geschirrspüler geräumt hatte. Aber hatte ich den auch eingeschaltet? Eher nicht. Das Display hatte in der Nacht hellgrün geleuchtet.

Die Krimis, die Katie sich mit mir gern sonntags im Fernsehen angeschaut hatte, ließen Bilder vor meinem inneren Auge entstehen: Kripoleute in Zivil, die mit einem Pinsel und einem geheimnisvollen Pulver unsere Fingerabdrücke zum Vorschein brachten, was sie vermutlich auch schon im Haus Amor getan hatten. Ich stellte mir vor, wie sie beim Vergleichen der Ergebnisse fachsimpelten und am Ende ihre Schlüsse zogen. Welche würden das sein? Wir hatten weder etwas geklaut noch Zerstörungen angerichtet. Würden sie eine Soko Ferienhaus einsetzen?

Je länger ich darüber nachdachte, desto unbeherrschbarer wurde meine Angst. Wir hatten viel riskiert, vielleicht zu viel, zu oft gegen das Gesetz. Ich schwitzte wie verrückt und bekam einen extrem auffälligen Hustenanfall, der zum Glück ohne Konsequenzen blieb.

Aus Sicherheitsgründen hielt ich es für die einzige Alternative, die Nacht im Freien zu verbringen, warm genug war es ja. Beschlossen und verkündet. Widerstand keiner. Zum ersten Mal in meinem Leben war ich richtig obdachlos.

SIEBENUNDZWANZIG

Die Party am Kiter-Strand war anscheinend eine feste Einrichtung. Da Freitagabend war und viele Leute abreisen würden, ging es diesmal schon besonders früh besonders heftig zur Sache, eine glückliche Fügung. Niemand würde von uns Notiz nehmen, so hoffte ich zumindest.

Ich platzierte meine Geschwister etwas abseits des Geschehens in den Dünen und versorgte uns mit Kaltgetränken, Bratwürstchen und Nudelsalat.

Als sei ich eine von ihnen reichten mir die Surfer-Typen, die am Grillrost standen, was immer ich verlangte, und hatten sogar noch ein paar nette Späße auf Lager, wohingegen die auf einem Campingtisch aufgereihten Salate von einer Zimtzicke mit Gretchenfrisur gewissenhaft bewacht wurden.

»Kennen wir uns?«, fragte sie mich allen Ernstes.

»Klar«, sagte ich. »Jedenfalls kenne ich dich.«

»Ach ja?«

»Also, wenn du das nicht mehr weißt. Aber stimmt, wir waren schon ziemlich, na ja …« Ich ließ den Satz offen, zog Luft durch die Zähne, begann, einen Hangover imitierend, zu schwanken. Vielleicht hätte ich eher etwas Geistreiches übers Kiten sagen sollen. Die Gretchen-Zicke verzog keine

Miene. Schnippisch bedankte ich mich für das Essen und sah zu, dass ich Reißaus nahm.

Kaum wähnte ich mich im Schutz der Menge in Sicherheit, hörte ich wie über das Wummern der Bässe hinweg jemand in der Nähe meinen Namen rief. Johannes' warme Stimme. Ich konnte und wollte ihn jetzt nicht sehen, was unfair war, zumal wir eine lockere Verabredung für diesen Abend getroffen hatten (genau genommen traf ich mit Johannes ausschließlich lockere Verabredungen, anders ging es ja gar nicht). Es tat mir leid, ihn vergeblich warten zu lassen, aber meine Geschwister waren hungrig. Obwohl seine Stimme mir folgte wie ein Geist, schaffte ich es, ihm auszuweichen, wobei ich mir hundsgemein vorkam.

Da meine Meinung von mir selbst ohnehin schon ihren Tiefstand erreicht hatte, ließ ich ganz spontan noch zwei Isomatten und zwei Schlafsäcke in bester Qualität mitgehen, die unbeaufsichtigt im Sand lagen. Damit hatten wir zumindest die Grundausstattung für Obdachlose zusammen.

Die Nacht war trotzdem das Allerletzte. Das Gegenteil von einem großartigen Abenteuer oder so. Ich komme darauf, weil ich Mitschüler in der Klasse habe, die nach den Ferien mit Vorliebe seitenlange Aufsätze darüber vorlegen, wie unbeschreiblich großartig sie irgendwelche im Freien verbrachten Nächte fanden, als ob das ganze Universum, der Boden unter und die Sterne über ihnen, sie umarmt hätte und sie eins damit geworden wären und so weiter und so fort. Nebenbei bemerkt: Es nervt wahnsinnig, wie die meisten Leute, wenn sie versuchen etwas Unbeschreibliches zu beschreiben, ausgerechnet die Vokabel »unbeschreiblich« bis zum Erbrechen wiederkäuen. Völlig idiotisch. Ich denke dann immer, wenn du es nicht beschreiben kannst, dann lass es doch einfach.

Na ja, so viel besser bin ich natürlich auch nicht, zugegeben. Denn wie war wohl meine erste Nacht unter freiem Himmel? Erraten: unbeschreiblich. Im Sinne von unbeschreiblich deprimierend.

Es fing damit an, dass ich die Schlange sah. Wir hatten uns in eine tiefe Mulde in den Dünen zurückgezogen und uns gerade herrlich den Bauch vollgeschlagen. Der Sand war noch warm von der Sonne des Tages, eine sanfte Brise brachte ein wenig Bewegung in die See, die tagsüber geruht hatte, und streifte durch das Dünengras. Ich mochte, wie die Halme kaum hörbar klirrten, wenn sie einander berührten, als wären sie aus ganz feinem Glas. Ich schlug Penny und Elias vor, noch einmal ans Wasser hinunterzugehen, während ich mit den geklauten Sachen unser Nachtlager vorbereitete. Ich muss sagen, die Schlafsäcke machten wirklich einen erstklassigen Eindruck. Sie dufteten sogar noch ein bisschen nach frischer Wäsche.

Ich verdrängte den Gedanken daran, dass jemand, der mir nichts getan hatte, heute Nacht meinetwegen frieren würde, ebenso wie die deprimierende Gewissheit, Johannes enttäuscht zu haben, und beobachtete, wie meine Geschwister unten am Wasser Möwen und Strandläufer aufscheuchten. Elias versuchte, sich anzuschleichen, doch die Vögel waren schlau und schnell. Die Gischt schäumte, ich sah, wie seine neuen Schuhe nass wurden, und beschloss, mich nicht zu ärgern.

Die Sonne war untergegangen, aber es war noch nicht richtig dunkel, bloß schummerig. Die Schlange war in etwa so dick wie mein Arm, rötlich braun und hatte ein Zickzackmuster auf dem Rücken. Wie lang sie war, konnte ich nicht sehen, es lugte nur ein Teil von ihr aus einem Erdloch hervor. Ein schönes Tier, die Musterung, die glatte Haut, jedoch das, was es tat, war hässlich: töten. Die Schlange verspeiste eine Maus. Um ganz genau zu sein: Sie hatte mit dem Verspeisen noch nicht angefangen, hielt das Tierchen, das ihr Abendessen darstellen sollte, lebendig im Maul und versuchte, sich damit in ihr Versteck zurückzuziehen. Dummerweise war der Eingang zu eng für sie und die Maus. Egal wie schräge sie den Kopf kantete, sie blieb immer hängen. Es hatte eine gewisse Komik, muss ich gestehen, obwohl es um Leben und Tod ging. Allerdings war es unerträglich mit anzuhören, wie die Maus in ihrer Panik fiepte, selbst wenn man, wie ich, Mäuse eigentlich nicht ausstehen kann.

Irgendwann war ich es leid und ergriff den Mäuseschwanz, um der Schlange ihre Beute streitig zu machen, was das Miststück mir natürlich übel nahm. Sie fauchte und zischte und zog noch heftiger. Ich gebe zu, ich dachte nicht eine Sekunde darüber nach, dass sie giftig sein könnte. Alles, was ich wollte, war die blöde Maus zu befreien.

Und das gelang mir ja auch. Die Schlange gab letztlich nach und verschwand in ihrem Loch, die Maus flitzte, ohne mich eines dankbaren Blickes zu würdigen, zurück in die Dünen, sobald ich sie losließ. Ich war ungefähr zehn Sekunden geradezu euphorisch, bis ich meine Heldentat infrage stellte und mich mies fühlte, weil ich – und das nach meinem eigenen Beutezug auf der Party –, um ein Tier zu retten, ein anderes um seine wohlverdiente Nahrung gebracht hatte.

Vielleicht hatte die Schlange seit Ewigkeiten nichts zu beißen gehabt und würde nun, zum Jagen zu geschwächt, in ihrem Versteck verenden. Möglicherweise war die Maus aber auch eine liebevolle Mäusemutter und besaß achtunddreißig Junge, die nun meinetwegen überleben würden. Gab es vielleicht zu viele Mäuse in den Dünen? Oder zu viele Schlangen? Hatte ich das natürliche Gleichgewicht gestört, weil ich mir angemaßt hatte, manipulierend einzugreifen?

Das war wohl etwas hoch gegriffen, doch eins war sicher: Was ich getan hatte, stand mir nicht zu, einer Diebin, die sich ihr Abendessen gleichermaßen zusammengeraubt hatte, wenn auch ohne Blutvergießen. Das machte mich dermaßen fertig, dass ich, wie so oft, wenn ich erst mal angefangen hatte, mich in Gedanken selbst runterzuputzen, alles infrage stellte. Auf einmal schien es mir völlig unmöglich, jemals das Richtige zu tun, weil jede Entscheidung, die man traf, auch unbedachte, schlimme Konsequenzen nach sich ziehen konnte und das Potenzial hatte, andere zu verletzen. Selbst wenn es nur um Schlangen und Mäuse ging.

Als Penny später von der Sache hörte, interessierte sie sich kein Stück für den gewaltigen Gewissenskonflikt, der sich dahinter verbarg, sondern geriet völlig in Panik wegen der dämlichen Schlange. Ich schwöre, sie war aus dem Stand hysterisch. Zwar wusste ich, dass Schlangen nicht gerade ihre Lieblingstiere waren, ich vermutete, sie hielt in etwa so viel von ihnen wie ich von Mäusen, doch offensichtlich handelte es sich bei ihr um eine ausgewachsene Phobie. Sie ließ sich das Aussehen der Schlange haarklein beschreiben und drehte erst recht durch, nachdem ich ihr den Gefallen getan hatte.

»Dann war es eine Kreuzotter.«

»Kann sein.«

»Die sind giftig. Weißt du das eigentlich?«

»Kann sein.«

»Kann sein, kann sein, bist du irre? Du hättest tot sein können.«

Auch ich hatte in der Schule die heimische Tierwelt durchgenommen (die in etwa dieselbe sein dürfte wie die dänische) – von einer tödlichen Giftschlange war keine Rede gewesen.

»Es war keine Kobra oder so. Allerhöchstens eine rotbraune dänische Dünenmamba«, witzelte ich.

Doch Penny war nicht nach Scherzen zumute. »Zeig mir deine Hand«, sagte sie.

Ich gehorchte. Natürlich wies sie keinerlei Bissspuren auf. »Beruhigt?«

Keineswegs. Sie beharrte: »Du hättest tot sein können.«

»Ach Quatsch. Jetzt reiß dich mal zusammen.«

Gerade als meine tapfere kleine Schwester meiner Anweisung Folge zu leisten schien, ihr Atem ging ruhiger, sie senkte den Blick, anstatt mich aus irren Augen anzustarren, nahm die Kreuzotter Rache und kroch gemächlich aus ihrem Versteck hervor (was sie zu so später Stunde vermutlich nicht getan hätte, wäre sie bereits satt gewesen). Die direkte Konfrontation mit dem Objekt ihrer Panik gab Penny den Rest.

Sie schrie wie am Spieß und wollte wegrennen, was sich schwierig gestaltete, weil sich ihre Füße tief im losen Dünensand eingruben und sie stürzte. Ihr Kreischen erreichte die Dezibel eines startenden Flugzeugmotors, und das ist keine Übertreibung, ich kenne mich zufällig mit der Geräuschkulisse startender Flugzeuge aus, weil ich früher als Kind gern am Ende der Startbahn von Tempelhof stand, als der Flughafen noch in Betrieb war. (Jetzt ist es ein riesiges freies Feld für alle, auch nicht übel, aber der Flughafen war spannender, und bis nach Tegel oder Lichtenhagen ist es nach der Schule für mich zu weit.)

Ich hätte meine Schwester festhalten sollen, als sie dabei war, sich aus dem Sand herauszuarbeiten, der immer wieder nachrutschte. Wie eine Trickfilmfigur kämpfte sie mit ausladenden, hektischen und völlig ineffizienten Bewegungen dagegen an und schaffte es auf wundersame Weise dennoch irgendwann.

Dann war sie plötzlich weg. Schneller als der Schall. Ihr Kreischen hing noch über unserem Lager, als sie schon außer Sichtweite war.

»Hinterher«, rief Elias und düste ebenfalls ab.

Ich ergriff meinen Rucksack und folgte den beiden, was blieb mir anderes übrig? Fast wäre ich noch über die verfluchte Schlange gestolpert. Das hätte mir den Rest gegeben.

Es dauerte eine Ewigkeit, meine Schwester einzufangen. Wahrscheinlich würden wir heute noch durch die Dünen rennen, hätte ihr Gekreische nicht ein Pärchen aufgeschreckt. Der Mann, ein extrem gelackter Bankertyp Ende zwanzig, stellte sich Penny in den Weg und hielt sie fest. Er sah aus wie jemand, der bei jeder Gelegenheit den Helden spielte und genau wusste, was für eine Figur er dabei machte. Eine ziemlich gute, versteht sich.

Als Elias und ich endlich eintrafen, tätschelte die Freundin des Helden unserer Schwester gerade ausgiebig den Rücken, was ich übertrieben fand. Sie war nicht ganz so attraktiv wie ihr Freund, aber auch hübsch. Beide sprachen mit sanften Stimmen beruhigend auf meine Schwester ein, als wäre sie fünf Jahre alt oder so.

»Alles gut«, sagten sie, »alles gut.«

Nichts war gut, aber das konnten sie natürlich nicht wissen. Meiner Meinung nach war Pennys Erschrecken über die Schlange nur ein Symptom, nicht die Krankheit an sich. Die Krankheit war alles andere, unsere Familie – oder das, was davon übrig war. Aber vielleicht lag ich auch falsch, schloss einfach von mir auf sie.

»Was ist denn passiert?«, fragte die Frau.

Penny heulte und hyperventilierte. In dem Zustand konnte sie unmöglich sprechen, das war offensichtlich.

»Gehört ihr zusammen?« Die Frage ging an mich.

Ich nickte.

»Was hat sie denn?«

»Nichts. Sie hat bloß eine Schlange gesehen.«

»O Gott, eine Kreuzotter?«, fragte die Frau idiotischerweise, worauf Pennys Heulen wieder lauter wurde. »Die sind echt supergefährlich. Wurde sie gebissen?«

»Nein, wurde sie nicht.«

»Ganz sicher?«

Ich nickte. Der Mann ließ endlich meine Schwester los, allerdings nur, um sie genauer unter die Lupe zu nehmen. »Bist du in Ordnung, Kleine?«, fragte er.

Sag Ja, beschwor ich Penny insgeheim.

»Ja«, sagte sie, aber es klang kläglich.

Damit wäre eigentlich alles erledigt gewesen, ich sprach dem Pärchen meinen Dank aus, doch sie wollten sich anscheinend unbedingt wichtigmachen. Es gibt solche Leute.

»Was treibt ihr denn so spät noch draußen?«, fragte die Frau, als ginge es sie etwas an. Wahrscheinlich plante sie schon ihre Familiengründung mit dem gelackten Typen, der eine Art geknackter Jackpot für sie war, und wollte bei der Gelegenheit direkt ihre Mütterlichkeit unter Beweis stellen.

»Wir schlafen draußen«, sagte Elias.

Das war dumm, aber das konnte er natürlich nicht wissen. Erwartungsgemäß wurden die beiden von da an richtig lästig, obwohl ich mir die allergrößte Mühe gab, sie loszuwerden.

»Wir haben nur Draußenschlafen *gespielt«,* korrigierte ich. »Aber jetzt müssen wir ganz schnell nach Hause. Unsere Eltern machen sich bestimmt schon Sorgen.«

Die Frau zog eine Grimasse, die wir zur Genüge kannten. Die Irritation eines Milchbrötchens darüber, dass wir alle drei aus demselben Teig gebacken sein sollten. Ich ahnte, wie sie darüber dachte, wenigstens verkniff sie sich politisch korrekt jeglichen Kommentar, sondern sagte bloß: »Das sollten sie auch. Wisst ihr, wie spät es ist?«

Ihr demonstrativer Blick auf die Uhr – ich hätte sie umbringen können.

»Wir haben die Zeit vergessen. Aber jetzt müssen wir.«

Doch sie ließen uns einfach nicht gehen. Der Beschützerinstinkt des Mannes war nun ebenfalls geweckt, und er bestand darauf, uns zu unserem Ferienhaus zu eskortieren, um uns direkt in die Obhut unserer Eltern zu übergeben, was mich fürchterlich ins Schwitzen brachte.

»Ich bin alt genug, auf meine Geschwister aufzupassen«, sagte ich und bereute, die Idee, mich als Katie auszugeben, völlig aus den Augen verloren zu haben. Ich wäre sogar in der Lage gewesen, den beiden neugierigen Idioten einen Ausweis vorzulegen. Stattdessen musste ich nun aus einer Kindposition heraus mit ihnen diskutieren. Ich gab den verwöhnten Teenager mit schlechten Manieren, Penny hatte sich endlich im Griff und machte mit.

Irgendwann hatten sie genug von uns. Am Ende einigten

wir uns darauf, gemeinsam aus den Dünen mit ihrem Wirrwarr aus Trampelpfaden ins Ferienhausgebiet zurückzukehren und von dort an getrennte Wege zu gehen. Lustigerweise kamen wir in der Nähe von Amor raus. Wie schon bei Nickis Frauchen deutete ich auf das Haus mit dem Volvo davor, als der Mann fragte, wo wir wohnten. Die Tommy-und-Annika-Eltern saßen wieder auf der Bank neben der Haustür und teilten sich eine Zeitung. Ich riskierte es, ihnen zuzuwinken. Die Frau winkte zurück. Erst in der Sekunde wurde mir bewusst, dass niemand von uns ihr ähnlich sah.

»Sie warten schon«, sagte ich.

»War ja klar«, ergänzte Penny.

Endlich waren wir unsere Aufpasser los. Als sie davongingen, hörte ich zu, wie sie sich unterhielten:

»Denen hätte ich gern ein paar Takte erzählt«, sagte der Mann.

»Lass doch, die beiden haben es schon schwer genug. Wahrscheinlich alles Pflegekinder. Für Adoption sind die zu alt.«

»Zum Kinderkriegen auch. Dann würde ich aber lieber verzichten, als mir vom Jugendamt irgendwelche Problemfälle andrehen zu lassen, die sonst keiner will. Die meisten sind ohnehin schon völlig verkorkst, wenn sie in Obhut genommen werden.«

Das sagte er ziemlich laut, obwohl er davon ausgehen musste, dass wir es hören konnten, vielleicht wollte er es sogar. Er und seine Freundin hatten es geschafft, in drei Sätzen nicht nur uns, sondern auch die beiden netten Leute vor dem Volvo-Haus zu beleidigen, dabei kannte er niemanden von uns. Ich wäre tausendmal lieber von den Tommy-und-

Annika-Eltern adoptiert worden, egal wie alt sie waren, als von einer jungen Trulla im besten gebärfähigen Alter, die nichts Besseres zu tun hat, als einem Mädchen, das ohnehin schon Panik vor Schlangen hat, Vorträge über die Gefährlichkeit von Kreuzottern zu halten. Von ihren lästigen Streichelattacken ganz zu schweigen. Sogar ihre Hinterköpfe sahen selbstgefällig aus, die Art wie sie die kleinen Finger ineinandergehakt hatten. Ich wünschte ihnen alles Kriechzeug dieses Landes auf den Hals.

Natürlich gelang es uns nicht, die Mulde mit den Schlafsäcken und den Isomatten wiederzufinden. Erstens war es mittlerweile fast dunkel, zweitens sahen die Dünen schon bei Tag überall gleich aus, der reinste Irrgarten, mit dem Meer als Fixpunkt. Ich war froh, wenigstens den Rucksack mitgenommen zu haben, gleichzeitig trauerte ich den Schlafsäcken so ausgiebig hinterher, dass es schon fast lächerlich war. Wie gesagt, sie waren erstklassig. Da ich sie nun selbst nicht mehr benutzen konnte, sondern sie einfach sinnlos in der Gegend herumlagen, eine Zuflucht allenfalls noch für Mäuse, taten mir ihre rechtmäßigen Besitzer leid. Natürlich war es auch um die Isomatten schade.

»Ich will sowieso nicht wieder dahin zurück, wo die Kreuzotter wohnt«, sagte Penny, was irrational war, denn man musste keine Leuchte in Biologie sein, um zu kapieren, dass überall ringsum noch mehr von ihnen lebten, schließlich gab es am Strand ja auch nicht nur eine Möwe.

»Einer von uns muss immer wach bleiben und aufpassen«, sagte Penny, als wir uns endlich für einen Lagerplatz entschieden hatten und uns in den Sand fallen ließen, der nun nicht mehr so ganz warm war. Aber es ging, vor allem, wenn man die hässlichen Windjacken als Unterlage benutzte. Ich gratulierte mir nachträglich zu der Entscheidung, unsere Einkäufe in meinem Rucksack zu verstauen, sowie zu der Geistesgegenwart, ihn vorhin mitgenommen zu haben. Ich war vielleicht nicht für vieles zu gebrauchen, aber das hatte ich immerhin auf die Reihe bekommen.

»Ich bin todmüde«, sagte Elias. »Ich bleibe nicht auf.« Anscheinend machte ihm die Vorstellung, im Freien zu schlafen, am wenigsten aus, obwohl er der Kleinste war.

Da ich ohnehin nicht davon ausging, schlafen zu können, versprach ich, bis zum Morgengrauen Wache zu halten, und sorgte dafür, dass die beiden ihre Jogginghosen und die Fleece-Pullis überzogen. Ich gab ihnen meine Jacke zum Zudecken und setzte mich ein wenig abseits auf eine leicht erhöhte Dünengrassode.

Was mir half, als ich irgendwann doch müde wurde: Das freie WLAN des Campingplatzes war stark genug, um Katies Handy auch in den Dünen mit Daten zu versorgen. Ich konnte der Versuchung nicht widerstehen, im Namen meiner Mutter Jens nun doch eine WhatsApp zu schicken. Jens kann unheimlich tröstliche Sachen sagen, wenn er will.

Ich schrieb:

Manchmal bin ich einfach irrsinnig allein.

Darauf Jens:

Bist du nicht. Ich bin ja da.

Die Wellen krachten gleichmäßig auf den Strand. Das Meer atmete und war hellwach wie ich, die Party war aus, die Möwen schliefen, die Mäuse schliefen, ihre Feinde, die Schlangen, und meine Geschwister auch. Ich lauschte ihren ruhigen Atemzügen, während ich tippte.

Das Licht des Leuchtturms und die Strahlkraft meines Displays boten der Dunkelheit die Stirn, und ich fühlte mich ein wenig besser, nicht toll, aber zuversichtlich genug, um ein wenig zu entspannen und am Ende doch noch wegzudämmern.

Nicht weitersagen.

ACHTUNDZWANZIG

»Es war von deiner Freundin die Rede, nicht von einem ganzen Kindergarten.«

»Sie muss auf ihre Geschwister aufpassen. Was kann sie dafür?«

»Warum hat sie dir nicht vorher gesagt, dass sie die halbe Sippe am Hacken hat?«

»Vielleicht wusste sie vorgestern noch nichts davon. Ihre Leute sind eben schwierig.«

»Ihre Leute? Und sie? Total unkompliziert wahrscheinlich, ist klar. Deshalb hat sie dich ja auch gestern Abend stehen lassen. Da stimmt doch was nicht. Überleg mal: Was sind denn das für Eltern, die ihre Kinder der großen Schwester aufs Auge drücken?«

»Keine Ahnung. Ist mir auch egal, ehrlich gesagt. Ich hab's ihr versprochen.«

»Ihr allein. Ehrlich, da stimmt was nicht. Das sind Assis. Sie soll die Kleinen nach Hause schicken.«

»Das wird sie nicht tun. Und ich will sie mit nach Norden nehmen. So ist es abgemacht, mein Wort gilt. Ich entscheide das jetzt einfach. Es ist schließlich nicht dein Wagen.«

»Deiner auch nicht.«

So ging es stundenlang. Es war wie bei Penny und mir, wir hielten auch Ewigkeiten durch, wenn es darum ging, sich die immergleichen Argumente an den Kopf zu knallen. Ich stand mit meinen Geschwistern auf dem Kite-Surfer-Parkplatz und wartete ab, während Johannes und sein Bruder stritten, nachdem der sich uns vorher ganz höflich per Handschlag vorgestellt hatte.

Er hieß Maximilian, hasste nach eigenem Bekunden die Abkürzung Max, ließ sich aber von Freunden Maxi nennen. Es sollte nicht wie eine Einladung klingen, das war unmissverständlich. Wir mochten uns auf Anhieb nicht. Maximilians Augen waren genauso interessant wie die seines jüngeren Bruders, dasselbe Grüngrau, die braunen Sprenkel, aber seine hatten einen kalten Glanz. Ähnlich war es mit der Stimme: gleiche Klanghöhe, andere Temperatur, nämlich zwanzig Grad kälter, was auch eine Masche sein konnte. Er war einfach stinkwütend, unsere Anwesenheit ein Störfaktor, den es zu beseitigen galt, was ja aus seiner Sicht grundsätzlich okay war. Ich wäre unter Garantie auch nicht begeistert gewesen, hätte Katie zu unserem ersten richtigen Familienurlaub irgendeine Eroberung angeschleppt. Ach, Katie. Sie hatte uns nicht enttäuscht, diesmal nicht. Und doch waren wir hier.

Ich fand es schräg, dass Maximilian uns gegenüber so wohlerzogen tat, nur um dann in Hörweite ausgiebig vom Leder zu ziehen. Dachte er, alle Assis seien automatisch schwerhörig, die von Natur aus minderwertigen Prekariats-Ohren zusätzlich geschädigt aufgrund der Dauerbeschallung durch Baller-Spiele, Proletengeschrei und Trash-TV? Ich garantiere: Unsere Sinne waren sämtlich in Ordnung, wir konnten sehen, fühlen, schmecken – und (Überraschung!) eben auch hören. Die zwei Haberkorns standen keine fünf Meter von uns entfernt. Maximilians kalte Stimme, Johannes' Wärme als Gegenpol. Ich merkte, wie ich ein beleidigtes Gesicht machte, und biss die Zähne zusammen, um es zu vertreiben und mich davon abzuhalten, irgendeinen betont asozialen Kommentar vom Stapel zu lassen. Stattdessen setzte ich mein süßestes Lächeln auf, ein unkompliziertes Mädchen, mit dem man jede Menge Spaß haben konnte.

»Komm lass uns ein paar Schritte gehen«, sagte Johannes zu seinem Bruder.

»Wohin?«

»Egal. Einfach gehen.«

Die Brüder entfernten sich ein Stück. Nun konnten wir sie nicht mehr verstehen, doch da wir ja schon wussten, was sie sich zu sagen hatten, machte das nichts. Johannes gestikulierte verärgert.

Schließlich kam noch Maximilians bester Freund hinzu und griff in den Streit ein, der Dritte im Bunde, ein spindeldürrer Lockenkopf. Er sah aus wie jemand, der in einer Band spielt. Auf wessen Seite er stand, war schwer zu beurteilen, jedenfalls war er es, der uns schließlich aufforderte, schon mal in den Bus zu steigen. Obwohl es mir gegen den Strich ging – ich war so vor den Kopf gestoßen, am liebsten hätte ich mir Penny und Elias geschnappt und wäre zu Fuß mindestens bis an den Nordpol und zurück gelaufen, um zu beweisen, dass wir niemanden brauchten –, zögerte ich keine Sekunde.

Wann hatte ich zuletzt auf meinen Stolz gehört? Es war jedenfalls so lange her, dass er nichts mehr mit mir zu tun haben wollte, ganz im Gegenteil, er prügelte noch auf mich ein, wenn ich schon längst am Boden lag. Stolz, du bist ein Arschloch. Sorry, das musste mal so direkt gesagt werden.

»Habt ihr kein Gepäck?«, fragte Johannes, als er einstieg.

»Nein.«

Ein weiteres Indiz zu unseren Ungunsten. Dass die Fahrt dennoch kein Fiasko wurde – zumindest nicht am Anfang –, verdankten wir in erster Linie Fabian, Maximilians bestem Freund. Er eroberte das Vertrauen meiner Geschwister im Nullkommanichts, einfach indem er das Wunder vollbrachte, sich für sie zu interessieren, ohne aufdringliche Fragen zu stellen und sich mit ihnen zu unterhalten wie mit ganz normalen Menschen.

Er war tatsächlich Mitglied einer Band, er spielte Gitarre und E-Bass, außerdem war er der Leadsänger der Independent-Gruppe, worauf er sich aber nichts einbildete. Er machte sich und seine Musikerkollegen sogar runter, als er von den Proben in einem nach Bier und Asche stinkenden Weltkriegsbunker erzählte, was uns natürlich umso neugieriger machte. Auf unser Drängen zückte er sein Handy und spielte uns ein paar Aufnahmen vor: ziemlich melancholisch.

Ich ließ mir Kopfhörer geben, um in Ruhe zuzuhören, die Gitarre ruhig und leise und glasklar, hoher Gesang, existenziell traurig, ich verliebte mich auf Anhieb in den ersten Song. Er berührte mich fast zu sehr, so ähnlich wie das Lied übers Fallen, das Johannes mir vor ein paar Tagen im Auto vorgespielt hatte. Das sagte ich natürlich nicht. Ich sagte überhaupt nichts, sondern kuschelte mich bei Johannes ein, der den Arm um mich legte, als wären wir bloß sehr gute Freunde und weiter nichts. Konnten wir vielleicht beides sein? Nach einer Weile gab ich die Kopfhörer zurück und schaute zu, wie Fabian Penny und Elias abwechselnd einige Akkorde auf der Gitarre beibrachte.

Es war ein unheimlich schöner Moment, Johannes und ich so nah beieinander, meine Geschwister in Sicherheit und mit etwas Tollem beschäftigt, Maximilian schweigend am Steuer. Ob er noch schmollte, wusste ich nicht, es war mir auch egal, die Stimmung im Bus war auch ohne sein Mitwirken unschlagbar. Einmal hielten wir unterwegs an, um Hotdogs zu essen. Wir waren eingeladen. Heimlich kaufte ich Bonbons und Lakritz für schlechtere Zeiten.

Am Ende sangen wir zu fünft »Hotel California«, ein altes Hippie-Lied, das ich kannte, weil Katie es gemocht hatte, natürlich sangen wir es irgendwie ironisch, um uns abzugrenzen. Niemand außer Fabian kannte den Text richtig, nur Stücke vom Refrain. Meine Lieblingszeile ging so: plenty of room in the Hotel California, what a nice surpise, bring your alibis. Ich musste lachen, weil es im Bus so eng war – von wegen plenty of room – und weil wir drei Geschwister kein Alibi für unsere Anwesenheit mitgebracht hatten.

Neunundzwanzig

Ich arbeitete an diesem Tag drei Leuchttürme ab. Den ersten präsentierte Johannes mir wie ein Geschenk, große Geste, breites Grinsen.

»Und?«

»Und was?«

»Ist der nicht klasse? Er heißt Bovbjerg Fyr«

»Total klasse.«

Das war er, allein der Farbe wegen. Ein kurzer runder Leuchtturm im wärmsten Rot, das man sich denken kann, unterbrochen nur durch einen Kranz aus grauen Bögen unterhalb der Kuppel, der wie ein steinerner Kragen aussah. Ganz oben über dem Laternenhäuschen, sozusagen als Mütze, kehrte das Rot zurück. Ein wirklich großartiges sympathisches Bauwerk, ein Turm zum Umarmen, flankiert von ebenfalls sympathischen, ebenfalls rot getünchten Nebengebäuden. Ich wünschte so sehr, es wäre Katies Turm, sie hätte ihn geliebt. Doch er war es nicht. Kein Zweifel.

»Nicht glücklich?«, fragte Johannes, als hätte er meine Gedanken gelesen.

Ich schüttelte den Kopf.

»Was fehlt?«

Wie sollte ich ihm das erklären?

»Es gibt eine Treppe.«

»Ich weiß.«

Ich hatte sie schon beim Aussteigen aus dem Bus gesehen: eine steile lange Holztreppe, die die Steilküste hinunterführte. Die Steilküste war übrigens auch das Problem beziehungsweise der untrügliche Beweis dafür, einmal mehr am falschen Ort zu stehen. Sie war gewaltig, das schon, normalerweise wäre ich wahrscheinlich staunend stehen geblieben und hätte dieses Wunder der Natur stundenlang auf mich wirken lassen, doch jetzt war ich einfach nur enttäuscht. Denn es gab keine Dünen ringsum, bloß Felder für Landwirtschaft. Der Wind stand so ungünstig, dass es nach Gülle roch, und natürlich liefen wieder überall Horden von Urlaubern umher. Katie und mein Vater, das wusste und das spürte ich, waren niemals hier gewesen.

»Können wir wieder fahren?«, fragte ich.

»Wir sind doch gerade erst angekommen. Der Zwischenstopp war ein ziemlicher Umweg, wie du vielleicht mitbekommen hast, jetzt lass uns wenigstens kurz hier frische Luft schnappen.«

»Ach, die schnappt doch bloß zurück«, sagte ich und atmete tief ein. »Ich möchte zum nächsten Turm. Geht das?«

Er zuckte die Schultern. »Alles, was du willst«, sagte er resigniert.

Aber dann machten wir doch noch einen langen Spaziergang unten am Wasser. Wir gingen barfuß. Schäumend brachen sich die Wellen am Strand, weiße Gischt züngelte über Steine und machte Jagd auf uns, zog sich zurück, sammelte sich erneut.

Wir beobachteten, wie Fabian meinen Geschwistern dabei half, sich an einem fest im Steilhang verankerten Stahlseil hochzuziehen, das Mutige anstelle der hölzernen Treppe benutzen konnten, um das Küstenplateau zu erklimmen. Irgendwann, so hoffte ich, würden wir mit meinem Vater hierher zurückkehren. Ich malte es mir aus, sein Staunen über Elias' und Pennys Courage und meine Fürsorglichkeit. Er würde stolz auf uns sein, dankbar für die Chance, seine Qualitäten als Mensch und als Vater unter Beweis zu stellen. Es wäre ihm völlig gleichgültig, dass er mit meinen Geschwistern nicht genetisch verwandt war. In meinen Gedanken wurde er immer großartiger. Der arme Mann, er ahnte ja noch nicht das Geringste von seinem Glück.

Die Hoffnung war wie eine Droge, von der man nie genug bekommen konnte. Meine Beschaffungskriminalität waren meine Lügen – und mein Schweigen. Mit Johannes sprach ich kein einziges Wort. Er fand sich damit ab, doch ich merkte, wie schwer es ihm fiel.

Wir fuhren, wann immer es ging, an der Küste entlang, die Nordsee zumeist hinter Dünen versteckt, Wasser bekamen wir trotzdem oft zu sehen, wegen der vielen Fjorde, die sich weit ins Landesinnere erstreckten, umgeben von hügeligen Feldern. Einmal mussten wir eine Fähre nehmen, um der Straße weiter folgen zu können. Dort gabelte Maximilian – ich konnte schwören aus reinem Trotz – einen weiteren Passagier auf, eine Tramperin aus Deutschland, die Imme hieß, einen riesigen Rucksack dabeihatte und auf jedes Stichwort, jede kurze Frage, die man ihr aus reiner Höflichkeit stellte, einen Roman als Antwort parat hatte. Ihre Frisur, Dreadlocks, eingeflochtene Glasperlen, rasierte Seitenpartie, machte auf Fabian sichtlich Eindruck, und meine Geschwister und ich waren abgeschrieben. Missmutig lauschten wir Immes Gequassel und Fabians Bandgeschichten. Beim zweiten Anhören innerhalb weniger Stunden sank ihr Coolnessfaktor erheblich, das muss ich zugeben. Möglicherweise war er doch ein kleines bisschen eingebildet. Außerdem war es jetzt wirklich ziemlich eng im Campingbus. Die gute Laune war also, was uns betraf, komplett verflogen.

»Und ihr so?«, wandte sich die Tramperin völlig unvermittelt an mich.

Vor Schreck wurde mir knallheiß.

»Wie wir?«

»Was macht ihr hier? Kitest du auch?«

Ich schüttelte den Kopf. Wie so oft fiel mir auf die Schnelle einfach nichts Passendes ein.

»Mika ist eine Leuchtturmtesterin in geheimer Mission«, sagte Johannes. Es klang ebenso gehässig wie bewundernd – und unendlich traurig, was mir einen Stich versetzte.

»Echt? Leuchtturmtesterin? Wie genial ist das denn? Für einen Travelguide oder wie? Wieso geheim?«

»Auf jeden Fall geht es irgendwie um den Zusammenhang zwischen Leuchttürmen und Strandtreppen. So viel habe ich inzwischen herausgefunden. Ob sie für die Regierung unterwegs ist oder für den Geheimdienst, keiner weiß es genau.«

»Es hängt mit der NASA zusammen«, nahm ich den Faden auf. »Aber nicht weitersagen.«

»Meine Lippen sind versiegelt«, antwortete Johannes und grinste, aber er konnte seine Niedergeschlagenheit damit nicht wirklich verbergen. Jedenfalls nicht vor mir. Schließlich war ich der Grund.

Imme blickte verwirrt aus der Wäsche und sagte für mindestens zwei Minuten überhaupt nichts mehr, für sie wahrscheinlich eine unfassbar lange Zeitspanne des Schweigens. Dann hatte sie sich erholt und nahm, als wäre sie aus einem seltsamen Traum erwacht, ihre Unterhaltung mit Fabian wieder auf, und ich hauchte Johannes ein Dankeschön ins Ohr, weil er mir erneut aus der Patsche geholfen hatte. Er drehte den Kopf zur Seite und gab keine Antwort. Ich fühlte mich hundeelend.

Der nächste Leuchtturm entlang der Westküste stand merkwürdigerweise weit landeinwärts in einem Wald, sodass er als Kandidat von vornherein ausschied. Ich sah es auf dem Display des Navis, das Maximilian eingeschaltet hatte, um einen Campingplatz in einem Ort namens Klitmøller ausfindig zu machen. Angeblich ein weltberühmter Treffpunkt für Surfer und Kiter.

»Lodbjerg können wir uns schenken«, sagte ich. »Aber vielleicht ist heute noch ein kurzer Abstecher nach Hanstholm drin? Was meint ihr.«

»Das ist weiter, als wir heute eigentlich fahren wollen«, sagte Maximilian.

War ja klar.

»Aber nicht viel, wenn ich das richtig sehe. Es wäre wirklich nur ein kleiner Umweg.«

»Schon der zweite heute. Alles deinetwegen. Was haben wir davon?«

»Also, ich würde mir den Leuchtturm dort auch gern ansehen, falls das jemanden interessiert«, sagte Imme und tippte etwas in ihr Smartphone. »Sein Licht gehört zu den hellsten der Welt, steht hier. Ich liebe Leuchttürme.«

»Ich irgendwie auch«, sagte Fabian. Hätte sie gesagt, sie stünde auf Fußnägelschneiden, hätte er wahrscheinlich genauso enthusiastisch zugestimmt.

»Ich auch«, sagte Penny leise.

»Und Mama«, sagte Elias am leisesten.

Wieder mal brach er mir das Herz. Inzwischen bestand es nur noch aus Scherben, die mehr schlecht als recht aneinanderklebten. Irgendwann würde ich eine Transplantation brauchen, wenn es so weiterging.

Wir fuhren also nach Hanstholm, wo wir entgegen meiner Hoffnung schon wieder auf einen Steilküstenleuchtturm stießen, der genau wie der Bovbjerg Fyr bereits durch seine geografische Lage hoch über dem Meeresspiegel Reichweite besaß und daher selbst nicht besonders hoch gebaut sein musste. Er hatte etwas Trotziges an sich und war, anders als Katies Turm, eher hässlich, wie ich fand: weiße Fassade, gelbe Nebengebäude, wer auch immer sich das ausgedacht hatte. Vielleicht lag es auch nur an meiner Stimmung. Seit Imme in den Campingbus gestiegen war, fühlte ich mich pessimistischer denn je. Natürlich hatte es nicht direkt etwas mit ihr zu tun, ihre geschwätzige Unbekümmertheit war lediglich der Auslöser.

Als wir ausstiegen, war die Luft merklich kälter als weiter im Süden, eine steife Brise heulte über das Kliff, brach sich wütend an den Kanten des achteckigen Gebäudes. Ja, achteckig. Ich hätte vorher auch nie für möglich gehalten, dass es so viele Leuchttürme gibt, die nicht rund sind, aber so ist es nun mal. Da ich mich aus unerfindlichen Gründen an Johannes' brillante Idee klammerte, mich vor den anderen als Leuchtturmtesterin auszugeben (als ob irgendjemand daran glauben würde), tat ich überaus interessiert.

Zumindest so lange, bis Elias, auf der Suche nach einem weiteren Kletterseil, in Richtung Abbruchkante flitzte und ich gezwungen war, ihn einzufangen. Er konnte unheimlich schnell sein, wenn er wollte. Zum Glück war Johannes sofort zur Stelle und half mir. Um genau zu sein: Er war derjenige, der meinen kleinen Bruder gerade noch erwischte, bevor er sich ernsthaft in Gefahr bringen konnte. Elias tobte und schrie, verpasste Johannes mit seinen Fingernägeln ein paar ordentliche Kratzer am Oberarm. Doch der ließ nicht los.

»Ich hab ihn.«

»Kannst du ihn halten?«

»Klar.«

Elias' Tobsuchtsanfall dauerte eine Ewigkeit, und es war offensichtlich für mich, dass nicht in erster Linie der Frust über die entgangene Kletterpartie schuld war. Er tat mir unendlich leid. Seit Tagen verhielt er sich tadellos brav, er war wahrscheinlich folgsamer als jemals zuvor in seinem kurzen wilden Leben, doch jetzt war, während mein Scherbenherz hämmerte wie verrückt, einfach sein Geduldsfaden gerissen. Er vermisste seine Mutter und verstand die Welt nicht mehr. Allzu oft würde es mir nicht mehr gelingen, ihn mit irgendwelchen Süßigkeiten aufzumuntern. Doch vorläufig hatte ich Gott sei Dank noch mal Glück und landete einen Treffer mit meinen Lakritzstangen.

Wir setzten uns auf eine Bank. Plötzlich hatte sich der Sommer in einen frühen Herbst verwandelt, was vor allem am Wind lag, der salzig und kühl über das Meer hereingeweht kam. Ich bildete mir sogar ein, dass er nach Eis und Schnee roch. Obwohl ich den neuen Fleecepulli und die hässliche Windjacke trug, war mir kalt, auch mein Bruder machte einen verfrorenen Eindruck, aber er beklagte sich nicht, sondern widmete sich still seinen Süßigkeiten.

»Wieso habt ihr eigentlich kein Gepäck dabei?«, fragte Johannes unvermittelt.

Bevor ich reagieren konnte, antwortete Elias: »Wir hatten welches, aber das ist in der Alditüte geblieben. Und der Rest bei Amor.«

»Alditüte?«

Johannes musste lachen, als mein kleiner Bruder ihm erklärte, was es damit auf sich hatte. »Und wer ist dann Amor?«

»So hieß unser Ferienhaus in Blåvand«, sagte ich.

Johannes holte tief Luft. »Ihr seid abgehauen, oder?«

»Wir spielen ein Spiel«, sagte Elias. »Aber es macht keinen Spaß mehr.«

»Oh, das ist schade. Und wie geht das, euer Spiel?«

»Elias, iss dein Lakritz und halt die Klappe. Johannes, bitte hör auf, meinen Bruder auszufragen. Das ist unfair.«

»Du sagst mir ja nichts. Ist das etwa fair?«

»Ich will dich nicht mit reinziehen. Das ist alles.«

Doch das hatte ich längst, wir wussten es beide. Was konnte, was wollte ich ihm sagen? Die halbe Wahrheit, die ganze? Es gab keine Lüge, die ausreichte, um das Ausmaß unserer Probleme auch nur ansatzweise zu verschleiern, zumindest reichte meine Intelligenz nicht aus, um mir eine aus den Fingern zu saugen.

Ich dachte an abstruse Geschichten von einer drohenden Abschiebung (immerhin war Elias halber Afrikaner).

Ich dachte an Ausflüchte über Stiefvätergewalt.

Ich dachte an die Wahrheit.

Unendlich gern hätte ich Johannes in diesem einen Herbstmoment die Wahrheit gesagt, das schwöre ich, doch ich bekam kein Wort über die Lippen. Während Johannes wartete, dass ich ihn in mein Geheimnis einweihte (anstatt ihn weiter mit kryptischen Andeutungen übers Sterben und Zurückbleiben abzuspeisen), hatte ich keinen anderen

Wunsch, als gehalten zu werden. Ich wünschte mir, Johannes würde mich einfach nur in den Arm nehmen, mich halten, wie er eben gerade noch meinen Bruder gehalten hatte, Elias, der selbst noch keinen Schimmer hatte, was mit Katie geschehen war. Der immer noch an ein Spiel glaubte, so unerschütterlich war das Vertrauen, das er in mich setzte.

Zu behaupten, ich hätte aus Rücksicht auf meinen ahnungslosen Bruder geschwiegen, wäre eine Ausrede. Die traurige Wahrheit lautet: Ich war einfach zu verstockt, alles Vererbung, fürchte ich, Katie war genauso. Ich weiß noch, wie sie, wenn sie betrunken war, immer davon redete, sich mit ihrer Mutter zu versöhnen. Obwohl sie im nüchternen Zustand kein gutes Haar an ihr ließ, wünschte sie sich insgeheim, dass sie besser miteinander auskämen. Als meine Oma schon ziemlich hinüber war, hielt sie stundenlang an ihrem Bett Wache – aber gesagt hat sie so gut wie nichts. Das habe ich selbst gehört, oder besser: nicht gehört. Keine Aussprache, kein »Ich liebe dich«, nichts dergleichen. Ihre ganze verdammte Unterhaltung beschränkte sich auf Fragen: Hast du Hunger? Hast du Durst? Liegst du auch bequem? Was meine Oma bejahte.

So bin ich auch. Ich kämpfe dagegen an, aber ich kann nichts versprechen. Wer kann schon aus seiner idiotischen Haut? Die Gene, die Erziehung, irgendwie ist man machtlos gegen das alles. Es ist, als würde man seine Haare beschwören, künftig doch bitte zwei Nuancen blonder aus den Wurzeln zu wachsen. Man kann sie färben, das schon. Aber es ändert nichts an den Fakten. Sie wachsen, wie sie wachsen wollen. Falls irgendjemand versteht, was ich meine.

Ich sagte also nichts, während Johannes mich nicht hielt

und Elias frierend an seiner Lakritzstange saugte, und irgendwann waren die anderen wieder da und überredeten uns zu einer Leuchtturmbesteigung, was leicht war, weil ich ja immer noch versuchte, nicht aus der Rolle zu fallen. Es war extrem deprimierend.

Vom Turm muss ich extra erzählen, denn, was ich da oben erlebte, schwebt in meiner Erinnerung außerhalb von Raum und Zeit, ein unvergesslicher Moment, den ich letztlich Immes vorlauter Art verdankte. Dreist wie sie war, erzählte sie den Leuten am Einlass, dass wir für einen Online-Travelguide unterwegs wären, und obwohl sie keinerlei Beweise für diese Behauptung vorlegen konnte, bekamen wir daraufhin die Erlaubnis, bis zum Leuchtfeuer aufzusteigen, dorthin, wo normale Besucher keinen Zutritt hatten. Mir war schleierhaft, wieso sie ausgerechnet uns dieses Privileg gewährten. Vielleicht hatte der hünenhafte Däne, der uns begleitete, einfach selbst Lust, unser kindliches Staunen über das Wunderwerk zu genießen.

Und wie wir staunten. Es war, als würden wir in eine Raumkapsel aus Glas, Licht und Metall hineingesogen und schwebten langsam, aber unaufhörlich mit ihr hinaus in ein tiefblaues neu erschaffenes Universum, das heller und fröhlicher war als das alte, verbrauchte mit all seinen Ärgernissen. Langsam drehte sich das Prisma, das seine Strahlen nicht nur über das Meer schickte, sondern auch mit ihnen spielte, ihnen alle Farben des Regenbogens entlockte. An allen möglichen Stellen tauchten sie aus dem Nichts auf, um ebenso unerwartet wieder zu verschwinden. Man konnte besoffen davon werden – oder high.

Es war die perfekte Gelegenheit, sich zu küssen, und Johannes war jemand, der schon aus weniger perfekten Gelegenheiten das Beste herauszuholen wusste. Diesmal übertraf er sich selbst.

Ich war so glücklich, dass ich mir selbst das Versprechen gab, noch in dieser Nacht endlich mein Schweigen zu brechen. Diesmal würde ich nicht kneifen.

Draußen toste das Meer und war doch freundlich, lediglich das Heulen des Windes hatte eine spöttische Attitüde, als wüssten die Elemente von vornherein alles besser.

Wissen sie?

Ich fürchte ja.

Als wir wieder im Auto saßen, räusperte sich Johannes ungefähr dreihundert Mal, bevor er mir etwas mitteilte, das ihm offensichtlich auf den Nägeln brannte.

»Hör mal, Mika, ich muss dir was sagen.«

»Was denn?« Ich ahnte nichts Böses.

»Es ist kompliziert.«

»Sag es einfach.«

Wieder dieses Räuspern. »Alles. Das mit uns. Ich will dich unbedingt wiedersehen.«

»Du siehst mich doch die ganze Zeit.«

»Ja, aber ich sehe leider auch deine Geschwister die ganze Zeit. Sie sind noch so verdammt klein. Also natürlich nicht Penny, die ist ja so mittel, aber Elias. Elias ist winzig. Er gehört einfach nicht in einen Campingbus mit Leuten wie uns, die, na ja, einfach nur Spaß haben wollen, weißt du, was ich meine? Ich meine, wir sind keine Kindergärtner oder so. Maxi findet, und ich sehe das letztlich auch so, dass es am besten wäre, wenn wir nicht in dieser Konstellation weiterreisen.«

»Sondern?«

»Wir dachten, ich dachte, wir könnten euch morgen am Bahnhof in Thisted rauslassen. Vielleicht wollt ihr ja mit dem Zug weiterreisen.«

»Klar. Ich liebe Bahnfahrten. Züge sind mein Ein und Alles.«

»Echt? Nein, sag nichts. Ich hab's schon kapiert. Aber mal im Ernst, was auch immer bei euch in der Familie los ist – du willst es mir ja nicht sagen –, du musst das klären. Du kannst nicht allein für Penny und Elias sorgen. Ich weiß, dass du ihr Bestes willst, aber ich glaube, du hast dich irgendwie verrannt. Falls ihr wirklich mit der Bahn fahren wollt: Ich kann euch gern Geld für die Tickets geben. Und auch sonst.«

»Nicht nötig, wir haben von Haus aus Geld wie Heu.«

»Okay.«

»Okay.«

»Ich könnte auch mit euch kommen.«

»Nicht nötig.«

»Ich wusste, dass du das sagen würdest.«

Eben hatte er mich geküsst, jetzt versetzte er mir ohne Vorwarnung einen Tritt in den Hintern. Musste ich das verstehen? Hatte ich vielleicht Mundgeruch oder hatte er meine Zunge in den falschen Hals bekommen? Es war zum Totlachen, wenn es nicht so traurig gewesen wäre. Zu kompliziert, aha. Wie war das mit den niedlichen Mädchen? Doch eher deine Kragenweite, Johnny H.? Kuschen vorm großen Bruder, wie feige war das denn bitte? Blöde Pussy.

Logisch war ich stocksauer. Ich bin nicht stolz auf das, was ich daraufhin (wegen meiner Wut und weil wir fast pleite waren) getan habe, aber ich kann es nicht mehr ändern. Ich kann nicht mal mit Sicherheit versprechen, dass ich in einer ähnlichen Lage nicht wieder das Gleiche tun würde, denn wie gesagt, ich bin eben ich. Katies Kind. Nicht halb vernünftig, wie ich mir immer vorgemacht habe.

Gegen das Gesetz, Baby Blue?

Augen auf und durch.

DREISSIG

In Maximilians Brieftasche befanden sich dreihundertvierzig Euro, Johannes hatte nur hundertdreiundzwanzig Euro bei sich. Ich nahm alles, restlos, bis auf das Kleingeld. Die beiden Brüder waren definitiv keine armen Schlucker, und ihre unfreiwillige Spende für einen guten Zweck würde ihnen mit Sicherheit keinen nennenswerten Schaden zufügen, sie hatten schließlich noch ihr Plastikgeld – Kreditkarten, Eurocards – und waren via Smartphone direkt mit ihren Girokonten und weiß der Teufel wie vielen anderen munter sprudelnden Geldquellen verbunden. Schon klar, ich rede mich raus, geklaut ist geklaut, und ich habe schließlich selbst die Maxime aufgestellt, dass Geld klauen etwas anderes ist, als irgendwelche Gegenstände des täglichen Bedarfs oder Nahrungsmittel mitgehen zu lassen. Jetzt war es also so weit, so tief war ich gesunken. Ich brach nicht nur allgemeingültige Gesetze, sondern auch meine eigenen.

Zu meiner Ehrenrettung bleibt zu sagen: Nach Immes Portemonnaie suchte ich gar nicht erst, zu groß war die Wahrscheinlichkeit, dass sie selbst nichts hatte, außer vielleicht einem Notgroschen, irgendein klein zusammengefalteter Schein in einem Extrafach, den ich niemals angerührt hätte, das schwöre ich. Auch um Fabians Sachen machte ich einen Bogen, wegen des Temperatursturzes stibitzte ich allerdings noch einen Schlafsack – mal wieder. Diesmal hatte ich vor ihn zu hüten wie meinen Augapfel. Ich verstaute alles sicher in meinem Rucksack, bevor ich Penny und Elias vom Spielplatz zurückpfiff, froh, dass ich sie nicht zu Komplizen hatte machen müssen.

Rein handwerklich betrachtet war es übrigens Kinderkram, all die Diebstähle zu begehen. Da die Haberkorn-Brüder mich und meine Geschwister anscheinend für die größten Proleten unter der Sonne hielten (hätten sie uns sonst so dringend loswerden wollen?), sollte man meinen, sie wären ein wenig auf der Hut gewesen, aber davon konnte keine Rede sein. Sie ließen ihr gesamtes Zeug einfach so im Bus herumliegen, während sie das Vorzelt aufbauten, quasi als Einladung. War es da nicht logisch, die Gelegenheit zu ergreifen? Also schickte ich Penny und Elias zum Spielen und griff zu.

Das alles geschah in Klitmøller, wo wir wie geplant auf dem Campingplatz eingecheckt hatten. Nachdem unser Rausschmiss beschlossene Sache war, fand ich es unvorstellbar, eine Nacht mit Johannes und den anderen zu verbringen, als wären wir alle die besten Freunde.

So schrecklich es klingt, die Tatsache, dass sie uns abserviert hatten, gab mir meiner Meinung nach das Recht, sie auszurauben, anstatt einfach die von Johannes in Aussicht gestellten Almosen anzunehmen, was demütigend gewesen wäre. Natürlich war ich im Unrecht, das muss mir niemand erklären. Ein nicht unbedeutender Teil von mir wusste die ganze Zeit Bescheid und piesackte mich für den Rest der Reise und darüber hinaus.

»Wo wollt ihr denn hin«, rief Fabian uns nach, als wir uns nach meinem Beutezug davonmachten, und zwar ohne jede

Heimlichkeit, wir gingen einfach nebeneinander her wie schon so oft in diesem Sommer, Schritt für Schritt.

Ich hob die Hand und winkte.

»Weg«, rief ich. »Weit weg.«

Sonst nichts.

Anfangs habe ich keinen Gedanken daran verschwendet, dass sie uns anzeigen könnten. Angesichts unseres plötzlichen Reichtums – nie zuvor hatte ich so viel Bargeld in der Tasche gehabt – steuerte ich schnurstracks das nächstbeste Hotel an. Schwer zu sagen, was mich ritt, manchmal habe ich einfach bekloppte Ideen. Wahrscheinlich war es meine eigene Müdigkeit in Kombination mit dem Anblick des Hotels. Es war wirklich einladend mit seiner blendend weißen Fassade und den Sprossenfenstern.

An der Rezeption erntete ich misstrauische Blicke und ein Kopfschütteln, das wenig Bedauern erkennen ließ. Man sei bis spät in den Herbst ausgebucht.

»Come back in November«, sagte der Typ, der sich wahrscheinlich für irrsinnig überqualifiziert hielt und mich wegen seines Polohemds und seines distanzierten Lächelns an den umwerfenden Snob erinnerte. Eine Erinnerung, auf die ich gut und gern verzichtet hätte.

»Maybe I will«, antwortete ich großspurig.

»Was hat er gesagt?«, fragte Elias.

»Dass wir uns zum Teufel scheren sollen, sonst macht er Konfetti aus uns und unserer Kohle.«

»Hat er das wirklich gesagt?«

»Nein«, sagte Penny. »Aber er hat es gemeint. Ich wusste übrigens gar nicht, dass wir neuerdings wieder flüssig sind, Mika.«

»Jetzt weißt du es.«

»Ist doch praktisch.«

»Ja, finde ich auch.«

Sie lächelte mich wissend an.

Ich blickte finster zurück.

Zum Hotel gehörte ein Fischrestaurant. Es war proppevoll und wirkte extrem gemütlich, dunkles Holz überall, Bilder von Schiffen und allerlei Deko-Zeug, das irgendwie mit Seefahrt und Fischfang zu tun hatte. Was noch viel besser war: Die Speisen auf den Tellern der Gäste dufteten verführerisch.

Fisch war gesund, oder? Ich hatte meinen Geschwistern seit Tagen nichts Gesundes vorgesetzt. Ich fand einfach, es sei eine glänzende Idee, dort einzukehren. Wir würden speisen wie die Könige.

Obwohl es nicht gerade todschick war (keine weißen Leinentischdecken, keine siebenarmigen Kerzenleuchter oder so was in der Art), besaß das Restaurant genau wie das Hotel eine eigene Rezeption, ein Stehtisch mit Leselampe, an dem uns eine junge Dänin in ihrer Muttersprache begrüßte, bevor sie sich, falls ich es richtig verstanden habe, nach unserer Reservierung erkundigte, vor sich ein todschicker Füller und ein schweres Buch, in Leder gebunden, mit handschriftlichen Eintragungen. Die Frau trug einen eleganten schwarzen Hosenanzug und hatte das weißblonde Haar zu einem strengen Pferdeschwanz gebunden. Ihre Schönheit machte mich verlegen, doch im Gegensatz zu ihrem arroganten Hotelkollegen hatte sie tatsächlich Klasse und war von Anfang an freundlich zu uns, egal wie verlottert wir im Vergleich zu ihr waren. Unseren Zustand schien sie überhaupt nicht zu bemerken oder er interessierte sie null.

Auch wenn sie höchstwahrscheinlich Deutsch sprach, wie

die meisten Dänen, denen wir begegnet waren, entschied ich mich für Englisch. Es kam mir weltläufiger vor, ging mir, seit wir hier waren, erstaunlich leicht über die Lippen, und ich hoffte inständig, es möge der Empfangsdame dabei helfen, eine Erwachsene in mir zu sehen. Außerdem wollte ich, dass sie mich mochte, keine Ahnung warum. Ich schwöre, sie hatte etwas Glamouröses wie ein Filmstar. Vielleicht wollte ich einfach sein wie sie.

Ich erklärte, wir hätten keine Reservierung, wären aber sehr hungrig. Und dass wir in Euro zahlen müssen.

»I am sorry«, sagte ich.

Ihre Antwort war eine Wucht: »No problem. I'll find you guys a nice table.«

Habe ich schon erwähnt, wie sehr ich Leute mag, die »No problem« sagen (und das auch so meinen)? So etwas bekommen Assis wie ich nicht so oft zu hören.

Es dauerte keine fünf Minuten, bis sie uns zu einem Tisch führte, ihr wippender Pferdeschwanz eine Aufforderung zum Fröhlichsein.

Und das waren wir. Es ging erstaunlich leicht. Inzwischen waren wir anscheinend Meister darin, alles auszublenden, was einen schönen Moment zerstören konnte. Der Tisch war zwar nicht ganz so »nice« wie versprochen, weil er klein war, eigentlich zu klein für das Ausmaß unseres Hungers, und ziemlich nah bei den Toiletten stand, die sich wiederum in der Nähe des Tresens befanden, wo ständig die Kellner mit den Getränken vorbeihuschten, aber er hatte den Vorteil, dass wir inmitten des geschäftigen Treibens nicht sonderlich auffielen. Das war gut so, denn wenn ich ehrlich bin, waren wir nicht nur im Vergleich zur Empfangsdame ziemlich verwahrlost, sondern ganz allgemein.

Ich meine, wir hatten die letzte Nacht in den Dünen geschlafen. Meine Geschwister trugen Jogginghosen, ich eine Jeans, die vor Dreck wahrscheinlich längst von allein stand, einen Versuch wäre es jedenfalls wert gewesen. Muss ich noch mehr erklären?

Zum Glück waren die anderen Gäste auch nicht gerade wie für eine Hochzeit gekleidet. Es waren jede Menge ältere Surfer mit ihren Familien da, zu erkennen an ihren ausgeblichenen Haaren und den wettergegerbten Gesichtern, und die tragen nun mal gern ihren lässig bunten Schlabberlook, insofern passten wir halbwegs dazu.

Außer vielleicht, was unsere Gier betrifft. Wir waren definitiv gieriger als alle anderen. Dazu muss man wissen, dass das Essen in diesem Restaurant aus einem gigantischen Fisch-Buffet bestand, es gab keine Menükarte oder so. Pro Person zahlte man fünfundzwanzig Euro, Kinder unter zwölf zehn, Getränke gingen extra. Ich bestellte frisch gepressten Orangensaft und Cola für alle – es sollte ja gesund zugehen und eine Party sein. Insgesamt muss ich sagen, dass wir die siebzig Euro dicke rausbekamen, was das Preis-Leistungsverhältnis betrifft.

Wir stürmten also das Buffet wie eine Horde ausgehungerter Wölfe. Ich weiß nicht, ob unser Benehmen irgendjemandem unangenehm auffiel (vermutlich war es so), aber wir waren angesichts der Fülle und der Präsentation der Speisen irgendwie entfesselt. Es gab einfach unfassbar viel und alles sah perfekt aus. Wie ein Gemälde aus Essen. Tausend Sorten Fisch, warm und kalt, eingelegt, geröstet, Scampi, Salate und Dressings, Kartoffelgratin, ich weiß nicht mehr, was noch alles. Wir türmten die Leckereien auf unsere Teller, aßen, alberten herum und gingen wieder zum Buffet.

Nach dem dritten Durchgang fiel Elias ein, dass er eigentlich überhaupt keinen Fisch mag, weshalb er beschloss, sich fortan den Nachspeisen zu widmen. Das war ungefähr der Augenblick, in dem mein Verstand sich zurückmeldete, und zwar in Form der berechtigten Sorge, das viele schnelle Essen könne jemandem von uns, am ehesten ihm, auf den Magen schlagen.

»Nur einmal Nachtisch«, sagte ich, den Große-Schwester-Befehlston anschlagend, den ich in der Zwischenzeit kein Stück an mir vermisst hatte.

Elias schob die Unterlippe vor. »Wieso das denn? Es gibt aber drei Sorten Pudding. Und Rote Grütze.«

»Dann nimm einen Löffel von jeder Sorte. Aber nur ein Schüsselchen. Und keine Grütze.«

»Lass ihn doch«, sagte Penny.

»Nein, ihm wird bloß schlecht.«

»Na und? Dann kotzt er eben. Mir ist jetzt schon ein bisschen schlecht, und ich esse trotzdem noch mindestens fünf Schüsseln Nachtisch, dafür steht er ja da. Basta.«

»Ich auch«, sagte Elias.

In gewisser Weise hatte Penny recht. Nach allem, was bereits hinter uns lag, erschien die Gefahr einer Übelkeit ungefähr so bedrohlich wie eine vorgehaltene Wasserpistole. Andererseits wollte ich, dass die ganzen gesunden Vitamine, die meine Geschwister jetzt intus hatten, ihren Abwehrkräften auch zugute kamen, anstatt gleich wieder halbverdaut im Abfluss zu landen.

Ich linste zum Buffet. Der Schokoladenpudding hatte eine Sahneverzierung, die einfach göttlich aussah. Die Kellner sorgten immer wieder für Nachschub, sodass die kunstvolle Optik den ganzen Abend lang erhalten blieb.

»Macht, was ihr wollt«, sagte ich und stand auf, um mich nach Herzenslust zu bedienen.

Genau das machten Penny und Elias dann natürlich auch. Wir waren hemmungslos.

Während wir uns mit Süßkram vollstopften, redeten wir über zu Hause. Da wir uns nur die lustigen Erinnerungen erzählten, klang es, als wäre unser Leben in Berlin der Himmel auf Erden gewesen. Die Kaulquappen, die wir auf dem Balkon aufgezogen hatten. Selbst gebastelte Girlanden aus Sperrmüll zu den Geburtstagen. Der Sommer, in dem ein Freund von einem Freund das Schlagzeug in unserem Wohnzimmer aufbaute und wir darauf herumhämmerten, bis die Hausverwaltung Sturm lief.

Was fies war: Mit der Übelkeit war es am Ende genau wie mit dem Sonnenbrand – meine Geschwister blieben verschont, ich nicht.

EINUNDDREISSIG

Eine neue Nacht im Landeanflug über der See. Wieder hatten wir keinen Platz zum Schlafen. Allmählich fing unsere Heimatlosigkeit an, mir fürchterlich auf die Nerven zu gehen. Nach den ganzen rührseligen Geschichten von früher sehnte ich mich zurück nach Berlin. Auch ins Haus Amor wäre ich selbstverständlich gern zurückgekehrt, die Idee von einem unabhängigen Leben ganz ohne Erwachsene hatte ich mir noch nicht völlig aus dem Kopf geschlagen.

Erst mal erkundeten wir Klitmøller, ein seltsam verblichenes Nest, in dem sich augenscheinlich alles um Surfen oder Fischfang drehte. Windgepeitschte See, zugige Straßenecken. Wir ließen uns treiben, entdeckten eine Bushaltestelle (keine Abfahrt bis morgen früh) und schließlich einen Spielplatz am Strand. Elias machte große Augen. Wie die meisten Kinder in seinem Alter konnte er der Versuchung nicht widerstehen und rannte darauf zu.

Um diese Zeit war nichts mehr los. Es gab ein spektakuläres Kletternetz, das Elias einen Aufschrei der Begeisterung entlockte, doch obwohl er es ganz für sich hatte, verlor er nach kurzer Zeit die Lust und verkündete, er sei müde und ihm sei kalt. Wir froren alle drei.

Als ein Polizeiwagen im Schritttempo die Hauptstraße

entlangrollte, hinterm Steuer eine Polizistin, die ebenso konzentriert wie ihr männlicher Beifahrer den Blick durch die abendlichen Straßen schweifen ließ, bekam ich einen Riesenschreck und war überzeugt, die Haberkorn-Jungs hätten mich angezeigt. Ich stellte mir vor, wie ich in Handschellen abgeführt wurde, wie sie meinen Kopf in den Streifenwagen drückten, auf der einen Straßenseite Penny und Elias in der Obhut irgendeines treudoofen Sozialarbeiters mit Karohemd und Jeansjacke, auf der anderen Johannes als Zuschauer. Ich sah die Gesichter vor mir, vorwurfsvoll und traurig zugleich. Elias würde weinen, Penny wäre wütend bis zum Ende ihrer Tage. Das war der Moment, in dem sich mein Magen anstelle meiner Hand zur Faust ballte.

Ich hielt gerade noch durch, bis die Polizisten außer Sichtweite waren, dann rannte ich um eine Ecke und wurde mein Abendessen los. Wenigstens landete das meiste davon in einem Papierkorb.

»Ist dir ganz schlimm schlecht?«, fragte Elias. Seine liebe Stimme gab mir den Rest.

»Es geht schon wieder, Süßer.«

»Musst du noch mal spucken?«

»Ich glaube nicht.«

»Mir ist nicht schlecht.«

»Das freut mich.«

»Hast du jetzt wieder Hunger?«

»Nein. Alles ist gut. Danke dir.«

Er wollte mich in den Arm nehmen, was schwierig für ihn war, da er mir in etwa bis zur Hüfte reichte, also hob ich ihn kurz hoch und drückte ihn an mich. Es ist unfassbar nett, umarmt zu werden, wenn man sich gerade übergeben musste. Du hast einen superekligen Geschmack im Mund und kommst dir wie die größte Zumutung vor, und dann kommt jemand und drückt sein Gesicht an deins.

»Du bist lieb.«

»Du auch.«

»Danke«, sagte ich nochmals.

»Küsst euch doch«, sagte Penny, doch sie war nur neidisch, das war offensichtlich, also legte ich kurz den Arm um ihre Schultern, zog sie an mich heran und deutete einen Schmatzer auf ihre Wange an.

»Igittigitt, lass das.«

»Ich hab dich auch lieb, Penny.«

Sie machte sich frei und wir lachten. Schon irre, wie oft wir trotz allem herumalberten. Das wundert mich bis heute.

Es war kein weiteres Hotel in der Nähe, und Penny machte unmissverständlich klar, dass sie wegen der Schlangengefahr nicht vorhatte, eine weitere Nacht in den Dünen zu verbringen, Schlafsack hin oder her.

»Aber es ist ein ganz warmer schlangendichter Schlafsack«, lockte ich.

»Es sind ungefähr drei Grad.«

Was natürlich Unsinn war, aber unangenehm kalt war es, wie gesagt, schon. Der Supersommer hatte sich einfach so aus dem Staub gemacht, wie Katies Abwesenheit oder der Motorschaden des Polo oder die Begegnung mit der Schlange oder den Mistkerlen von der Tankstelle ein weiterer beschissener Beweis dafür, dass unser Leben von Kräften bestimmt wurde, auf die wir keinen Einfluss hatten und die uns unterm Strich eher feindlich gesonnen waren. Hätte nicht wenigstens das schöne Wetter noch eine Weile unser Begleiter bleiben können?

Ich sah in den Himmel. Bleierne Wolken wie Schlachtschiffe, eine ganze Armada. Bald würde es stockfinster sein.

Wir gingen einige schmale Schotterstraßen mit Ferienhäusern entlang – alle belegt. Insgesamt hielt sich mein Bedürfnis, an diesem Abend eine weitere Straftat zu begehen, in Grenzen. In Blåvand waren sie uns bereits auf den Fersen, hier vielleicht auch. Wenn es ganz schlimm kam, würden sich irgendwann auch die deutschen Behörden einschalten.

Ich hatte Katies Handy benutzt, wenn auch nur in der WLAN-Funktion, inwieweit man darüber geortet werden konnte, wusste ich nicht. Auch nicht, wie groß die Gefahr war, dass bereits Versuche unternommen wurden – von wem auch immer. Hatte jemand, die Vermieterin zum Beispiel, unsere Mutter in der Berghütte gefunden und uns das Jugendamt auf den Hals gehetzt? War es überhaupt verboten, einen Todesfall nicht zu melden?

Todesfall, Tod – das schlimme Wort hatte sich zum ersten Mal völlig unkontrolliert in meine Gedanken geschlichen. Seine eisige Undurchdringlichkeit schnürte mir den Hals zu. Je öfter ich ihm begegnete, desto mehr wurde das, was mit Katie passiert war, zur Gewissheit.

Ich musste die Sache verdrängen, ihre Zeit war noch nicht gekommen, denn einen richtigen Zusammenbruch, körperlich und seelisch, konnte ich mir an dieser Stelle einfach nicht erlauben. Mir war immer noch speiübel, klar. Aber es ging. Irgendwie geht es fast immer.

Einen Schritt nach dem anderen.

Hier und jetzt interessierte nur das Hier und Jetzt, also die Nacht.

Die Nacht, die Nacht.

Sie war da.

Wir waren es auch.

Das Leben gehörte uns – und eben nicht irgendwelchen finsteren Mächten. Wir würden es uns nicht einfach so aus der Hand nehmen lassen.

Mit der Dunkelheit kam der Regen. Außer uns war jetzt niemand mehr unterwegs. Wahrscheinlich war das zur Abwechslung mal wieder eine gute Nachricht.

»Hast du eigentlich außer Kindesentführung und Einbruch noch mehr auf dem Kerbholz?«, fragte Penny unvermittelt.

»Nein, wieso?«

»Weil du dich dauernd umguckst, zum Beispiel. Und weil wir plötzlich so viel Geld haben. Du könntest es mir geben, dann wäre es, als hätte ich es genommen. Du müsstest nicht mal etwas davon wissen. Ich würde dichthalten und ich bin noch nicht strafmündig. Oder hat Johannes dir die ganze Kohle geschenkt? Was war eigentlich zwischen euch?«

»Nicht jetzt«, sagte ich mit Seitenblick auf unseren kleinen Bruder. »Erst wenn er im Bett ist.«

»Ich seh kein Bett«, sagte Elias.

Er hatte jedes Wort mitbekommen. Das frustrierte mich maximal.

»Ich auch nicht«, sagte Penny.

»Bett war metaphorisch gemeint«, witzelte ich.

»Was ist das?«

»Penny, erklär du es ihm.«

Wir betteten uns auf Lumpen. Und das ist keine Metapher, sondern die Wahrheit. Immerhin waren es trockene Lumpen, sie bedeckten einen Teil des Steinbodens der Fischerhütte, in der wir schließlich Zuflucht suchten. Sie war übrigens nicht abgeschlossen, das nur nebenbei. Fischerhütten gab es zuhauf in Klitmøller, weiß getünchte Steinhäuschen mit dunkelroten Türen, die in langen Reihen am Wasser standen und eine eigene kleine Siedlung bildeten. Natürlich wohnte dort niemand. Es waren bloß Lagerschuppen für das Zeug der Fischer – und so stanken sie auch. Der Geruch konnte einem den Spaß an einer ausgedehnten Fischmahlzeit noch im Nachhinein verderben. Darunter mischte sich der Gestank nach Farbe und Terpentin. Dementsprechend roch auch unser Nachtlager.

Es war so trostlos, dass es meinen und Pennys Trotz herausforderte. Wir ließen uns nicht unterkriegen, machten es uns so gemütlich wie nur irgend möglich und dachten uns für Elias zusammen die beste Gute-Nacht-Geschichte aller Zeiten aus. Metaphern bis zum Umfallen. Es gab keinen Grund, uns abzuschreiben.

Regen prasselte auf die Dachpappe über unseren Köpfen, die Kälte kroch unter der Tür hindurch und sickerte durch die Wände, doch unsere Herzen erreichte sie nicht. Metaphernalarm Ende.

ZWEIUNDDREISSIG

Wir nahmen den ersten Bus nach Thisted. Er fuhr um sechs Uhr früh und war gähnend leer, außer uns wollte nur ein weißhaariger Opi mit, was einerseits beruhigend war, da ich insgeheim befürchtet hatte, Johannes oder sogar die Polizei könnten bereits an der Haltestelle auf uns lauern, andererseits war die Wahrscheinlichkeit groß, dass zumindest der Busfahrer sich später an uns erinnern würde. Der alte Herr sah ohnehin nicht mehr viel, jedenfalls beschirmten Brillengläser so dick wie Glasbausteine seine wässrigen Augen vor der Außenwelt.

Für die Tickets kratzte ich unseren letzten Kronenvorrat zusammen. Die Begeisterung des Busfahrers angesichts des Kleingelds hielt sich in Grenzen. Er hatte das unfreundlichste Mondgesicht, das ich je gesehen hatte. Ich finde ja, grundsätzlich geht von Mondgesichtern eher eine gewisse Freundlichkeit aus, aber dieses halbjunge Exemplar bewies das Gegenteil. Mit seiner Arbeitsauffassung hätte der Mann auch gut in Berlin Mitte arbeiten können.

Bahnhof Thisted. Nicht, dass der Name einem irgendetwas sagen müsste. Es ist einfach nur ein kleiner unbedeutender Ort an einem Fjord mit einer kleinen unbedeutenden Fußgängerzone und einem Bahnhof. (Ich schätze, dass sich an dieser Stelle Widerspruch regt, vermutlich bedeutet jeder Ort einer Menge Leute etwas, egal wie unbedeutend er anderen auch erscheinen mag, also nichts für ungut, liebe Thisted-Bewohner, -Kenner und -Fans.)

Wir wuschen uns in der Bahnhofstoilette, die zum Glück frisch gereinigt war. Penny hatte Pech mit ihrem Haargummi, es riss, und ich gab ihr meins, ein einfaches lila Gummiband ohne Glasperlen oder irgendwelchen anderen Schnickschnack. Natürlich hielt es ihren Ansprüchen nicht stand. Sie jammerte nach ihrer Lieblingsbürste, Lipgloss und Nagellack. Sogar ich, uneitel wie ich bin, hätte meine Augenränder gern unter einer dicken Schicht Theaterschminke oder noch besser hinter einer Sonnenbrille versteckt, aber wir besaßen bekanntlich nichts dergleichen, und die Läden waren noch geschlossen, also wurde nichts daraus.

»Ich hasse diese Klamotten«, sagte Penny.

»Ich auch«, sagten Elias und ich gleichzeitig.

Manchmal kommt man ohne ein Minimum an Hass einfach nicht aus. Leider.

Inzwischen trafen von allen Seiten die ersten Pendler ein und plötzlich ging es geschäftig zu. Inzwischen war mein Verfolgungswahn so ausgeprägt, dass ich sämtliche Leute anstarrte, um herauszufinden, ob sie uns anstarrten. Das ergab natürlich keinen Sinn, aber ich tat es dennoch. Ich war völlig hysterisch. Die Überwachungskameras machten mich krank.

Irgendwann blieben wir vor einem Fahrkartenautomaten stehen. Penny und ich tippten wild auf dem Touchscreen herum, bis wir endlich eingesehen hatten, dass es keine Bahnlinie gab, die direkt an der Nordseeküste entlangführte. Die meisten Verbindungen gingen über einen

Ort namens Struer nach Aalborg, was in der völlig falschen Richtung lag.

»Wo wollen wir eigentlich genau hin?«, fragte Penny.

»Weiß nicht genau. Jedenfalls nicht nach Aalborg.«

»Wir können aber keine Fahrkarte kaufen, wenn wir nur wissen, wo wir nicht hinwollen«, mischte Elias sich ein.

Habe ich schon erwähnt, dass er für sein Alter sagenhaft gewitzt war?

Eine Weile streiften wir ziellos umher. Zufällig entdeckte ich einen Wechselschalter, wo ich knapp siebenhundertfünfzig Kronen für hundert Euro bekam, ein kleines dänisches Vermögen. Ein Bäcker machte gerade auf. Ich kaufte Croissants und Brötchen für uns zum Frühstück.

Am Ende sprach ich einen Taxifahrer an, der mir gefiel, weil er fast so lange Haare wie Johannes hatte, allerdings trug er einen gewaltigen Schnurrbart und war so alt, dass er sein Vater hätte sein können. Wobei der Johannes Haberkorn, den ich kennengelernt hatte, natürlich niemals einen einfachen Taxifahrer zum Vater gehabt hätte. Und sein Vater, darauf mochte ich wetten, ohne ihn zu kennen, würde sich wahrscheinlich lieber einen Arm abhacken, als lange Haare zu tragen, wahrscheinlich tolerierte er es auch bei Johannes nur schweren Herzens, und bestimmt hatte er auch keinen Bart. Der ganze Vergleich hinkte also und bewies nichts weiter, als dass ein Teil meiner Gedanken nicht bei der Sache war, sondern die ganze Zeit um Johannes kreiste. Darum, ob er mich jetzt hasste. Er hätte jedes Recht dazu gehabt.

Der besagte Taxifahrer jedenfalls stand vor seinem Wagen und trank Kaffee aus einem Pappbecher. Auf der Motorhaube lag eine aufgeschlagene Zeitung. Große Buchstaben, wenig Text. Anscheinend rechnete er nicht mit Kundschaft, doch er faltete seine Lektüre sofort zusammen, als er uns kommen sah. Wie sich herausstellte, sprach er gut Deutsch.

»Können Sie uns zum nächsten Leuchtturm fahren?«

»Hanstholm?«

Hanstholm – das Wort war magisch, es gehörte Johannes und mir allein. Der Glaskapselzauberkuss. Die Regenbogenfarben. Die Nähe vor dem Riss, der sich auf dem Boden zwischen uns aufgetan und unser Glück verschlungen hatte. Ich wollte die Angelegenheit mit Johannes in Ordnung bringen. Ich wollte ihn wieder küssen. In dem Augenblick hätte ich alles dafür gegeben.

Doch ich hörte mich sagen: »Nein, nicht Hanstholm. Der nächste Leuchtturm weiter oben im Norden.«

»Rudbjerg Knude?«

»Wenn er so heißt.«

»Der ist weit weg.«

»Wie weit genau?«

»Eine Stunde, vielleicht zwei.«

»Was kostet die Fahrt dorthin?«

Er schien zu überlegen. Ich war mir nicht sicher, ob der Blick, mit dem er uns musterte eher amüsiert oder misstrauisch war. Wieder fielen mir die Überwachungskameras ins Auge, und ich stellte mich so hin, dass mein Verbrecherinnengesicht nicht frontal aufgenommen wurde. Hoffte ich zumindest.

»Wollt ihr einen Festpreis machen?«, fragte der Fahrer schließlich. Er kratzte sich am Hosenbein. Ich überlegte, ob er arm war. Reich sicher nicht. Verdienten Taxifahrer in Dänemark besser als in Berlin? Mehr oder weniger als Busfahrer? Katie war mal mit einem Taxifahrer ausgegangen. In einem Dönerladen hatte er darauf bestanden, die Rechnung zu teilen, und sie war früh nach Hause gekommen.

Die Summe, die der Taxifahrer nannte, verschlug mir die Sprache.

»Tausend Kronen? So viel habe ich nicht.«

»Fünfhundert«, sagte Penny.

Ich hätte sie küssen können. Kann schachern wie auf einem Neuköllner Basar, kann alles, meine kleine Schwester. Beweis: folgt in Kürze.

»Siebenhundert«, sagte der Taxifahrer.

Es war immer noch verboten viel Geld. Wir konnten genauso gut trampen oder uns auf andere Art und Weise eine Mitfahrgelegenheit suchen, in diesen Dingen hatten wir ja inzwischen reichlich Erfahrung. Andererseits: Die Zeit spielte gegen uns, das war klar.

Ich streckte die Hand aus, um den Deal abzuschließen. »Einverstanden.«

Etwas später brausten wir zur Abwechslung mal wieder über eine dänische Landstraße. Der Himmel war immer noch eisgrau, es gab nicht viel zu sehen. Ich bat den Fahrer, die Heizung im Wagen anzustellen, und obwohl er unter seinen Haarmassen nicht zu frieren schien, tat er uns den Gefallen. Als die Wärme sich wohlig im Wageninnern ausbreitete, schliefen Penny und Elias ein. Ein Radiosprecher verlas Nachrichten auf Dänisch, dann kam Musik, dieselben amerikanischen und englischen Charthits, die auch bei uns rauf und runter liefen. Pop, RnB, etwas Hip-Hop. Bevor unser Chauffeur mir ein Gespräch aufzwängen konnte, machte ich ebenfalls die Augen zu.

»Da wären wir.«

»Wirklich?«

»Wirklich.«

»Ganz sicher?«

»Absolut.«

Der Taxifahrer hatte Mühe gehabt, uns wach zu bekommen. Als er an meiner Schulter rüttelte, befand ich mich gerade in den Dünen, wo ich hinter meinen Geschwistern herlief. Sie waren wegen irgendetwas furchtbar durcheinander und ich konnte ihnen nicht helfen. Obwohl ich mich unendlich anstrengte, hinfiel, wieder aufstand, weiterlief und erneut fiel, musste ich machtlos zusehen, wie sie scheinbar mühelos vorankamen und sich immer weiter entfernten. Ich rief ihre Namen, dann hörte ich, dass ich selbst gerufen wurde – und öffnete die Augen. Es war ein grässlicher Traum.

Verschlafen und verwirrt blieben wir im Taxi sitzen und glotzten das steinerne Gebilde am Horizont an wie das achte Weltwunder.

Rudbjerg Knude war ein Leuchtturm, das schon.

Jedoch hatte er als solcher wohl schon eine Weile ausgedient, denn er steckte in mindestens ebenso großen Schwierigkeiten wie wir, das konnte jeder sehen, der sich ihm näherte. Stecken ist übrigens wörtlich gemeint. Wie eine Geburtstagskerze, die irgendein Trottel zu tief in die Sahnetorte gerammt hat, ragte das Bauwerk nur etwa noch zur Hälfte aus einem Riesenschlamassel aus Sand heraus. Die Dünen hier waren der Wahnsinn, ein gigantisches Gebirge aus Sand, scharf umrissen wie Felsen, kein Strandhafer, kein Meer in Sicht. Ich fühlte mich sofort in die Sahara versetzt (obgleich dort wahrscheinlich keine versandeten Leuchttürme zu erwarten waren, sondern eher Kamelkarawanen, falls es die heutzutage noch gibt).

»Wanderdünen«, sagte der Taxifahrer.

Das Wort hörte ich zum ersten Mal. Da es ein prima Wort war, erschloss sich seine Bedeutung auf Anhieb.

»Wie schnell wandern sie denn?«

»Sehr schnell.«

»War der Leuchtturm vor fünfzehn Jahren noch in Betrieb?«

»Nein. So schnell nun auch wieder nicht.«

Also ein weiterer Fehlschlag. Man konnte natürlich auch sagen: eine Gnadenfristverlängerung.

»Wollt ihr nicht aussteigen?«, fragte der Fahrer.

»Ehrlich gesagt, nein. Gibt es hier in der Nähe vielleicht noch einen anderen Leuchtturm? Einen, der funktioniert?«

Er sagte, Rudbjerg Knude sei eine Attraktion. Der beliebteste Leuchtturm überhaupt. Beliebter als Legoland. Als ich nichts erwiderte, zückte er sein Smartphone und tippte eine Weile darauf herum.

Dann zeigte er mir ein Foto von Katies Turm. Einfach so. Ich brauchte nur den Bruchteil einer Sekunde hinzusehen, um hundertprozentig sicher Bescheid zu wissen. Tausend Prozent. Eine Million. Es war ein Witz, aber ein schlechter.

»Wo ist das?«, fragte ich. Meine Stimme zitterte entsetzlich.

»Hirtshals. Es ist von hier nicht mehr sehr weit. Wollt ihr da hin? Das kostet aber mehr. Hundert Kronen.«

»Nein, danke«, sagte ich. »Wir steigen hier aus.«

Es war nicht wegen des Geldes (obwohl ich keine hundert Kronen extra in der Tasche hatte), und es lag auch nicht am Fahrer, den ich zu dem Zeitpunkt noch für einen insgesamt eher sympathischen Kerl hielt. Ich begriff, dass unsere Reise sich unweigerlich dem Ende näherte. Mir war gar nicht wohl bei dem Gedanken.

Beim Bezahlen passierte noch etwas Unangenehmes. Der Fahrer beugte sich zum Abschied über die Mittelkonsole und nahm mich in den Arm, was ich zwar seltsam fand, aber ertrug und anfangs sogar erwiderte, weil ich nun mal Gast in diesem Land war und nicht wusste, inwiefern eine derartige Geste in Dänemark Taxifahrern gegenüber zur allgemeinen Höflichkeit gehörte. Ich fand, ich hatte in den letzten Tagen schon genug angestellt, und ich wollte nicht dumm auffallen.

Bis er mir etwas ins Ohr flüsterte. Es fällt mir komischerweise schwer, zu wiederholen, was er sagte, dabei war es völlig harmlos, eigentlich sogar lächerlich, dennoch machte es mich in dem Moment absolut fertig.

Er sagte: »Du riechst so gut.«

Schon klar, nach einer Nacht in einer versifften Fischerhütte und einer Katzenwäsche auf dem Bahnhofsklo ist jedem ein fantastischer Geruch garantiert. Man sollte ein Parfum aus diesen Zutaten erfinden.

Ich erstarrte. Mein Herz schlug wie wild, mir wurde schlecht, ich hatte Panik, wollte nur noch raus. Raus aus der Umklammerung, raus aus dem Auto, raus aus meiner Haut, die plötzlich am ganzen Körper brannte und juckte, als hätte ich die Krätze oder so. Ein Schleier aus Glühwürmchen tanzte vor meinen Augen.

Ich weiß, ich hätte ihn anschreien sollen, mich wehren, irgendetwas Abweisendes tun, um ihn in seine Schranken zu verweisen.

Stattdessen war ich kurz davor, mich für das bescheuerte Kompliment noch zu bedanken. Ist das normal oder einfach nur bescheuert?

Zum Glück behielt Penny die Nerven, wie es eben ihre Art ist, und hatte den glorreichen Einfall, die Hupe des Wagens zu malträtieren. Sie ist und bleibt einfach die Allerschlauste und Tollste, von ihrem Mut ganz zu schweigen. Wie sie nach vorn langte und nicht bloß hupte, sondern auch gleich den Warnblinker betätigte – ich schwöre, das war meine Rettung. Die Glühwürmchen lösten sich in Luft auf, ich konnte wieder klar sehen. Der Typ zuckte zusammen und ließ mich los, er schnappte nach Luft, als bekäme er einen Herzinfarkt, doch er berappelte sich. Laut auf Dänisch fluchend machte er dem Blinken und dem Hupkonzert ein Ende.

Penny war klug genug, sich nicht auf einen Kampf einzulassen. Das war auch gar nicht nötig, die Sache war gelaufen.

Wir waren von potenziellen Helfern umgeben, obwohl wir uns mitten in der Pampa befanden. Das Taxi stand auf einem dieser dänischen Parkplätze mit den berühmten Picknicktischen. Da es sich, wie der Taxifahrer ja schon ausgeführt hatte, beim Rudbjerg Knude um eine Touristenattraktion handelte, waren sämtliche Tische mit vermeintlich glücklichen Familien besetzt, und auch auf dem Parkplatz war jede Menge los.

Zig Leute starrten in unsere Richtung, sobald der Lärm losbrach, eine Frau mit Baby auf dem Arm und ein älterer Herr machten sich sofort auf den Weg zum Taxi.

»Raus hier«, sagte der Fahrer heiser. »Haut bloß ab.«

Und das ließen wir uns natürlich nicht zwei Mal sagen.

Ob dieser Dreckskerl von Taxifahrer sich anschließend noch vor den Passanten hatte rechtfertigen müssen, weiß ich nicht. Ich wünsche es ihm von Herzen, denn was er getan hat, war das Allerletzte. Mir wird heute noch komisch, wenn ich daran denke, dabei ist er mir nicht mal unter das T-Shirt gegangen oder so. Trotzdem: Es war eine Berührung, die grundfalsch war, genau wie seine Bemerkung über meinen Geruch. Ich fühlte mich deswegen noch tagelang auf eine Art schmutzig, gegen die eine Dusche oder ein Bad nichts ausrichten können, egal, ob das jemand versteht, so war es.

Kluge Leute behaupten, es sei enorm wichtig, über solche Dinge zu reden. In dem Moment wollte ich jedoch genau das nicht. Um keinen Preis wollte ich mich jemandem erklären müssen, nicht mal der Frau mit Baby, die sicherlich irrsinnig nett und einfühlsam gewesen wäre. Ich stürzte einfach nur davon.

DREIUNDDREISSIG

Ich wollte allein sein, weil ich flennen musste. Meine Tränen ließen sich noch kurz unterdrücken – gerade lange genug, um Penny darum zu bitten, eine Weile mit Elias im Sand zu spielen, und zwar möglichst in Sichtweite – doch dann kullerten sie drauflos. Es waren viele, eine richtige Tränenflut, sie setzte mir ganz schön zu, das brennende Salz, das Schluchzen, doch irgendwie tat es auch gut, nicht dagegen anzukämpfen.

Muss ich was zu den Gründen sagen?

Wohl kaum, ich hatte Gründe genug.

Am Ende kristallisierte sich wie so oft der lächerlichste heraus: Ich ärgerte mich wahnsinnig darüber, wie einfach es gewesen war, Katies Leuchtturm zu identifizieren. Ein paar Klicks auf dem Smartphone – und fertig. Ich kam mir unendlich dumm vor. Es war ja nicht so, dass das Internet ein Geheimnis für mich gewesen wäre, im Gegenteil, es schien mir weit weniger geheimnisvoll und unergründlich als das echte Leben, und trotzdem hatte ich uns all diese Umwege machen lassen, uns Gefahren ausgesetzt, ganze Tage mit Verliebtsein vertrödelt, gegen mehr Gesetze verstoßen, als nötig gewesen wäre, um ans Ziel zu gelangen.

Doch genau das war ja das Problem: Ich wollte nie wirklich ans Ziel kommen, das begriff ich jetzt. In Wirklichkeit war es viel mehr darum gegangen, uns eine Verschnaufpause zu verschaffen, Zeit zu gewinnen.

Warum?

Weil ich Angst hatte vor dem, was auf uns zukam.

Weil ich nicht wahrhaben wollte, was mit Katie geschehen war.

Und weil ich nicht wirklich glaubte, dass meine in aller Eile erdachte Lösung für unser Problem wirklich eine sein könnte.

Blöd nur, dass auch der längste Weg irgendwann zu Ende ging.

Andererseits: So wie jetzt konnten wir auch nicht ewig weitermachen. Im Freien schlafen, klauen, rumreisen. Egal wie ich es drehte und wendete: Wir würden Hilfe benötigen.

Ich musste an die öffentlichen Gebäude in Berlin denken. Wenn sie nicht behindertenfreundlich waren, gab es meistens eine Klingel am Eingang, daneben war ein Schild: Wenn Sie Hilfe benötigen, bitte klingeln. Ich habe bestimmt hundert Mal davor gestanden und mir vorgestellt, den Knopf zu drücken. Wenn jemand käme, würde ich ihm erzählen, was bei mir zu Hause meiner Meinung nach schieflief.

Würden wir bald wirklich auf einen fremden Klingelknopf drücken?

Und falls ja: Was für ein Empfang stünde uns bevor?

Ich betrachtete meine Geschwister aus der Ferne. Wie befohlen spielten sie im Sand und achteten darauf, mich dabei nicht aus den Augen zu verlieren. Elias wirkte angesichts dessen, was wir durchgemacht hatten, geradezu überwältigend fröhlich, er tollte barfuß umher wie ein junger Hund.

Ich muss dazu sagen, er liebte Sandkisten. Und das hier war definitiv die größte Sandkiste, die ihm jemals unter die nackten Füße gekommen war.

Ich trocknete meine Tränen im Ärmel und gesellte mich zu ihnen.

»Na, habt ihr Spaß?«

Elias bejahte begeistert, Penny schwieg.

»Ich habe Katies Leuchtturm gesehen«, flüsterte ich ihr zu. »Auf dem Handy von dem Idioten. Hirtshals, hat er gesagt.«

»Hab ich gehört. Bist du dir sicher?«

»Ganz sicher.«

»Und warum fahren wir da dann nicht hin?«

»Sollen wir?«

»Na klar, sollen wir. Wir ziehen das jetzt durch. Egal, was kommt.«

Und das taten wir. Ein norwegisches Ehepaar, das eine Fähre erwischen musste, nahm uns mit, ohne lästige Fragen zu stellen.

VIERUNDDREISSIG

Wahrscheinlich, weil er zu Katie – und damit seit jeher auch zu uns Kindern – gehörte, gefiel mir der Leuchtturm von Hirtshals am besten von allen, und ich war inzwischen ja durchaus so etwas wie eine Expertin auf diesem Gebiet. Er war weiß gekalkt, die Prismen des Leuchtfeuers funkelten wie Sternenstaub unter einem lackschwarzen Dach. Ich verliebte mich auf Anhieb. Nein, das ist falsch, die Liebe war bereits Teil von mir, sie hatte mich durch meine Kindheit getragen, Katies Sehnsuchtsort war auch meiner, der Turm ein alter Freund, den ich auf Anhieb erkannte – und er mich auch, das konnte ich fühlen. Vielleicht hatte ich insgeheim mein ganzes Leben nach einem Anlass gesucht, hierherzukommen.

Ich wünschte, es wäre ein anderer.

Ich sah Katies Zeichnungen vor Augen, ihren verklärten Gesichtsausdruck, wenn der Stift über das Papier glitt. Die Liebe meiner Eltern, an diesem Ort war sie unsterblich. Wenn es für uns Kinder irgendwie irgendwo irgendwann so etwas wie ein Happy End geben konnte, dann hier und jetzt. Nur über das »Wie« war ich mir noch nicht im Klaren.

Ich ließ meinen Blick schweifen. Auch ringsum war alles genau so, wie ich mir den Schauplatz der legendären

Begegnung meiner Mutter mit meinem Vater immer vorgestellt habe: wellenumtost und windgepeitscht, ein weites freies Stück Land, das sich bei niemandem einschmeichelte, wer seine Schönheit nicht sah, konnte ihm gestohlen bleiben. Ich mochte die Vorstellung, dass genau diese Eigenart auf wundersame Weise Einzug in mein Wesen gehalten habe, dass ich war, wer ich war, weil ich eigentlich hierher gehörte. Manchmal eine harte Nuss. Aber trotzdem zu knacken? Was denkst du, Johannes?

Es gab eine Steilküste und Dünen, man konnte weit über das Meer und das kleine Städtchen Hirtshals hinwegsehen. Eine Fähre verließ den Hafen, Richtung Norwegen, wie ich vermutete, und ich hoffte, dass das freundliche Paar, das uns mitgenommen hatte, an Bord geschafft war.

Hellblaue Kutter fischten in Küstennähe, Schwärme von Möwen im Schlepptau. Ihr Kreischen trug weit. Ich sog alles auf wie ein Schwamm, wollte es malen, darüber schreiben, ein Lied, einen Roman, einen Vers. Mein Herz war übervoll.

»Was ist hier?«, fragte Elias.

»Hier hat Katie meinen Vater kennengelernt«, sagte ich.

»Den wollen wir heute besuchen«, fügte Penny hinzu.

»Echt?«

»Ja«, sagte ich. »Deshalb sind wir hergekommen.«

»Weiß er das?«

»Leider nein.«

»Ist er nett?«

»Bestimmt.«

Elias machte trotzdem ein besorgtes Gesicht. Um ihn abzulenken, kaufte ich uns Süßigkeiten in einem Kiosk, der zu den Nebengebäuden gehörte. Auch sie waren übrigens schneeweiß. Nur fürs Protokoll.

Dann erkundeten wir alles. Es war herbstkühl, ein strammer Wind pfiff uns um die Ohren, aber es regnete nicht, die Sonne gab sich Mühe, die Wolken zu durchbrechen.

Auf einmal ergab sich jeder Schritt von selbst, als wäre da ein unsichtbares Band, das uns zog. Zuerst sahen wir die Treppe. Wir rannten die ausgetretenen Stufen hinunter zum Strand, jede einzelne von ihnen hatte schon die nackten Füße meiner Eltern getragen, das spürte ich, vielleicht weil ich es spüren wollte, vielleicht weil es wirklich so war, das macht keinen Unterschied. Das Gefühl war da und es war echt und überwältigend.

Ohne Mühe machten wir die Stelle ausfindig, wo das Foto von Katie und ihren Freunden entstanden war, einer von ihnen mein Vater. Der gern Coldplay hörte. Der wahrscheinlich Rasmus hieß und Däne war und Katie genauso geliebt hatte wie wir. Wie jeder Mensch geliebt werden sollte.

Ich kramte die Aufnahme hervor, um zu vergleichen. Alles passte, jedes Detail. Abgesehen vom schlechten Wetter natürlich.

Elias machte einen langen Hals. »Ist er das?«

»Ja.«

»Welcher von beiden?«

»Der eine oder der andere.«

»Die sehen beide okay aus.«

Penny fragte, ob sie ihr Handy haben dürfe, um ein Selfie von uns dreien mit Treppe und Leuchtturm zu machen. Ich gab es ihr. Ich hob Elias hoch, damit unsere ungleichen Gesichter auf einer Augenhöhe zu sehen waren.

»Das müssen wir Mama zeigen«, sagte Elias, als wir es betrachteten.

»Sie sieht uns«, sagte ich.

Das schien ihn zu freuen. Zum Glück ging er nicht näher darauf ein.

Unsere Schokoriegel verdrückten wir auf einer Bank, die voller Schnitzereien war. Ungefähr tausend Liebespaare hatten sich hier verewigt, und ich suchte so lange, bis ich ein K und ein R gefunden hatte, vereint in einem ungelenken Herzen. Ich legte meine Hand auf die Stelle und schickte heimlich ein Gebet gen Himmel, zu Katie oder wem auch immer. Was die Anrede betrifft, würde meine Mutter sich am ehesten angesprochen fühlen, schätze ich, denn mein Flehen ging so:

»Jetzt mach mal was für uns. Was Gutes. Bitte.«

Kein Amen.

Und Katie oder wer auch immer zeigte sich gnädig, pustete ein Wolkenloch frei und ließ für eine halbe Stunde die Sonne scheinen, was wiederum eine Horde Jugendliche an den Strand lockte, die Volleyball spielten. Dann zog plötzlich ein Schauer auf, und als sie Schutz suchten, mussten wir ihnen nur folgen – schon hatten wir ein riesiges Ferienlager ausfindig gemacht. Das musste es sein.

Ich weiß, es klingt zu schön, um wahr zu sein, aber der erste Typ, den ich ansprach, konnte uns weiterhelfen. Irgendwie hatte ich einen Lauf, vielleicht hatte ja wirklich unsere Mutter ihre Finger im Spiel. Ich meine, es weiß doch kein einziger lebender Mensch auf der ganzen Welt wirklich darüber Bescheid, was passiert, wenn wir gehen, nicht mal die Leute mit Nahtod-Erfahrungen, die ab und zu im Fernsehen auftreten, auch wenn die sich wer weiß was einbilden, aber Nahtod heißt eben nur verdammt nah dran, das ist ein Unterschied. Knapp daneben ist auch vorbei. Warum sollten wir später von drüben im Jenseits nicht ab und zu mal dafür sorgen können, dass unsere Lieben im Diesseits einen Lauf haben?

Jedenfalls sprach ich auf Anhieb den Richtigen an. Warum auch immer. Es war ein stämmiger Mann in Gärtnerklamotten, der neben dem Haupteingang gerade die Büsche schnitt. Ich weiß nicht mehr, wie unser Gespräch verlief, ich weiß noch, dass es eine Ewigkeit dauerte, weil er eine richtige Quasselstrippe war und seit ungefähr hundert Jahren in diesem Camp gärtnerte. Die Büsche, mit denen er gerade beschäftigt war, hatte er selbst gepflanzt. Ich weiß noch, dass er ein Englisch sprach, das wie Dänisch klang, und ich Mühe hatte, ihn zu verstehen, weshalb ich ihm irgendwann einfach das Foto unter die Nase hielt. Und damit war der Countdown eingeläutet.

FÜNFUNDDREISSIG

»Er hat meinen Vater erkannt. Wir haben ihn.«

Seit einer Weile stammelte ich diese beiden Sätze vor mich her, während ich eine fremde Straße entlanglief, von der mir nichts weiter in Erinnerung geblieben ist, als dass sie windig und bis auf uns drei menschenleer war. Ich lief so schnell, dass meine Geschwister kaum folgen konnten. Irgendwann war Penny es leid und sie begann zu widersprechen. Das hätte sie besser bleiben lassen, denn so nahm ein extrem unsinniger Streit seinen Lauf. Auf der ellenlangen Hitliste der unsinnigen Streitereien zwischen uns Schwestern schoss er sofort von null auf eins, ein echter Superstar.

»Er hat meinen Vater erkannt!«

»Hat er nicht.«

»Hat er wohl.«

»Hat er nicht! Er hat lediglich gesagt, dass einer von den beiden Typen auf dem Bild Peder Christensen heißt. Nicht mehr und nicht weniger.«

»Na, und? Er hat dabei zufällig auf den gezeigt, den ich mir als Vater ausgesucht habe.«

»Häh? Ausgesucht? Du kannst dir doch nicht einfach einen Vater aussuchen.«

»Kann ich wohl. Hab ich ja gerade. Ich finde, er sieht besser aus und hat mehr Ähnlichkeit mit mir als der andere. Außerdem hat der Gärtner auch gesagt, dass er hier in der Stadt lebt, und das ist zufällig ein ziemlich wichtiges Kriterium. Wir müssen nämlich allmählich mal zum Ende der Geschichte kommen. Wir haben zufällig nicht ewig Ferien und so. Das Spiel war toll, aber jetzt wird es Zeit für das große Finale.«

»Okay, das sehe ich ein. Du stehst auf Schule, das hab ich schon lange kapiert. Aber wenn nicht alles umsonst gewesen sein soll, musst du dich irgendwie schon an die Regeln halten. Schließlich hast du sie selbst aufgestellt. Du hast gesagt, der Junge, in den Katie verliebt war und der wahrscheinlich dein Vater ist, heißt Rasmus.«

»Ist doch egal. Dann heißt er eben jetzt Peder. Damit kann ich leben. Besser als Enrico würde ich mal sagen. Enrico ist doch wirklich ein Scheißname.«

Penny war klug genug, nicht darauf einzugehen. »Mag sein. Angenommen, dein Vater heißt Peder, warum hat Katie dann Rasmus aufs Bild geschrieben?«

»Was weiß ich, vielleicht ist es ein Kosename, den sie für ihn benutzt hat.«

»Rasmus ist doch kein Kosename. Kosenamen klingen anders.«

»Ach ja, und wie?«

Ich wollte bloß Zeit gewinnen.

»Schatzi, Hasi, Baby, irgend so ein Schwachsinn eben. Was mit Gefühl.«

»Wir sind hier in Dänemark, falls du es noch nicht gemerkt hast. Hier laufen die Dinge anders.«

»Ich weiß, dass wir in Dänemark sind, und du hast recht, Enrico ist ein Scheißname und ich kenne keine dänischen

Kosenamen. Aber ich kenne dich. Und ich weiß, dass du gerade völlig am Rad drehst. Ich sag's nur so als Warnung. Denn falls wir gleich diese dämliche Adresse finden und im großen Finale dieses Scheißspiels wirklich deinem Vater Peder oder Rasmus oder wie er auch immer heißen mag, gegenüberstehen, möchtest du vielleicht nicht, dass er dich für eine Irre hält, auch wenn du natürlich komplett irre bist, aber das muss er ja nicht direkt mitkriegen. Also tue mir und dir einen Gefallen und komm mal wieder runter.«

»Ich bin ganz ruhig.«

Doch davon konnte keine Rede sein. Meine Zähne schlugen aufeinander so schlotterte ich. Nicht vor Kälte, sondern vor Anspannung. Nein, das hier war kein Spiel, war nie eins gewesen, es war mein verrücktes Leben – ein Strudel, der sich von Tag zu Tag schneller drehte.

In dem Moment, als ich das Haus sah, flackerte Hoffnung in mir auf. Es war genau das Haus, in dem ich leben wollte, eigentlich schon immer hätte leben sollen, mein einzig wahres Elternhaus, wenn es auf der Welt gerechter zugehen würde, modern, hell, freundlich, unser Wohnblock in Berlin dagegen war nichts als eine Ruine, ein Riesenhaufen Müll und Schutt.

Ich mochte den prächtigen Lavendeltopf im Eingang, die schönen Dinge, die auf den Fensterbänken standen, Kerzen und Kunst, aber kein Kitsch, wie ich fand. Jeder, der ein wenig davon verstand, konnte sehen, dass die Bewohner Stil hatten, aber es nicht gleich übertrieben mit ihrem Perfektionsanspruch wie zum Beispiel diese Leute, die den Edel-Bungalow in Blåvand eingerichtet hatten. Allein schon dieses Granitmonster von einem Sofa.

Große saubere Fenster. Ich suchte mir eins aus, dahinter würde sich, so stellte ich mir vor, bald mein Zimmer befinden, Blick zum Leuchtturm und über die Hafeneinfahrt. Im Garten stand ein Trampolin, was daraufhin deutete, dass bereits Kinder zur Familie gehörten, doch das sollte uns nicht stören. Wir waren gesellig und pflegeleicht. Ich würde ohne Murren auch ein anderes Zimmer nehmen, falls das von mir favorisierte bereits belegt war. Eins nach hintenraus.

Ich klingelte. Als die Haustür aufging, flackerte die Hoffnung nicht nur, sie war die reinste Stichflamme. Der Mann, der uns öffnete, Peder Christensen wahrscheinlich, hätte mit Sicherheit schwere Verbrennungen davongetragen, wäre er nicht so ein eiskalter gemeiner Hund gewesen.

Doch das war er. Man merkte es nicht gleich, weil er sympathisch verpeilt wirkte, wie er so dastand in seiner Freizeitkleidung (Bermudas, Marken-T-Shirt), in der Hand ein rot-weiß kariertes Geschirrhandtuch und einen nachdenklichen Ausdruck im Gesicht.

Die seltsamsten Gefühle durchströmten mich. Ich war ängstlich, euphorisch und auch ein wenig stolz auf die Leistung, es bis zu seiner Tür geschafft zu haben, ganz ohne seine Hilfe. Da war ich nun, ein Geschenk aus heiterem Himmel – er musste nicht das Geringste dafür tun.

Für den Bruchteil einer Sekunde war ich ganz sicher, meinem leiblichen Vater gegenüberzustehen. Beweis: das Geschirrhandtuch in Kombination mit einem nachdenklichen Gesichtsausdruck. Das hätte ich sein können.

Es ist nämlich so, dass ich selbst unheimlich gern abtrockne. Klingt bescheuert, ist aber so. Du machst etwas Sinnvolles, Angenehmes mit deinen Händen, das ein wenig, aber nicht zu viel Konzentration verlangt, sodass es sich dabei wunderbar nachdenken lässt. Ganz ehrlich, beim Abtrocknen kommen mir manchmal die besten Ideen.

Bekanntlich war die Idee, die uns an diesen Ort gebracht hatte, auf andere Weise zustande gekommen, und es war vielleicht daher nicht die allerbeste, aber es hätte doch trotzdem klappen können, oder? Manchmal geht ein Plan gegen jede Vernunft auf. Ich meine, jeder weiß, dass es Hunderttausende von Leuten gibt, die Musik machen und Youtube-Videos von sich ins Netz stellen, in der Hoffnung entdeckt zu werden (Millionen von Klicks, Plattenvertrag, Welttournee, das volle Programm), woraus in der Regel nichts wird, da heutzutage jeder Trottel mit einer verstimmten Gitarre und einem Handy Videos von sich hochladen kann. Aber für ein paar Glückspilze wird der Traum dennoch wahr. Und hinterher weiß man nie, war es trotz der verstimmten Gitarre oder gerade deshalb.

Ich habe keine Ahnung, wie viele Töchter gerade irgendwo auf der Welt ihre verschollenen Väter suchten (von den Söhnen mal abgesehen), aber es gab ganz bestimmt wesentlich mehr Leute, die zur gleichen Zeit Videos drehten und hochluden, um berühmt zu werden. Auch unter uns Vaterlosen musste es jemanden geben, der am Ende das große Los zog, und da die Menge der Lotterieteilnehmer kleiner war, standen die Chancen für mich rein rechnerisch sogar besser als bei den Youtube-Glücksrittern. Es hätte also klappen können.

Klingt logisch?

Klingt, als wolle ich bloß Zeit schinden, ich weiß.

Es macht nun mal keinen Spaß, sich im Detail daran zu erinnern, wie einem die Tür vor der Nase zugeschlagen wurde, und das in einem Augenblick, in dem man sich eigentlich eine Umarmung wünscht oder wenigstens ein freundliches Wort. Oder auch nur einen Blick in die Augen. Nicht mal den hatte er für mich auf Lager.

Ich sagte Sorry und fragte ihn gleich als Erstes, ob er mich kenne: »Do you know me?«

Angesichts der Tatsache, dass ich Katie so ähnlich sehe, war die Frage zumindest nicht komplett schwachsinnig, wenn auch etwas direkt. Auf Deutsch hätte ich ihn gefragt, ob ich ihm bekannt vorkomme, doch so gut war mein Englisch leider nicht, und ich wollte nicht so unhöflich sein, gleich in meiner Muttersprache draufloszuquatschen.

Jedenfalls war der Gesprächsauftakt misslungen, das spürte ich sofort. Was der Mann, der mein Vater hätte sein sollen, erwiderte, kann ich nicht wiedergeben. Er sprach leise und wenig, und die drei Sätze, die er mir nach tagelanger Suche und jahrelanger Ungewissheit zugestand, kamen auf Dänisch daher.

»Can you speak English oder German please?«, flehte ich. Ohne Erfolg.

Ich war felsenfest davon überzeugt, dass der Mann mir in beiden Sprachen hätte antworten können, zum einen, weil in Dänemark fast jeder ein Fremdsprachengenie zu sein schien, zum anderen, weil er so aussah wie jemand, der sich in seiner Freizeit weiterbildet und zum Beispiel Mandarin oder Altgriechisch lernt, einfach nur, um sich zu beschäftigen. Für so jemanden gehörte Englisch zum Grundrepertoire. Ich wusste einfach, dass er nur so tat, als verstünde er mich nicht. Er wollte zurück zu seinem verdammten Abwasch. Die Devise hieß, mich schnellstmöglich abzuwimmeln.

Vielleicht war es nicht mal persönlich gemeint. Vielleicht machte er es mit jedem so, hatte schlechte Erfahrungen mit

Haustürgeschäften oder diesen Trickbetrügern, die nur klingeln und irgendwelche rührselige Geschichten vortragen, um abzulenken, während der andere Teil der Bande die Juwelen aus der Schatulle kramt. Viele kriminelle Banden beschäftigen Kinder.

Sahen wir wie Diebe aus?

Letztlich waren wir ja welche, zugegeben.

Als ich dem Mann das Foto zeigte, würdigte er es nur widerstrebend eines raschen Blicks, bevor er mit den Schultern zuckte.

»Sind Sie das auf dem Bild? Do you know Katie? Katie Salomon? Aus Deutschland.«

Schulterzucken. Dänisch im Flüsterton. Dann fiel die Tür ins Schloss, und er war drinnen und wir draußen.

Was ist nur los mit dieser gottverlassenen Welt? Wieso standen wir immer noch draußen? Und wieso musste es ausgerechnet jetzt wieder anfangen zu regnen?

SECHSUNDDREISSIG

Wir Geschwister bekamen lange kein Gespräch zustande. Ich glaube, dass wir uns voreinander schämten. Nicht nur wegen der gerade erlebten Zurückweisung, die war ätzend, aber keine allzu große Überraschung, wenn ich ehrlich bin. Sie war bloß ein Teil einer Demütigung. Die gesamten Umstände demütigten uns. Der Hunger, der sich schon wieder meldete (ständig musste ich irgendetwas Essbares auftreiben, das kostete auf Dauer irrsinnig viel Energie), der Regen, der unsere Kleidung durchnässte (die hässlichen Windjacken erwiesen sich als nur bedingt wasserdicht). Das geraubte Geld in meinem Rucksack. Der Dreck auf unserer Haut. Mehr als alles andere wollte ich mich waschen, egal ob gerade Ströme von Regenwasser meinen Nacken hinunterliefen, weil ich keine Lust hatte, die blöde Kapuze aufzusetzen, ich wollte warmes Wasser, das aus einer Dusche kam, und Seife dazu. Und ich wollte es mir weder ergaunern noch erbetteln müssen.

Wir liefen eher zufällig Richtung Stadtzentrum. In einer kleinen Fußgängerzone konnte ich nochmals Geld tauschen, was ich widerstrebend tat. Am liebsten hätte ich alles in den Hut eines Straßenmusikers geworfen, nur um es loszuwerden, doch es war keiner da, außerdem brauchten Penny und Elias etwas zu essen.

Wir aßen Hotdogs und Pommes in einem Döner-Imbiss, in dem außer uns noch eine Gruppe verschleierter Frauen saß und sich auf Arabisch unterhielt.

»Glaubst du, das war der Typ vom Foto?«, fragte Penny irgendwann.

»Keine Ahnung. Schwer zu sagen.«

»Ich glaube, er war es«, sagte sie.

»Er war überhaupt nicht nett«, sagte Elias.

»Nein, das war er nicht.«

»Ich finde, wir sollten Steine in sein Fenster werfen.«

»Kommt nicht infrage«, sagte ich automatisch, obwohl ich es liebend gern gemacht hätte. Ich fand einfach nur, ein Fünfjähriger sollte nichts davon wissen.

»Eier?«, fragte er.

»Nein, auch keine Eier.«

»Ach komm, Eier wären okay«, sagte Penny. »Selbst wenn er nicht der Typ vom Foto war, sondern einfach nur ein Arsch. Eier hat er verdient.«

»Zumal er keine hat«, sagte ich. »Er hatte nicht mal die Eier, mir in die Augen zu sehen.«

»Und deswegen kriegt er jetzt welche.«

»Au ja«, schrie Elias. »Der kriegt Eier.«

Damit war es beschlossene Sache. Wir gingen in einen Supermarkt, kauften ein Sechserpack Eier, zwei Wurf für jeden von uns, und kehrten zu dem hell erleuchteten Haus zurück, alles in strömendem Regen.

Genau in dem Moment, als wir werfen wollten – ich zählte gerade bis drei und war, um es spannender zu machen, gerade bei zweieinhalb angelangt –, tauchte ein Mädchen an dem Fenster auf, das meins hätte werden sollen, ein hinreißendes Mädchen, vielleicht sieben oder acht

Jahre alt mit feuerroten Locken und blau-rotem Spiderman-T-Shirt.

»Wartet«, sagte ich.

»Mist«, sagte Penny.

Da standen wir nun mit unseren Eiern und starrten das Mädchen an, die Tochter eines Mannes ohne Eier, Spiderman und ihre Haare leuchteten um die Wette. Ich glaube nicht, dass sie uns ebenfalls bemerkte, ihr Blick ging rüber zum Leuchtturm. Sie schien zu warten. Es war noch früh am Abend, aber wegen der Regenwolken herrschte schon Dämmerlicht.

Ich denke zu viel nach, glaube ich. Ich stellte mir vor, wie unsere Eierattacke dem Mädchen, das sich mit Spiderman verbündet hatte, ihre Superheldinnenkräfte rauben würde. Sie würde denken, dass der Angriff ihr gegolten habe, vielleicht ihrer roten Haare wegen. Vielleicht wurde sie deswegen gemobbt und brauchte ihre Superheldinnenkräfte unbedingt. Ich gönnte sie ihr. Ich wünschte allerdings, ich hätte selbst ein paar davon.

»Lass uns abhauen«, sagte ich.

Wir setzten uns in Bewegung und wie zur Belohnung blitzte im Turm das Leuchtfeuer auf. Wer will, kann darin ein Zeichen sehen. Ich glaube, ich will.

Die Eier haben wir schließlich doch noch geworfen, was hätten wir auch sonst damit machen sollen? Für Omeletts fehlten uns die Möglichkeiten, und unsere Wut war noch längst nicht verraucht, also musste ein Straßenschild dran glauben, das eine Tempo-dreißig-Zone anzeigte.

Ich legte all meine Kraft in die Würfe, es tat unglaublich gut. Allerdings sind zwei Eier wirklich wenig, wenn man auf tausend Sachen und eine Million Leute gleichzeitig wütend ist, inklusive auf sich selbst. Ich hätte besser drei Paletten gekauft. Eine Weile betrachteten wir, wie der Dotter am Schild runterlief. Der Regen half nach, deshalb war die Schweinerei schnell beseitigt. Alles verschwand sang- und klanglos im nächsten Gulli, sogar die Eierschalen teilweise.

»Wie geht's weiter?«, fragte Penny. Sie sah verfroren und erschöpft aus. »Wo sollen wir jetzt suchen?«

Das hätte ich auch zu gern gewusst. Natürlich hätten wir probieren können, nochmals mit dem Gärtner zu reden oder mit irgendjemand anderem in dem Feriencamp, doch wir hatten einfach zu wenig Anhaltspunkte, um voranzukommen. Ein Foto, ein Vorname, eine Jahreszahl. Ein Mal die Tür vor der Nase zugeschlagen zu bekommen, war genug. Ich konnte und wollte nicht mehr.

»Unsere Suche ist zu Ende«, sagte ich.

»Und was machen wir stattdessen?«

»Ich denke mir was aus.«

Das war wirklich das Mindeste, was ich tun konnte.

Zum Nachdenken wählte ich die nächstbeste Bushaltestelle, wo es zwar kalt, aber wenigstens trocken war. Ich kramte den Schlafsack hervor und wir legten ihn uns über die Knie. Mir war klar, dass das einen erbärmlichen Eindruck machte, und wenn schon. Es war sowieso niemand da, der unsere Erbärmlichkeit bemerken konnte. Alle hockten in ihren schönen warmen Häusern und hatten sich lieb. Mir doch egal.

Ansonsten gab der Rucksack nicht mehr viel her. Ich nahm mein eigenes Handy zur Hand. Seit Tagen hatte ich es nicht angerührt.

»Willst du jemanden anrufen?«, fragte Penny. Es klang hoffnungsvoll.

Ja, genau das wollte ich. Ich wollte jemanden anrufen, der die Dinge für uns in Ordnung brachte. Ich wusste bloß zuerst nicht wen. Abgesehen davon glaubte ich, mein Handy würde sowieso kein Netz bekommen wegen Roaming und weil es bloß so ein blödes altes Prepaidhandy war, das ohnehin ständig streikte und bestimmt zuerst Strom benötigte. Doch wie durch ein Wunder ließ es sich einschalten und wählte sich, ohne dass ich irgendetwas dazutun musste, in ein dänisches Netz ein.

Die Auswahl potenzieller Gesprächspartner war nicht gerade überwältigend groß, dass mir ziemlich bald Jens in den Sinn kam, folgerichtig. Hätte er mir nicht das Autofahren beigebracht, säßen wir jetzt nicht hier (Gott weiß, wo wir stattdessen gestrandet wären, die beiden Kleinen vermutlich in verschiedenen Pflegefamilien oder ich in einer Jugend-WG mit lauter Magersüchtigen und Ritzern).

Als ich wählen wollte, klingelte es, und auf dem Display stand allen Ernstes Jens. Ich erschrak regelrecht. War er mir also zuvorgekommen, was mit Sicherheit kein Zeichen war, sondern ein Service seines Mobilfunkanbieters, wie ich ungefähr nach dem dritten Klingeln kapierte. Er musste es bereits bei mir versucht haben. Jetzt hatte er eine Nachricht erhalten, dass ich erreichbar war.

Ich zögerte, das Gespräch anzunehmen. Wieso hatte Jens versucht, mich anzurufen?

»Geh ran, sonst mach ich's«, sagte Penny.

»Hallo?«

»Mika, bist du das?«

»Wer denn sonst?«

»Gott sei Dank. Wo steckt ihr?«

»Und du?«

Stille. Ich glaube, dass Jens das Mikrofon mit der Hand verdeckte. Und dass er weinte. Zumindest klang seine Stimme danach, als er endlich wieder redete.

»Ich bin im Harz, Mika, ich weiß, was passiert ist. Es tut mir so unendlich leid.«

Das Letzte, was ich jetzt wollte, war ebenfalls in Tränen auszubrechen. Nicht hier. Nicht zwei Mal an einem Tag.

»Wieso bist du im Harz?«

»Katies Mails klangen so seltsam. Überhaupt nicht nach ihr. Das warst du, oder? Mika, bitte sag mir, wo ihr steckt. Ich kümmere mich um alles. Du bekommst keinen Ärger, versprochen. Aber sag mir, wo ihr seid.«

Auf einmal kam es mir wie eine Kapitulation vor. Es *war* eine, streng genommen, aber sie war unausweichlich und diente lediglich dazu, eine noch schlimmere Niederlage zu verhindern. Ich konnte nicht allein für meine Geschwister sorgen. Ich zierte mich noch etwas, das einzusehen.

Als ich Jens schließlich unseren Aufenthaltsort mitteilte, staunte er nicht schlecht.

»Wow! Das ist weit.«

»Wir haben Katies Leuchtturm gefunden.«

Wieder klang es, als stünde er kurz davor, von seinen Gefühlen übermannt zu werden. Er schluchzte irgendwie nach innen. Ich hatte auch einen Kloß im Hals, aber ich kam klar.

»Das ist ja toll«, brachte er schließlich hervor. »Den müsst ihr mir unbedingt zeigen. Ich komme und hole euch ab. Ich fahre sofort los. Einverstanden?«

»Wenn du meinst.«
»Lass bitte dein Handy an. Okay?«
»Okay.«
»Versprochen?«
»Ja doch!«

Es ging später von allein aus, ehrlich, was wahrscheinlich der Grund dafür war, dass Jens ohne richtige Pause die ganze Nacht durchfuhr und wie ein Vampir aussah, als er ankam. Er hielt bloß zwei Mal an, um zu tanken, zu pinkeln und sich einen Kaffee zu holen, den er hinterm Steuer trank, wie er mir später erzählte. Acht Stunden später war er da. Unglaublich, die ganze verrückte Reise, für die wir so viele Tage gebraucht hatten, in acht Stunden! Na gut, er sparte sich vier Leuchttürme.

Unterdessen schliefen wir dank Jens' Großzügigkeit nicht etwa in der Bushaltestelle, sondern in einem todschicken Hotel im Zentrum. Zum Glück hielt mein Handy noch so lange, dass ich Jens' zweiten Anruf entgegennehmen konnte, in dem er mir den Namen und die Adresse nannte. Er hatte alles organisiert. Ansonsten hätte der Regen Dotter aus uns gemacht, so viel ist sicher.

Stattdessen: heiße Dusche, Pizza vom Zimmerservice und ein Riesenbett mit Hafenblick, in dem wir alle drei Platz hatten. Jens, der alte Verschwender. Sein riesengroßes Herz. Ich möchte nicht wissen, was das alles gekostet hat.

Als ich unter die Dusche ging, nahm ich mir noch vor, gleich anschließend mit Elias zu reden. Wegen Katie. Ich hatte das Gefühl, ich sei es ihm und mir schuldig, bevor wir die Heimreise antraten, sämtliche Karten offen auf den Tisch zu legen. Doch dann passierte etwas mit mir. Der Dampf, der mich umhüllte, das Prasseln des Wassers auf der Haut, ich wollte nur noch entspannen, ließ einfach los.

Ich war blitzsauber und zum Umfallen müde. Tropfen auf der Scheibe. Im Hafen flackerten die Lichter von Schiffen und Kränen, Katies Turm schrieb Gute Nacht in den wolkenschweren Himmel, ich bin da, ich werde immer da sein, ich passe auf, während du schläfst, sein regelmäßiges Aufleuchten ein langsamer Puls. Ein Herz, das zuverlässig schlug.

Noch vor Sonnenaufgang klopfte es an der Tür, ein leises Klopfen, das nur mich weckte.

Ich stand auf und ließ Jens herein. Wie gesagt, er sah aus wie ein Vampir, leichenblass, die Augen blutunterlaufen. Er drückte mich an sich, aber er biss nicht zu.

Penny und Elias schlugen die Augen auf und waren sofort völlig aus dem Häuschen, ihn zu sehen, es gab ein großes Hallo. Von null auf hundert, so sind die beiden.

»Jens, wir haben einen Leuchtturm gefunden, der im Sand versinkt«, schrie Elias. »Willst du den mal sehen?«

»Unbedingt.«

»Und eine Klippe, da kann man mit dem Seil runterklettern.«

»Das traust du dich?«

»Klar trau ich mich!«

Er war so aufgeregt, er schrie das ganze Hotel zusammen.

»Willst du das auch sehen, Jens?«

»Ja klaro. Ihr müsst mir alles zeigen.«

Da war ich froh, dass Elias noch nicht Bescheid wusste. Es würde leichter sein, ihm alles zu erklären, wenn Jens dabei war. Alles würde leichter sein, immer noch schwer genug, aber leichter.

»Ich hab die Alditüte geschrottet«, sagte ich. Komisch, dass mir das als Erstes einfiel.

»Aber sie kann nichts dafür. Sie ist toll gefahren«, sagte Penny.

»Motorschaden oder Unfall?«

»Motorschaden,«

»Den kann man bestimmt reparieren. Das krieg ich hin.«

Es ist seltsam, aber das freute mich wie verrückt. Wenn ich schon meine Mutter nicht zurückbekam, wollte ich wenigstens den Polo.

»Glaubst du?«

»Ganz bestimmt.«

Ich glaube, dass Jens kapierte, was in mir vorging, und ich wusste, er würde alles tun, um die alte Karre wieder zum Laufen zu bringen – aus demselben Grund, aus dem ich es mir wünschte.

Auf einmal hatte ich eine Erkenntnis: Manchmal bekommt man eine Chance, die nur wenige haben. Man lädt ein Video hoch und wird berühmt. Man braucht einen Vater und bekommt die Möglichkeit, sich einen auszusuchen. Man muss bloß den Richtigen wählen.

EPILOG

Manchmal fühlt sich etwas anfangs wie ein Märchen an, aber irgendwann wird man auf den Boden der Tatsachen zurückgeworfen. Jens wurde nicht wirklich unser Vater, Jens ist immer noch Jens. Ein guter Typ an sich, der nur leider gern mal das Weite sucht. Die frohe Botschaft lautet: Er kommt immer zurück. Und er gibt sich wirklich Mühe mit uns, das ist offensichtlich. Zum Beispiel haben wir es ihm zu verdanken, dass die Alditüte wieder daheim ist, und zwar generalüberholt. Der Motor schnurrt wie ein Kätzchen. Gerade jetzt höre ich ihm dabei zu, denn wir sind wieder auf der Autobahn, unterwegs Richtung Norden. Jens fährt, ich bin zur Beifahrerin degradiert, ein Abstieg, mit dem ich leben kann.

»Wie lange fahren wir noch?«, fragt Elias mit einem verschwörerischen Unterton.

»Solange es hell ist«, antworten Penny und ich unisono, worauf er sagt: »Es ist überhaupt nicht hell«, und das stimmt, denn inzwischen ist Dezember, aber wir wissen, dass er weiß, welche Art Helligkeit gemeint ist.

Wir reden ständig über letzten Sommer. Über den Butterblumen-Wohnwagen, Haus Amor, den versandeten Leuchtturm, das erste Bad im Meer, die Nacht in den Dünen.

Übers Scheißgefühl, in fremde Portemonnaies zu greifen und keinen Platz zum Schlafen zu haben, darüber, wie kalt es in Klitmøller war und wie grandios die ganzen Leckereien vom Fischbuffet geschmeckt haben. Natürlich reden wir auch oft über Katie, die Penny und ich neuerdings Elias zuliebe manchmal Mama nennen. Ich muss zugeben, das fühlt sich gut an.

Es ist so unglaublich viel passiert, Schönes und Schreckliches, darüber zu reden ist wichtig für uns, manchmal macht es Spaß, manchmal heulen wir alle. Die Erinnerungen gehören Penny, Elias und mir zusammen, sie knüpfen ein Band zwischen uns, das niemand zerschneiden kann. Deswegen war die Reise wichtig, auch wenn mein Plan schlecht durchdacht und wahrscheinlich von vornherein zum Scheitern verurteilt war, auch wenn wir uns mit ein paar Klicks im Netz die ganzen Umwege hätten sparen können.

Wie gesagt: Man muss Ziele haben, sich etwas suchen, das einem etwas bedeutet. Sonst wird es schnell zappenduster. Ich hätte nie gedacht, dass ich das jemals sagen würde, aber manchmal ist eben doch der Weg das Ziel.

In unserem Fall hat die Tatsache, dass er so lang und voller Gefahren war, komischerweise geholfen, das Jugendamt davon zu überzeugen, uns Geschwister nicht zu trennen. Okay, wir haben ihnen ja auch nicht alles bis ins kleinste Detail erzählt, aber ganz blöd sind die auch nicht, dass wir das eine oder andere Gesetz gebrochen haben, können sie sich denken. Und trotzdem haben sie uns probeweise zusammen bei Jens untergebracht, genauer gesagt bei Jens und seinen Eltern (die echt okay sind), denn dass er zurück zu ihnen nach Berlin Hellersdorf zieht, war Auflage. In ihrem Einfamilienhaus gibt es eine große Einliegerwohnung, da wohnen wir jetzt. Dass er sich darauf eingelassen hat, beweist, wie viel Mühe er sich gibt.

Wir wohnen also jetzt in derselben Stadt in einem neuen Viertel, was nicht übel ist, jeder von uns hat ein eigenes Zimmer bekommen und Elias einen Garten zum Spielen. Es gibt eine Sandkiste, eine Schaukel, und er hat ungefähr dreißig Verehrerinnen, die täglich zum Spielen vorbeischauen. Auch ich bekomme gelegentlich Besuch: von Svenja und Julian zum Beispiel.

Klingt perfekt? Falls gerade jemand drauf und dran ist, vor Neid zu platzen: Ich mache darauf aufmerksam, dass unsere Mutter gestorben ist, an einem Blutgerinnsel in ihrem Kopf, wie wir jetzt wissen. Sie fehlt. Wir vermissen sie sehr. Perfekt geht anders, würde ich sagen. Aber es ist okay. Könnte schlimmer sein. Gerade jetzt sind wir unterwegs zu ihrem Leuchtturm, um in den Dünen einen Baum mit unserem geklauten Weihnachtsschmuck von damals zu schmücken, ihr zu Ehren natürlich, wenn man um jemanden trauert, macht man manchmal kitschige Sachen. Das hilft.

Übrigens habe ich mir das Klauen jetzt endgültig abgewöhnt, egal ob Geldscheine oder Schlafsäcke. Johannes und seinem Bruder habe ich die vierhundertdreiundsechzig Euro zurückgeschickt, zusammen mit dem Schlafsack und einem Brief. Der ging so:

Lieber Johannes,
hier sind der Schlafsack und das Geld zurück, das ich dir und Maximilian geklaut habe, wofür ich mich hiermit in aller Form entschuldige. Meine Verfehlung hat mir schlaflose Nächte beschert und tut mir unendlich leid. Bitte sag das deinem Bruder und gib ihm

seinen Anteil, dreihundertvierzig Euro, zurück. Ich weiß, ich sollte ihm eigentlich einen eigenen Brief schreiben, aber ich kann ihn einfach nicht leiden und fürchte, die Zeilen würden nicht so klingen, wie es sich für ein Entschuldigungsschreiben gehört. Dir zu schreiben fällt mir übrigens auch nicht leicht, weil ich wünschte, es wäre mit uns nicht so blöd zu Ende gegangen, und das auch noch, bevor es so richtig angefangen hat. Ich kann verstehen, wenn du mich hasst, aber ich schwöre, ich bin eigentlich nicht so, wie du mich kennengelernt hast. Vielleicht kann ich es irgendwann beweisen.
Alles Liebe für dich!
Deine Mika

Ich habe nicht mit einer Antwort gerechnet, aber es kam eine, ebenfalls mit der Post, ein ziemlich dickes Kuvert, das außer seinem Brief exakt hundertdreiundzwanzig Euro enthielt. Johannes schrieb:

Mika,
was soll das heißen, ich bin nicht so? Bitte sag so was nicht. Ich habe nie daran gezweifelt, dass du eine von den Guten bist. Ich glaube, ich wusste es schon vor dir. Weißt du es überhaupt? Ich jedenfalls mag dich so, wie du bist.
Dass du Maximilian die dicke Kohle zurückgegeben hast, geht klar (er ist übrigens für einen Snob schwer in Ordnung, auch wenn du das nicht wahrhaben willst). Was mich betrifft: Ich möchte das Geld nicht, es gehört dir. Ich hätte es dir so gern geschenkt, noch lieber hätte ich dich und deine

Geschwister überallhin begleitet, aber ich verstehe, dass das damals zu viel verlangt war. Manche Wege muss man allein gehen. Ich schätze, ich habe dich einfach zu sehr bedrängt, als ich wissen wollte, was mit dir los ist, weshalb ich dich ebenfalls in aller Form um Verzeihung bitte. Ich fürchte, ich habe meinen Teil dazu beigetragen, dass es mit uns so blöde zu Ende ging, ich bin eben eine idiotische Pussy, aber das weißt du ja. Richtig angefangen hatte es schon, finde ich, da bin ich ausnahmsweise nicht deiner Meinung.

Was macht dein Leuchtturmprojekt?

Du solltest es unbedingt fortsetzen, finde ich. Auch der NASA zuliebe, die können bestimmt nur schwer auf dich verzichten. Genau wie ich.

Dein Johannes

Hallo!

Da sich offenbar niemand von uns den hundertdreiundzwanzig Euro verbunden fühlt, so viel Geld aber auch nicht auf dem Postweg umkommen sollte, schlage ich vor, dass wir das Ganze für einen guten Zweck spenden, einverstanden?

Dein komischer Kauz Mika (nur manchmal eine von den Guten)

PS: Mein Projekt geht am ersten Advent in die nächste Runde, und zwar mache ich da weiter, wo ich aufgehört habe, am Leuchtturm von Hirtshals. Wenn es dunkel wird, werde ich da sein. Nur so zur Info, falls du das Auf-mich-Verzichten leid bist.

Am ersten Advent, nachdem wir den Baum (eine Strandkiefer) für Katie geschmückt haben, gehe ich in Hirtshals ganz allein den Weg vom Hotel zum Leuchtturm raus. Im Haus von Peder Christensen brennt kein Licht. Ich glaube nicht mehr, dass der Mann, der dort wohnt, mein Vater ist, aber das ist jetzt auch nicht wichtig. Vielleicht finde ich ihn irgendwann.

Jetzt zählt nur, ob Johannes kommen wird.

Es ist spätnachmittags und schon stockfinster. Er schleicht sich in den dreißig Sekunden Dunkelheit zwischen den Lichtzeichen an mich heran, als ich auf der Klippe neben der Bank mit den Liebespaar-Schnitzereien stehe. Ich höre ihn nicht kommen, ich bin in Gedanken. Ausgerechnet jetzt vermisse ich Katie wieder fürchterlich, was seltsam ist, denn vorher beim Baumschmücken war es überhaupt nicht so schlimm. Der Schmerz des Verlusts ist so intensiv, er macht, was er will, lässt sich nicht einfach an- und abschalten.

In der dunkelsten Sekunde legt Johannes von hinten seine Arme um mich und zieht mich zu sich heran. Da weiß ich, dass alles gut werden wird.

Dann stehen wir im hellweißen Strahl und sehen uns in die Augen. Die braunen Sprenkel. Die Freude in seinem Gesicht. Diesmal wird er mir keine Fragen stellen und ich werde sie trotzdem alle beantworten.

Ich habe mir ein Spiderman-T-Shirt gekauft. Ich glaube, es wirkt schon.

Alexandra Kui wurde 1973 in Buxtehude geboren. Sie studierte Soziologie, Politikwissenschaften und Sozialgeschichte in Hamburg und arbeitete für verschiedene Tageszeitungen, bevor sie anfing, Bücher zu schreiben. Ihr Krimi »Blaufeuer« wurde fürs ZDF unter dem Titel »Der Tote im Watt« verfilmt. »Solange es hell ist« ist ihr fünfter Roman für Jugendliche.

Von Alexandra Kui sind bei cbj erschienen:

Lügensommer
Falsche Nähe
Stille Feindin
Marias letzter Tag

Mehr über cbj auf Instagram unter @hey_reader

Alexandra Kui

Marias letzter Tag

ISBN 978-3-641-15073-0

Jeder hat Angst: vor der Euro-Krise, dem steigenden Flusspegel, dem Notendurchschnitt. Lous beste Freundin Maria hat Angst, wie ihre Mutter an Krebs zu erkranken. Als sie von einem Zug erfasst wird und nur knapp überlebt, sprechen alle von versuchtem Selbstmord. Daraufhin ruft Lou den Sommer ohne Angst aus. Ihr Plan: zu leben, als sei es ihr letzter Tag. Tun, wovor sie sich immer gefürchtet hat. Sich fühlen, wie Maria sich gefühlt hat. Ihre selbstgedrehten Videos postet Lou auf ihrem YouTube-Channel, dem sie den Titel »Marias letzter Tag« gibt. Rasant steigt die Zahl der Klicks, es entsteht eine Bewegung der Angstverweigerer. Die Mitschüler, Freunde und Fans übertrumpfen sich mit immer gefährlicheren Aktionen. Und irgendwann verliert Lou die Kontrolle ...

70013

cbt

www.cbj-verlag.de

Alexandra Kui

Stille Feindin

ISBN 978-3-641-12476-2

Farina und Tami (beide 17) haben eines gemeinsam: Ihre Kindheit würden sie am liebsten aus dem Gedächtnis streichen. Als sie Freundinnen werden, hat Tami das Gefühl, sie hätten auf wundersame Weise schon immer zusammengehört, obwohl sie sich erst seit kurzer Zeit kennen. Und tatsächlich hat sich ihr Weg in der Vergangenheit schon einmal gekreuzt: Da ist etwas, was sie beide gleichermaßen betrifft. Ein Abgrund, der Farina unberechenbar macht – sogar für sich selbst.

Hanna Paschammer

Dieses Buch ist auch als E-Book erhältlich

MIX
Papier aus verantwortungsvollen Quellen
FSC® C014496

Verlagsgruppe Random House FSC® N001967

1. Auflage 2018

Umschlaggestaltung: Suse Kopp, Hamburg
Umschlagbild: © Getty Images/Kim Petersen
Songtext S. 177: James Blake, The Wilhelm Scream
© Universal Music Publishing Group
MI · Herstellung: CM
Satz: Buchwerkstatt GmbH, Bad Aibling
Druck: GGP Media GmbH, Pößneck
ISBN 978-3-570-16515-7
Printed in Germany

www.cbj-verlag.de

Alexandra Kui

SOLANGE ES HELL IST

cbj

Alexandra Kui
Solange es hell ist